D1136301

LA ZONE

STÉPHANIE HURTUBISE

LA ZONE

BAS LES MASQUES

ÉDITIONS
MICHEL
QUINTIN

Catalogage avant publication de Bibliothèque et Archives
nationales du Québec et Bibliothèque et Archives Canada

Hurtubise, Stéphanie

La zone

Sommaire: t. 7. Bas les masques.
Pour les jeunes.

ISBN 978-2-89435-607-4 (v. 7)

I. Titre. II. Titre: Bas les masques.

PS8615.U78H69 2008   jC843'.6   C2010-941177-3
PS9615.U78H69 2008

Illustrations de la page couverture et de la page 5: Boris Stoilov
Infographie: Marie-Ève Boisvert, Éd. Michel Quintin

   Patrimoine   Canadian
canadien   Heritage

Le Conseil des Arts du Canada
The Canada Council for the Arts

La publication de cet ouvrage a été réalisée grâce au soutien
financier du Conseil des Arts du Canada et de la SODEC.

De plus, les Éditions Michel Quintin reconnaissent l'aide
financière du gouvernement du Canada par l'entremise du
Fonds du livre du Canada pour leurs activités d'édition.

Gouvernement du Québec – Programme de crédit d'impôt
pour l'édition de livres – Gestion SODEC

Tous droits de traduction et d'adaptation réservés pour tous
les pays. Toute reproduction d'un extrait quelconque de
ce livre, par procédé mécanique ou électronique, y compris
la microreproduction, est strictement interdite sans
l'autorisation écrite de l'éditeur.

ISBN 978-2-89435-607-4
Dépôt légal – Bibliothèque et Archives nationales du Québec, 2012
Dépôt légal – Bibliothèque et Archives Canada, 2012

© Copyright 2012

Éditions Michel Quintin
4770, rue Foster, Waterloo (Québec)
Canada J0E 2N0
Tél.: 450 539-3774
Téléc.: 450 539-4905
editionsmichelquintin.ca

12 - A G M V - 1

Imprimé au Canada

À mes nièces,
Ève et Emmanuelle

*Le rêve est une usine invisible où l'on se
retire quelques heures par semaine.
Le danger, c'est que les portes se referment
derrière vous quand vous y êtes.*
Félix Leclerc

Prologue

Le cri de victoire d'Edwin Robi et de ses amis retentit dans le ciel de la *Zone onirique* et ébranla l'édifice où ils avaient établi leur quartier général. Ils avaient raison de se réjouir ; depuis que les *avatars* avaient fait don aux *portefaix* de la maîtrise des éléments, leur puissance ne cessait de croître et leur permettait maintenant de rivaliser avec les *maldors*.

La veille, l'*éléone* Aix Nocturn et les *aiguilleurs* Ardor Kerber et Peccadille Bagatelle avaient utilisé un arbre *passe-partout* pour quitter le pays des songes et rejoindre Edwin et Balthazar Canier dans la réalité. Pour tirer le meilleur profit des interactions entre les éléments, ils avaient cherché des scientifiques qui pouvaient leur transmettre leurs connaissances de base et en avaient identifié deux. En fin de journée, ils s'étaient rendus à l'aéroport pour accueillir les autres portefaix : Éolie Somne, Fuego Sueño et Jandal Nawm, que la grand-mère d'Edwin avait invités par l'intermédiaire de l'organisation des albinismes. Pendant une semaine, l'équipe serait donc réunie en tout temps, la nuit dans la Zone et le jour à Montréal.

La nuit venue, les compagnons avaient regagné la Zone. Certains d'entre eux avaient visité les hommes de science dans leurs songes et cueilli leur savoir, qu'ils avaient partagé avec leurs amis à l'aide des *larmes-scanâmes*.

Tandis qu'ils élaboraient un plan, les *sage-songes* les avaient appelés à la tour du conseil et avaient questionné Edwin au sujet de ses parents qu'il avait perdus dix ans plus tôt. Les chefs avaient découvert la véritable identité de sa mère. C'était la fille de Soucougnan Nocturn. Du coup, Edwin avait appris qu'il était né de l'union d'un rêveur et d'une *Oneira* et qu'il était un métis mi-humain, mi-éléon. Il était donc le cousin d'Aix et le petit-fils de celui qu'on soupçonnait d'être l'Ombre Mauve, le chef des maldors. Cette découverte l'avait bouleversé.

La réaction de la *vice-sagesonge* Lavisée Sévira lui avait indiqué qu'elle était au courant de la relation entre ses parents. Il l'avait questionnée en privé et avait appris qu'elle les avait aidés à se rejoindre dans la réalité en empruntant le *grand voyageur* qui se cachait au fond de son ombrage. Elle croyait toutefois qu'ils avaient rompu à cause de leur nature trop différente. Ainsi, l'horloge était loin de se douter que l'éléone avait épousé le dormeur, qu'elle avait enfanté Edwin et sombré quelques années plus tard dans le fleuve Saint-Laurent. Comme les autres Oneiros, l'*activinertienne* pensait que la damoiselle avait disparu dans un *impassonge*. Grâce à la sollicitude de ses amis, Edwin s'était remis de ses émotions et concentré sur leur mission.

Au moment où les portefaix allaient s'exercer à combiner leur maîtrise des éléments, Terribelle Angoisse, la maldore *végimale*, avait appelé Edwin à l'aide. Ses compères l'avaient enfermée dans une *strate* contaminée par l'ingrédient composant le comprimé anti-rêves. Le C.A.R. qui empêchait les dormeurs d'accéder à l'univers des songes devenait dévastateur dans la Zone ; il détruisait tout ce qui était imaginaire, de la créativité des rêveurs à l'existence des Oneiros. Les acolytes avaient trouvé un moyen d'isoler le poison et fait sortir Angoisse du site infecté. Cependant, la matière anti-rêves les avait engourdis et les maldors leur avaient tendu un piège. Grâce à leur maîtrise des éléments, les portefaix s'étaient échappés avec Terribelle, qu'Edwin avait enfermée dans un globe furtif suspendu au-dessus du *lac Lacrima*. En attendant que l'effet du comprimé anti-rêves se dissipe et qu'ils recouvrent leurs forces, ses compagnons et lui s'étaient réfugiés dans la bâtisse vacante de la résidence officielle.

Les maldors comptaient toutefois profiter de la faiblesse de leurs opposants pour tenter d'empêcher leur esprit d'accéder à la Zone. Phantamar avait soudoyé un homme pour qu'il s'introduise chez les Robi et qu'il injecte à Edwin et à ses amis endormis une solution contenant une forte dose de C.A.R. Se croyant débarrassés des trouble-fêtes, les malfrats avaient attaqué le quartier général des acolytes, pensant n'y trouver qu'Aix et les aiguilleurs. Mais ils étaient tombés sur l'équipe au complet, les portefaix avaient contre-attaqué et l'ennemi avait plié bagage. L'homme de main de Phantamar l'avait floué ; il avait conservé les précieux comprimés qui n'étaient pas encore accessibles au grand public et n'avait injecté qu'un somnifère aux jeunes gens. Plongés dans un profond sommeil, les rêveurs étaient surpuissants.

Pendant la bataille, Ilya Unmachin, la rivale activinertienne, avait perdu une parcelle de sa substance personnelle. Les acolytes avaient emporté son *essence* à la *fabrique* où l'on transforme le cristal de larmes en instruments et un *artisan* avait façonné une *dynamappe* capable de localiser la maldore. Puisqu'elle était influençable, ils l'avaient incitée à devenir un gros aimant permanent et l'avaient entraînée dans la réalité, où ils comptaient l'emprisonner dans une ancienne mine de fer. Le champ magnétique qu'elle déterminait avait toutefois affecté Edwin tandis qu'il transmettait les coordonnées de la destination au passe-partout, si bien qu'ils avaient plongé dans l'Atlantique. Ils avaient tout de même atteint leur but : ils s'étaient débarrassés d'Unmachin, qui avait coulé au fond de l'océan.

Deux maldors étaient donc hors d'état de nuire. Même si l'Ombre Mauve, Phantamar et le *sortilégeois* Perfi Détorve demeuraient introuvables, Edwin Robi et ses alliés étaient convaincus qu'ils ne tarderaient pas à les arrêter et à rendre définitivement la paix aux rêveurs. Ils ignoraient cependant que le chef des rebelles disposait de nouveaux atouts dans son jeu.

1
Émotions

Les deux colosses étaient seuls dans la grotte servant de repaire aux maldors. La voix du géant à la houppelande violette gronda dans l'ombre de son capuchon :

— Je ne suis pas fier de toi, Phantamar. À cause de ton homme de main, nous sommes confrontés à des adversaires qui ne se réveillent plus.

— *Haud facile quisquam gratuito malus est*, grommela le gladiateur romain. Il est difficile de trouver quelqu'un qui fasse le mal de manière désintéressée. L'ex-infirmier va me le payer.

— Ta vengeance attendra. Pour l'instant, il faut se débarrasser de Robi et de sa bande de super rêveurs. Débrouille-toi pour les expulser de la Zone.

Le soldat à l'armure et au masque dorés

fouilla dans sa *musette de tréfonds-trucs*, sortit un gland de cristal et le lança par terre. Un chêne poussa instantanément. Ses branches retombantes s'ouvraient de part et d'autre du tronc telles deux portes d'arche. Le Romain passa la première. Quand il franchit l'autre, l'arbre disparut en l'emportant.

Une fois seul, l'Ombre Mauve tenta d'établir la communication avec Ilya Unmachin, mais en vain. Son silence signifiait qu'elle était soit hors de la Zone, soit totalement paralysée. « Elle ne serait pas sortie de notre monde sans m'avertir, songea-t-il. Les portefaix l'ont donc capturée. Tant pis ! Elle devenait inutile. » Grâce à ses prothèses de cristal de larmes, l'activinertienne pouvait percevoir les sentiments négatifs et ainsi localiser les portefaix furtifs quand ils étaient tourmentés. Mais ceux-ci avaient découvert l'astuce et prenaient maintenant garde de repousser la tristesse et la peur.

« Je pourrai bientôt faire mieux qu'Ilya », se dit l'Ombre. Il sortit deux anneaux de sa poche et les enfila dans ce qui lui restait de lobes d'oreilles. Constitués de larmes récoltées avant l'épidémie de cauchemars, ils lui permettaient de capter tous les états affectifs, bons et mauvais, et donc de sentir la présence de chaque dormeur. Le flot d'émotions lui donna le tournis. Il s'empressa de retirer les boucles. «Ces étourdissements me vident. J'ai besoin de refaire le plein d'énergie.» Il se traîna jusqu'à son plan de travail.

Son passe-partout emporta Phantamar dans une chambre où un homme comptait une pile de billets de banque. Celui-ci se mit à trembler en reconnaissant le gladiateur qui l'avait soudoyé la veille.

— Tu t'es moqué de moi! gronda Phantamar.

— Pas du tout! Pourquoi dites-vous ça?

— L'injection que tu as faite à mes amis ne contenait pas une granule d'anti-rêves.

L'autre fut stupéfié. Il était persuadé qu'il lui suffisait d'endormir les enfants, que le soldat ne pourrait jamais deviner son forfait. Le C.A.R., il l'avait vendu un fort prix. Le maldor leva son glaive et avança vers lui en grondant:

— Tu vas me le payer!

Le sbire recula en bégayant:

— Nooon! Je vais vous rendre l'argent!

— Ça ne m'intéresse pas. Tout ce que je voulais, c'était qu'ils ne rêvent plus.

Phantamar l'accula au mur et appuya sa lame contre sa joue. L'autre pleurnicha:

— Attendez ! Je vais me racheter ! Je vais y retourner et…

— Il est trop tard pour y retourner ! Mais, oui, tu vas te racheter. Voici ce que tu vas faire…

L'Ombre Mauve récupéra vite ses forces. « Ma tolérance à l'émotion humaine augmente d'une fois à l'autre, se dit-il, mais je ne m'y habitue pas assez vite. Il me tarde d'être parfaitement immunisé. » Il se rappela qu'Ilya Unmachin n'avait jamais paru étourdie lorsqu'elle captait le tourment des rêveurs. « Les sentiments positifs seraient-ils plus intenses que les négatifs ? » Souhaitant comprendre le phénomène, il remit les anneaux. Les peines l'assaillirent aussi fort que les joies et leur combinaison était abrutissante. Il tomba à genoux et plaqua ses mains de part et d'autre de son capuchon pour se bloquer les oreilles. Le vertige cessa net. Il analysa ce qu'il avait éprouvé.

Les états affectifs coulaient vers lui parce qu'ils étaient attirés par les larmes en contact avec son corps. Quand seuls les bijoux le touchaient, ils étaient trop petits pour capter toutes les émotions et c'était lui qui absorbait le reste, ce qui représentait une dose excessive.

Cependant, en pressant son bonnet sur ses oreilles, il percevait la doublure de sa cape, constituée d'un épais tissage de cristaux dont le volume était suffisant pour filtrer l'ensemble des sentiments et le préserver d'une surdose. Il put les décortiquer à loisir. Parmi les signaux du commun des rêveurs, il détecta ceux des portefaix ; ils étaient toujours dans la bâtisse vacante de la résidence officielle. Fier, il tapa dans ses mains. Aussitôt, sa capuche s'écarta de sa tête et le vertige le reprit.

Il enleva les bijoux. « J'ai compris ! conclut-il. Pour être immunisé contre l'émoi, mon sang doit être en contact direct avec une masse de larmes plus importante. » Il n'était toutefois pas question de se mutiler pour se greffer une prothèse comme Ilya.

Certains humains pratiquaient une désensibilisation pour s'accoutumer aux allergènes. Ça lui donna une idée. « Je peux faire d'une pierre deux coups. Augmenter la quantité de larmes et me désensibiliser. Je dois aller à ma source. »

Les portefaix et leurs acolytes étaient au rez-de-chaussée de leur quartier général. Éolie consulta sa *montre-fuseaux*.

— Dix heures passées et je n'ai aucune envie de me réveiller.

— J'ai besoin de bouger, dit Fuego.

Comme les autres garçons, il sautillait sur place.

— Si nous allions survoler la capitale, plutôt que de rester enfermés ici? suggéra Aix.

Le chien approuva par un jappement, se transforma en aigle et fila par une fenêtre. Les jeunes gens s'envolèrent derrière lui, suivis par le ballon de plage qui devint un parachute multicolore. Le calme régnait dans la cour intérieure du jardin interdit, où la pluie d'émotions se déversait dans la *mare aux larmes*. Les acolytes contournèrent le globe furtif dans lequel était enfermée Terribelle Angoisse. Ils dépassèrent les toits et se retrouvèrent parmi les *sphérioles*. Le pâté de quatre maisons de la résidence officielle lévitait à fleur de *glume*. Au-dessous pointait la tour de verre en forme de champignon où siégeait le conseil et autour s'étendait *Zoneira*, la capitale onirique du *noyau*. Les premiers *observatoires* de chacun des vingt-six *secteurs* s'élevaient à l'horizon.

— Regardez là-bas! s'exclama Edwin, qui jouissait d'une excellente vue.

Il pointait une des tours derrière laquelle montait un nuage de poussière.

— C'est à côté de *Bulle*-Bleue, annonça Ardor. Allons voir.

Ils possédaient cinq passe-partout. Jandal, qui pouvait créer des *passonges*, avait offert le sien à Aix. Elle lança le gland de cristal devant elle et un petit arbre pleureur apparut. L'aigle entra avec elle sous le feuillage qui les emporta. Un tourbillon disparut avec Jandal et le parachute tandis que les autres garçons et Éolie imitaient l'éléone.

L'Ombre Mauve sortait de son repaire quand un monstre au long pelage bleu surgit devant lui. Aussi grand que le chef maldor, mais deux fois plus large, il avait un gros museau de porc au bout duquel s'élevaient deux cornes comme celles d'un rhinocéros, à la différence qu'elles étaient en argent. C'était Perfi Détorve.

— Où est Phantamar? demanda-t-il. J'ai deux mots à lui dire concernant le choix de son homme de main.

— Laisse tomber, il est en train de régler ce problème. Où étais-tu?

— J'assouvissais ma frustration en m'en prenant aux rêveurs. Où vas-tu?

Le géant capé réprima son agacement. Il

n'avait aucune envie de révéler à son associé l'existence de sa source secrète. « Il n'y a que Phantamar qui est au courant et c'est déjà trop », songea-t-il.

— Je vais au verger des larmes-scanâmes, mentit l'Ombre. J'ai cassé ma fiole ; j'allais en cueillir une nouvelle.

— Je t'accompagne. Il faut qu'on parle du Romain.

L'autre grogna dans son for intérieur.

Comme d'habitude, le jardin d'agrément du Secteur-Neige était désert ; malgré sa beauté, il rappelait l'explosion de puissance qui avait rasé l'endroit et fauché la vie du grand inventeur Morfroy Deffroy. Le chef maldor marcha jusqu'à un arbre garni de flacons remplis de liquide couleur de miel. Il en cueillit un et le rangea dans sa musette à côté de celui qu'il n'avait aucunement brisé.

— Qu'est-ce que tu voulais me dire au sujet de notre ami ? demanda-t-il.

— Ce n'est pas mon ami, répliqua le monstre. Es-tu certain qu'on peut lui faire confiance ?

— Oui. Pourquoi ?

— On ne sait même pas qui il est !

— Tu ne connais pas mon identité non plus. Dois-je conclure que tu doutes de moi aussi ?

— Mais non ! Toi, tu es différent. Tu ne fais pas d'erreur et tu es dévoué à notre cause, l'expulsion des humains de la Zone.

L'Ombre ricana intérieurement. « Que tu es naïf ! » Le sortilégeois poursuivit :

— Phantamar, par contre, j'ai l'impression qu'il vise un autre but, purement personnel.

Comme le géant capé gardait le silence, le monstre poilu ajouta :

— Tu as mon entière confiance. Je souhaiterais qu'elle soit réciproque et que tu me dises qui tu es…

Il laissa sa requête en suspens. Mais l'autre l'ignora.

Edwin et ses compagnons réapparurent au-dessus du nuage intrigant et descendirent pour en voir la cause. Ils découvrirent un village semblable à ceux des premières nations d'Amérique du Nord, mais dont les constructions étaient aussi vivantes que les êtres qui se trouvaient à côté d'elles. Des Amérindiens en costumes folkloriques, des bisons et des tipis faisaient la ronde autour d'un totem à trois têtes superposées surmontées d'un aigle de bois. Les faces de la sculpture chantaient en jouant de la flûte et du tambour, alors qu'on dansait au rythme de la musique. C'était les pas qui faisaient lever la poussière; il ne se passait rien d'anormal. Les acolytes saluèrent les Oneiros et s'apprêtèrent à reprendre de l'altitude, mais un guerrier déguisé en grand oiseau les interpella. Il retira son couvre-chef et se métamorphosa en éléone très âgée. Aix la reconnut. Les compagnons se posèrent en retrait du cercle de danse et la dame les rejoignit.

— Qu'est-ce que tu fais là? lui demanda Aix. Pourquoi es-tu accoutrée ainsi?

— Nous avons organisé une fête pour célébrer un nouveau venu dans la famille, répondit l'aînée avec un trémolo dans la voix.

Aix lui prit affectueusement les mains, se tourna vers les portefaix et Balthazar et dit:

— Mes amis, je vous présente Allegra, l'épouse de Carus Philein, le *grand-sagesonge*.

Quatre autres indiens rejoignirent les acolytes et dame Philein. Ils retirèrent leur longue coiffe en plumes et reprirent leur apparence normale. Il s'agissait de deux couples d'éléons, le premier d'un âge aussi vénérable qu'Allegra, l'autre un peu plus jeune. Ils affichaient un large sourire et semblaient fort émus. Dame Philein les présenta.

— Voici mon jumeau Adagio Tempo avec

son épouse Avia et leurs enfants Fantasia et Arcane.

Adagio serra les épaules d'Edwin et dit :

— Nous venons d'apprendre que tu es le fils de Mélodie. Nous te souhaitons la bienvenue dans ta patrie onirique.

Avia l'embrassa sur les deux joues et ajouta :

— C'est un bonheur de te rencontrer, mon petit.

Leurs enfants, Fantasia et Arcane, n'étaient plus des damoiseaux depuis longtemps. Ils semblaient avoir une soixantaine d'années, mais, puisque le vieillissement des Oneiros était sept fois plus lent que celui des humains passé l'âge de vingt ans, ça faisait d'eux des tricentenaires. Arcane serra chaleureusement la main d'Edwin. Fantasia prit le visage du garçon entre ses mains et murmura :

— Tu as le nez de ton grand-père, les yeux de ton oncle et la bouche de ta maman.

Avia fut secouée par un sanglot et les larmes coulèrent sur les joues de Fantasia. Aix se blottit contre elles en disant :

— Je vous en prie, mémé et mamie, ne pleurez pas, ça me rend trop triste.

« Mémé et Mamie ! » se répéta Edwin. Il écarquilla les yeux et souffla :

— Ma mère-grand !

— Oui, Eddie, dit sa cousine. Voici ma famille. Notre famille.

À l'opposé du Secteur-Bleu, une éléone courait dans un boisé où les végétaux portaient des articles de sport en guise de feuilles. C'était Eskons Konay, une *actrice* souvent distraite. Une fois de plus, elle s'était rendue dans la mauvaise strate et s'empressait de gagner le rêve auquel on l'avait assignée. Plutôt que d'emprunter trois passonges et de risquer de se tromper de chemin, elle préférait s'y rendre à pied. Au détour d'un arbre chargé de patins à roulettes, elle perçut des voix. Elle s'immobilisa et écouta. Quelqu'un demandait sur un ton impatient :

— Allez, chef ! Dis-moi ton vrai nom !

— Non ! tonna une autre voix. Arrête d'insister !

Dame Konay se faufila derrière le large tronc d'un arbre à bicyclettes et étira discrètement le cou pour voir ces promeneurs de mauvaise humeur. Elle les identifia illico.

Edwin fixa Fantasia et bredouilla :

— Vous êtes…

— Je suis l'épouse de Soucougnan Nocturn. Je suis donc votre grand-mère, à Aix et toi.

Sa voix était aussi douce que son regard. Ils s'enlacèrent. La dame leur sourit à tous deux et ajouta :

— J'ai perdu ma fille Mélodie et mon fils Lagarde, mais j'ai deux petits-enfants formidables.

Edwin embrassa ses aïeuls. Soudain, il sursauta.

— Oh ! fit son grand-oncle Arcane. Nous n'aurions pas dû nous présenter à brûle-pourpoint ; nous t'avons troublé.

— Pas du tout ; de vous connaître me fait tellement chaud au cœur ! Mais je dois malheureusement vous quitter déjà ; quelqu'un nous appelle.

Les autres compagnons d'Edwin s'étaient raidis en même temps que lui. Chape Doëgne venait de les informer qu'une actrice avait vu deux maldors. Aix dit aux aïeuls :

— Nous devons vite partir, mais nous reviendrons pour qu'Eddie rencontre toute la famille.

Elle sortit le gland cristallin de sa musette et fit pousser le chêne.

— Fais-le déboucher dans le ciel, près du sommet de la *tour de chute*, recommanda

Ardor mentalement. Ainsi, nous arriverons discrètement et pourrons les surprendre.

Ils se dirent au revoir et l'arbre pleureur les emporta. Les éléons retournèrent à la fête.

L'Ombre lança brusquement son passe-partout devant lui. Il espérait que Détorve comprendrait le message et le laisserait tranquille. Au lieu de quoi l'importun entra avec lui sous le feuillage retombant qui venait de surgir. Ils ressortirent de sous l'arbre non loin du passonge menant à la source secrète du chef maldor. Celui-ci agita les bras avec impatience en aboyant :

— Retourne donc passer ta frustration sur les rêveurs; ce sera plus utile que de traîner dans mes pattes.

Le monstre bougonna, fourragea dans sa fourrure et sortit une noix de cristal. Comme il allait la jeter par terre, son chef vacilla et s'agrippa à sa longue corne nasale.

— Qu'as-tu? s'enquit le sortilégeois.

L'Ombre avait été victime d'un violent vertige. Des impulsions fougueuses se ruaient sur eux. D'une main, il plaqua sa capuche sur une oreille pour se prémunir contre l'assaut des émotions. Il put lâcher son appui. Il se retourna, leva la tête et annonça :

— Ils viennent par ici.

Perfi grogna. Il avait compris de qui il s'agissait.

— Ils sont tout près, murmura Edwin.

— Nous sommes pourtant encore loin de l'endroit où dame Konay les a vus, répliqua Aix. L'arbre aux larmes-scanâmes est à deux kilomètres d'ici.

— Ils se sont déplacés. Je flaire la puissance de l'Ombre Mauve.

Il pointa le sol, au-delà de la tour de chute.

— Je ne les vois pas, dit l'aigle dont la vue était pourtant perçante.

— Je vous y emmène.

Edwin lança son passe-partout devant eux. Le feuillage apparut dans le ciel et les emporta.

Le chef maldor avait besoin de ses deux mains. Il tâcha de repousser les émotions émanant des strates et se concentra sur l'ardeur impétueuse qui se rapprochait. Détorve et lui dégainèrent chacun une paire de *rayons-attractoirs*. Un arbre se matérialisa au-dessus de leur tête. Les acolytes en jaillirent et se divisèrent en deux groupes.

Edwin, Jandal et les aiguilleurs se jetèrent sur l'Ombre, qui avait prévu leur arrivée et tirait déjà en l'air. Ils virevoltèrent pour éviter ses jets de lumière orange et s'abattirent sur lui, Ardor sous la forme d'un grizzly, Peccadille en rocher bariolé. Jandal, qui contrôlait la terre, ameublit le sol et le géant capé s'enfonça jusqu'à la taille.

Les filles, Fuego et Balthazar fondirent sur le monstre bleu avant qu'il n'allume ses faisceaux. Ils l'encerclèrent, joignirent leurs mains et l'étreignirent solidement. L'adversaire se contorsionna, mais il fut incapable de se déprendre. Grâce au somnifère, les portefaix et Bou étaient solides.

Edwin leva son rayon-attractoir vers la tête de l'Ombre Mauve qui était toujours enlisé, mais le rebelle fit tournoyer ses armes et le repoussa. Le garçon et ses équipiers se jetèrent de côté pour éviter d'être paralysés.

Détorve se métamorphosa en monstre de pierre et doubla de grosseur, ce qui obligea les jeunes gens à lâcher prise. Fuego éleva une enceinte de flammes autour du maldor ; le roc entra en fusion. Aix attira l'eau d'un lac, qui s'abattit sur le corps de lave. Le refroidissement soudain le fit se fendiller. Éolie souffla un vent de tempête sur lui; une jambe cassa sous le genou. Balthazar ne voulait pas être en reste. Il lança deux cailloux qui atteignirent les yeux du colosse et les orbes oculaires de pierre se fissurèrent. Aveuglé, Détorve trébucha contre son propre pied qui était tombé et s'écroula.

Les jeunes gens poussèrent un cri de joie. Leur vive émotion percuta l'Ombre Mauve, qui frissonna. Son malaise n'échappa pas à Jandal et Edwin qui en profitèrent pour le paralyser avec leur rayon-attractoir. Leurs compagnons joignirent leur faisceau au leur, capturèrent le sortilégeois et resserrèrent leur étau sur le chef maldor.

— Nous vous tenons enfin! exulta Edwin.

Il avait à peine terminé sa phrase qu'il disparut.

— Eddie? appela Jandal.

Il se volatilisa à son tour.

— Qu'est-ce qui se passe? s'inquiéta Éolie.

— Eh! Où sont-ils allés? s'enquit Fuego.

Tous deux s'évaporèrent, ainsi que Balthazar.

Aix, Peccadille et Ardor restèrent seuls avec les maldors. Troublés par le brusque départ de leurs amis, ils manquèrent de concentration. Leur faisceau paralysant diminua d'intensité et ne parvint plus à retenir les prisonniers.

L'Ombre Mauve tira sur un gros arbre avec ses rayons-attractoirs. Il fut attiré vers la lourde masse et s'extirpa du trou. Il s'éclipsa avec son passe-partout. Détorve récupéra son pied cassé et disparut dans un froufrou de feuilles.

L'éléone et les aiguilleurs se retrouvèrent fin seuls. Aix tenta de joindre ses amis par télépathie, mais elle n'obtint pas de réponse.

— Pourquoi ont-ils bondi de réveil? J'espère que l'intrus à la seringue n'est pas retourné leur faire du mal.

Ardor ramassa le passe-partout d'Edwin. Il se métamorphosa en moucheron doré et dit d'une petite voix bourdonnante:

— Attendez ici. Je vais voir ce qui se passe chez les Robi.

Dans sa patte fine, le gland de cristal avait rapetissé avec lui et avait maintenant la taille d'un grain de sable. Un chêne petit comme une fleur de trèfle l'emporta.

L'insecte émergea dans le dortoir des garçons. Ses amis discutaient avec une femme qu'Edwin et Balthazar semblaient bien connaître. Melchia, la petite sœur de Bou, était là elle aussi. L'aiguilleur vola jusqu'à elle, mais elle agita la main pour le chasser. Il revint à la charge en évitant les taloches et se réfugia dans l'orifice de son conduit auditif. Assourdie par le bourdonnement, elle plaqua ses mains sur son oreille. Il arrêta de battre des ailes et dit tout bas :

— Calme-toi, Melchia! C'est moi, Ardor! Qui est cette dame? Où sont Cécile et Éolie?

L'enfant se plaça en face de la fenêtre pour que sa mère ne la voie pas marmonner.

— Madame Robi est dans l'autre chambre ; elle s'occupe d'Éolie.

— Qu'est-ce qui se passe?

Le discret passe-partout réapparut dans le parc de Bulle-Neige. Le moucheron en sortit, ramassa le grain de cristal et reprit son apparence de chien boxer devant Aix et Peccadille.

— Comment vont-ils? s'enquit l'éléone.

— Ils sont très bien portants. Enfin... bien portants pour des humains réveillés. Mais, en tant que rêveurs, ce n'est pas la forme!

— J'y vais!

Aix sortit son passe-partout, mais le végimal l'arrêta avant qu'elle ne le lance.

— Nous ne pouvons pas apparaître dans leur chambre, dit-il. Madame Canier est avec eux.

— Qu'est-ce que la mère de Bou fait là?

— La grand-mère d'Edwin l'a appelée quand elle a appris que les damoiseaux avaient reçu une injection de somnifère.

— Zut! Melchia avait pourtant promis de ne rien lui dire.

— Ce n'est pas elle qui a parlé. Un informateur anonyme a appelé dame Robi pour lui raconter ce qui était arrivé et lui a indiqué que l'antidote était de l'adrénaline. Elle a aussitôt appelé chez les Canier, sachant que la mère de Balthazar, qui souffre d'allergie aux noix, avait des auto-injecteurs dans sa trousse d'urgence.

— De l'adrénaline! s'exclama Aix. La poussée d'énergie doit avoir chassé leur fatigue; ils ne sont pas près de se rendormir.

Elle leva la main qui tenait son passe-partout et ajouta:

— Allons les retrouver. Je sais où apparaître discrètement.

Ils arrivèrent dans le placard de l'ancienne chambre des parents d'Edwin. Peccadille s'était métamorphosée en un discret foulard à carreaux noué au cou du chien. Aix entrouvrit le battant.

— Il n'y a personne.

Ils sortirent dans le couloir et tombèrent sur

Éolie et Cécile qui allaient retrouver les autres. La dame tenait à la main l'auto-injecteur qu'elle avait utilisé pour réveiller la Lyonnaise. Aix enlaça son amie.

— J'ai eu peur qu'il ne vous soit arrivé malheur !

— Ça va, rassure-toi.

Ils gagnèrent l'autre pièce. Cécile remit la seringue usagée à madame Canier et annonça qu'Éolie allait très bien. Puis elle présenta Aix et son chien. Fuego se réjouit de l'arrivée de Peccadille qui lui servait d'interprète. Dans la Zone, le langage de l'esprit était le même pour tous, mais, dans la réalité, le Mexicain ne parlait que l'espagnol. Il retira le foulard d'Ardor et le noua autour de sa tête. Il tenait à rassurer la maman de Bou et de Melchia, dont les traits étaient défaits par l'inquiétude. Il murmura une phrase dans sa langue, l'activinertienne lui souffla la traduction et il la répéta de vive voix.

— Je me sens en pleine forme, merci beaucoup, madame Canier !

Les autres l'imitèrent. Elle se réjouit de les savoir bien portants, mais demeura grave. Se tournant vers Cécile, elle annonça :

— Une enquête doit être menée. Il faut tout de suite appeler au commissariat.

Les agents questionnèrent la maisonnée et les voisins, mais Melchia était la seule à avoir assisté à l'intrusion la nuit précédente. Quand on lui demanda pourquoi elle n'avait rien dit, elle prétendit qu'elle croyait avoir rêvé. Le bandit n'avait laissé aucune empreinte digitale et le mystérieux informateur avait appelé depuis une cabine téléphonique. L'enquêteur avoua que les chances de retrouver le coupable étaient minces.

Quand les policiers les quittèrent, madame Canier rangea les injecteurs vides dans son sac et dit aux adolescents :

— Avec cette dose d'adrénaline, vous ne vous rendormirez pas de sitôt.

— Super, fit Edwin sans entrain.

— Veux-tu venir te reposer à la maison, mon chéri ? demanda la dame à son fils.

Balthazar secoua la tête énergiquement.

— Non, maman. Je t'assure que je vais très bien. Je vais rester avec mes copains.

Elle hésitait à partir, mais Cécile l'assura qu'elle veillerait bien sur les enfants et qu'elle l'appellerait s'il y avait quoi que ce soit d'anormal. Après son départ, Edwin résuma leur longue nuit à sa grand-mère, en s'abstenant toutefois de raconter qu'il avait appris que sa mère était une Oneira, ce qu'il n'était pas en mesure d'expliquer ; lui-même ne s'était pas encore fait à cette idée. Il conclut en s'exclamant avec dépit :

— Dire que nous les avions capturés !

— Vous en avez déjà neutralisé deux, dit Cécile ; vous attraperez les autres à votre retour dans la Zone.

— Oui, mais quand ? La fatigue est si loin de moi que j'ai l'impression que je ne pourrai pas dormir avant des nuits.

Ses copains approuvèrent.

— Pourquoi vous ne retournez pas là-bas avec votre arbre magique ? s'enquit Melchia.

Éolie répondit :

— Parce que, quand on y va sans être endormi, on n'a pas les pouvoirs des dormeurs. On n'est donc pas superfort, on ne peut ni voler ni emprunter les passonges.

Perfi Détorve s'était réfugié dans leur grotte. L'Ombre Mauve le rejoignit après un passage par sa source secrète et Phantamar arriva derrière lui.

— *Opera completa est !* Mission accomplie ! J'ai menacé mon sbire des pires supplices, s'il ne faisait pas immédiatement en sorte que les adolescents se réveillent et ne se rendorment pas avant longtemps.

— Ça a fonctionné, dit le chef.

Le monstre de pierre brandit son pied amputé comme un gourdin et grogna :

— Retournons au parc régler leur compte aux trois autres.

— Ce serait peine perdue, répliqua l'Ombre. Ils doivent déjà être loin. Occupons-nous plutôt des rêveurs.

— Ils se font de plus en plus rares, se réjouit Phantamar. Vive le C.A.R. !

— À quoi bon continuer de répandre le cauchemar ? riposta Détorve. Les humains auront bientôt tous déserté la Zone.

— *In lauris dormire dementis fuerit*, dit le légionnaire.

— Phantamar a raison, dit l'Ombre. Nous serions bêtes de nous reposer sur nos lauriers.

Le Romain et le monstre partirent. Une fois seul, le géant capé sortit le récipient qu'il avait rempli à sa source. Il fit un test avec une petite quantité de matière. L'effet fut immédiat, mais faible et de courte durée. Il vida le contenant et soupira de contentement. En faisant un pas de côté, il mit le pied sur du verre cassé. Ça lui rappela Terribelle Angoisse qui l'avait surpris la veille. « J'ai presque réussi à me débarrasser d'elle. Malheureusement, les petits trouble-fêtes l'ont délivrée et, depuis, elle est indétectable. Il faudra que je la retrouve et que je

l'élimine avant qu'elle ne dévoile mon secret.»
Il balaya la grotte du regard. «Cette cachette
n'est plus sûre.»

Edwin et ses amis avaient fait de l'exercice
intense, mais ils ne s'endormaient pas le moin-
drement. En fin d'après-midi, ils étaient réunis au séjour avec Cécile. L'épuisement n'était
venu à bout que de Melchia, qui dormait dans
un fauteuil. Le journal télévisé de dix-sept
heures commençait.

Mesdames et messieurs, bonsoir!

*Voici les manchettes de ce dimanche neuf
juillet. En science et santé, le comprimé anti-
rêves accomplit des miracles et le nombre de
cauchemars rapportés a chuté de façon remar-
quable. Des rêveurs sont à nouveau victimes
d'hallucination collective, mais il s'agit cette
fois d'une agréable vision. Du côté des travaux
publics, on prévoit des dépassements de coûts
pour la construction du nouveau pont. Et, à la
chambre des communes, pressé par l'opposition
de répondre aux questions du vérificateur général, le Premier ministre se retranche encore derrière des pertes de mémoire. Bienvenue à votre
bulletin de nouvelles.*

Depuis ce matin, le C.A.R. est accessible à

l'ensemble de la population et les gens s'en sont procuré en si grand nombre que les commerces sont tombés en rupture de stock. Les laboratoires SPT, fabricant du comprimé, nous assure que l'usine tourne sans interruption afin d'assurer le réapprovisionnement. On estime que les trois quarts des adultes nord-américains se seraient tournés vers ce remède miracle. Malgré les réticences de quelques groupes sociaux, le C.A.R. fait également fureur sur les continents voisins et le taux de mauvais rêves a chuté radicalement sur l'ensemble du globe.

Parmi ceux qui refusent de recourir au médicament, certains ont rapporté qu'ils ont été abordés en songe la nuit dernière par un super héros appelé le libérateur, qui promet de délivrer les rêveurs du cauchemar. Qu'il s'agisse d'une hallucination collective ou d'un vrai sauveur tombé du ciel, la pandémie tire à sa fin. Grâce au C.A.R. qui, lui, est bien réel, les nuits de tourment seront bientôt chose du passé.

Cet après-midi, au point de presse portant sur le futur pont, le ministre des Travaux publics a été contraint d'avouer que le projet coûterait aux contribuables trois fois plus cher que prévu…

Clic! Cécile éteignit le téléviseur. Les jeunes gens affichaient des mines désolées.

— Le libérateur? s'étonna le chien. Jamais entendu parler.

— Je gage qu'il s'agit d'une légende urbaine inventée par les autorités pour redonner confiance aux gens, dit Bou.

— Ce serait pourtant merveilleux si ce libérateur existait pour vrai, dit Éolie. Ça voudrait dire que nous avons un allié inconnu. Je me demande de qui il pourrait s'agir…

Edwin n'écoutait que d'une oreille. Toute la journée, il avait hésité à leur annoncer ce dont il avait été témoin ; il craignait la réaction de sa cousine. Mais le moment était venu. Il se racla la gorge et se lança.

— Parlant d'inconnu, j'ai oublié de vous dire que, pendant la bataille, j'ai réussi à éclairer l'intérieur du capuchon de l'Ombre Mauve ; j'ai entraperçu un côté de son visage.

Les yeux qui le fixaient s'agrandirent. Même le nœud du foulard forma un O sur le front de Fuego. Edwin poursuivit.

— Il n'avait qu'un moignon d'oreille et sa joue blafarde était toute couturée de cicatrices.

Tous savaient que l'unique suspect, Soucougnan Nocturn, avait eu la moitié de la tête écorchée par l'effondrement du *cul-de-strate* qui avait emporté son fils et sa bru, les parents d'Aix. Edwin la fixa avec compassion et ajouta :

— Il faut nous rendre à l'évidence, le chef maldor, c'est lui.

Aix s'emporta :

— Non ! Papi n'est pas l'Ombre ! Je vous le prouverai.

Edwin soupira. « Elle est d'un entêtement incroyable ! » songea-t-il.

— Le cœur a ses raisons que la raison ignore, souffla dans sa tête une voix cocasse qui faisait penser à celle d'un personnage de dessins animés.

C'était Jipi Rolou, la sphériole qu'il avait *intraférée* au début de la nuit précédente. Edwin avait découvert qu'il pouvait communiquer avec les astres oniriques. Sa première étoile, Æth, l'avatar de l'éther, lui avait toutefois recommandé de taire ce don afin que nul ne sache que les *sphères de puissance* pouvaient s'exprimer.

— Ça alors ! s'étonna Edwin mentalement. Jipi, vous pouvez me parler même si nous sommes hors de la Zone ?

— Naturellement ! Ce n'est pas un voyage dans l'autre monde qui me fera oublier comment parler !

Edwin songea à Æth qui ne s'était jamais adressée à lui dans la réalité.

— Seriez-vous plus fort qu'elle ? demanda-t-il secrètement au sieur Rolou.

— Bien sûr que non ! Aucune sphériole ne recèle autant de puissance qu'elle.

— Pourquoi ne m'a-t-elle jamais parlé quand j'étais réveillé ?

— Une de mes sœurs qui a croisé Æth avant que tu m'intrafères m'a raconté qu'elle se taisait exprès pour que tu ne te reposes pas uniquement sur son jugement. Elle tenait à ce que tu conserves ton indépendance.

— Elle n'a même pas répondu à mon appel à l'aide, quand Bou et moi étions coincés dans le passé, à Pise.

— Sois assuré qu'elle se serait manifestée si la situation avait perduré.

À côté du garçon, Aix poussa un soupir fataliste et murmura :

— Peu importe qui est leur chef, maintenant. Les maldors ont réussi : ils ont fait fuir les rêveurs.

— Non ! s'exclama Fuego.

Il s'exprima dans sa langue et Peccadille traduisit.

— Nous n'avons pas dit notre dernier mot. Retournons là-bas et montrons-leur qui nous sommes.

— Parce que tu t'endors, toi ? demanda Balthazar. Pas moi.

— Moi non plus, dit Edwin. Mais Fuego a raison. Retournons dans la Zone avec le passe-partout.

— Ça ne servira à rien, répliqua Éolie.

Rappelez-vous quand Bou a gagné l'autre monde sans être endormi. Il n'avait plus aucun pouvoir onirique.

— Il a tout de même tiré Terribelle Angoisse de sa cage empoisonnée et il nous a fait sortir de la strate toxique, rappela Peccadille.

— Tout juste, dit Edwin. Je préfère agir un peu là-bas que de rester ici à ne rien faire.

Fuego noua le foulard au cou du chien et l'agrippa. Les autres unirent leurs mains.

— Soyez prudents ! recommanda Cécile.

Ils promirent, la saluèrent et disparurent sous le feuillage retombant. La dame réveilla Melchia pour qu'elle rentre chez elle.

— Où sont-ils ? s'enquit la petite.

— Ils sont retournés dans la Zone avec cet arbre bizarre.

— Sans moi !

— Tu n'y étais pas déjà ?

— Oui, et j'y retourne pour les aider. Je suis une super rêveuse, c'est Edwin qui me l'a dit. Ils ont besoin de moi !

Elle fila chez elle. Mais sa mère refusa qu'elle se mette au lit de si bonne heure. Melchia fulminait. Toutefois, elle dut admettre que sa sieste avait dissipé sa fatigue. Elle n'avait d'autre choix que d'attendre que le soir arrive.

2
Pièges gris

Calée dans un fauteuil de la terrasse, Colette Boisclair lisait le dernier roman qu'elle venait de se procurer. Dehors, quelque chose d'étrange attira son attention. Une marmotte et un écureuil gris étaient apparus à la lisière du bois qui s'élevait au-delà du jardin. Leur présence n'avait rien de bizarre; des tas d'animaux passaient là. Ce qui surprenait Colette, c'était le comportement des deux bêtes. Elles semblaient enlacées, ce qui était impensable de la part de rongeurs, d'autant plus qu'ils appartenaient à deux espèces bien différentes.

— Je rêve, ou quoi?

— Oui, gronda la marmotte. Et, malheureusement pour toi, tu rêves mal.

La voix puissante avait traversé la cour pour atteindre ses oreilles. Le fauteuil disparut

soudain et la maison s'évapora. Madame Boisclair se retrouva assise par terre, littéralement.
Toujours l'un contre l'autre, les rongeurs
bondirent et atterrirent devant elle. La dame
constata qu'il ne s'agissait pas de deux bêtes
liées d'amitié, mais d'un seul animal à deux
têtes dont les côtés du corps étaient différents
l'un de l'autre. Colette hurla. La créature gros-
sit et devint plus grande qu'elle. Le maldor
sortilégeois dégaina un rayon-attractoir et la
paralysa.

La dame comprit qu'elle s'était assoupie et
qu'elle était victime de l'épidémie de cauchemars. Incapable de se réveiller, elle trembla
intérieurement en regrettant de ne pas avoir
recouru au comprimé anti-rêves. Elle y avait
renoncé la veille, après qu'un héros apparu
en rêve lui eut juré qu'il libérerait les dormeurs.
Ce songe lui avait semblé si réel qu'elle y avait
cru et qu'elle avait proclamé la venue du libérateur. Maintenant, elle regrettait d'avoir été
aussi naïve.

De ses quatre yeux rougis, Perfi Détorve lor-
gna les veines du cou de la rêveuse en passant
ses langues sur ses incisives métalliques. Au
moment où il avançait ses têtes pour mordre,
une voix autoritaire glapit:

— Arrête!

Un géant vêtu d'une cape violette avait fait irruption dans la strate. Colette reconnut le libérateur. Il n'avait pas menti ; il était venu la sauver.

— Lâche-la ! commanda le colosse.

— Eh ! C'est ma victime !

L'autre toisa le monstre et s'adressa à lui par télépathie :

— Tu ne comprends rien, Perfi ! J'ai un plan. Va-t'en !

Le sortilégeois recula en bougonnant et plongea dans un passonge. D'une voix douce, le géant dit à Colette :

— Veuillez me pardonner d'avoir tardé, ma dame. J'espère que ce monstre ne vous a pas fait de mal.

— Non, j'ai seulement eu peur. Merci de m'avoir sauvée !

D'un geste théâtral, il indiqua le trou où avait disparu Détorve et déplora :

— Dommage qu'il ait réussi à fuir. Mais n'ayez crainte, il ne perd rien pour attendre. Je vous promets que le pays des songes redeviendra bientôt un endroit où il fait bon rêver.

— Cher libérateur ! Comment puis-je vous remercier ?

— Dans vos songes, ayez foi en moi et pensez souvent à moi ; vos bonnes pensées seront ma récompense. Et, le jour, annoncez à vos contemporains qu'ils peuvent recommencer à rêver; je suis là pour veiller sur eux.

— Je vous promets que je ne vous oublierai jamais.

— Bien. Maintenant, pour vous aider à vous détendre, je vais vous offrir une étoile.

Il lui fit intraférer une sphériole. «Ainsi, songea le chef maldor, elle va se rappeler ce qui s'est passé et ne manquera pas de promouvoir ma cause.»

— Phantamar! appela Perfi Détorve par télépathie.

Dans une strate lointaine, le Romain arrêta son geste. Après avoir reproché à un souverain spirituel endormi de s'entêter à refuser les bienfaits du C.A.R., il s'apprêtait à tester le fil de son glaive sur les doigts de sa victime.

— Je suis occupé! grommela-t-il en pensée.

— Oublie les rêveurs. Je pense que l'Ombre nous joue dans le dos.

Le légionnaire et le sortilégeois se rejoignirent dans une forêt inhabitée du Secteur-Pourpre. Détorve relata l'intervention de leur chef.

— C'est louche, en effet, dit son compère.

— Je ne sais plus à qui faire confiance. Je suis pris entre l'Ombre et toi, entre deux étrangers qui refusent de me dire qui ils sont. Je ne sais même plus si vous poursuivez le même but que moi.

— J'ai de bonnes raisons de taire mon identité. Mais sois rassuré à mon sujet, je tiens autant que toi à ce que les humains prennent les moyens pour arrêter de rêver.

Un bip-bip monta de sa musette de tréfonds-trucs. Il consulta sa dynamappe et se réjouit.

— Ils ne sont plus furtifs ! L'adrénaline les a dépossédés de leurs pouvoirs.

— C'est le moment de nous débarrasser d'eux, dit Perfi Détorve.

— La poudre de C.A.R. a fait ses preuves. On pourrait les neutraliser avec un nouveau piège.

— Bonne idée. On appelle le chef ?

Le Romain hésita. L'inexplicable intervention de l'Ombre le plongeait dans le doute.

— Non. *Sine cortice natare possumus*. Nous pouvons nager sans bouchon. Il est temps de voler de nos propres ailes. Ainsi, il ne nous mettra pas de bâtons dans les roues.

L'arbre transportant Aix et ses amis était

apparu au rez-de-chaussée de leur quartier général.

— Je ne me sens plus investi d'aucun pouvoir, déplora Fuego.

— Allons, dit Edwin. Nous ne sommes pas impuissants; nous possédons toujours les facultés que nous avons dans la réalité. Notre vigueur, notre intelligence, ce n'est pas rien.

— Oh non! Vous êtes visibles! s'exclama une voix à côté d'eux.

C'était celle de la grande dynamappe que leur avaient offerte les sagesonges. Le large écran circulaire s'était allumé et montrait la pièce, où ils apparaissaient aussi clairement que s'ils s'étaient regardés dans un miroir. Seul Edwin était toujours furtif, il ne savait pas pourquoi. Sur l'appareil qui contenait leur essence, une vague silhouette pâle indiquait sa position.

— Les maldors ne vont pas tarder à nous tomber dessus, dit Jandal.

— Nous ne dormons pas, rappela Balthazar. Leurs rayons-attractoirs n'auront aucun effet sur nous.

— Sur les aiguilleurs et moi, oui, répliqua Aix.

— Tenons-nous prêts à fuir sous nos passe-partout, recommanda Edwin.

— Si nous allions dans le jardin interdit?

proposa Ardor. L'ennemi n'osera pas nous attaquer là ; ça perturberait la pluie de larmes, l'alarme se déclencherait et les *gardiens-aiguilleurs* rappliqueraient.

Ils sortirent dans la cour intérieure. Comme les humains n'avaient plus leur *iniphone*, ils ne pouvaient pas communiquer mentalement. Ils s'installèrent à l'écart du lac Lacrima pour que leurs murmures ne troublent pas la pluie de larmes.

— Qu'est-ce qu'on fait ? demanda Fuego.

— On attend l'affrontement, répondit Edwin.

— L'attente est pénible, nota Ardor. J'espère qu'ils vont vite se manifester.

Il se raidit brusquement, de même que Peccadille, Aix et Edwin.

— Notre grande dynamappe nous appelle, annonça l'éléone.

Ils réintégrèrent le quartier général au pas de course. Leurs compagnons réveillés n'avaient pas capté le message télépathique, mais ils étaient sur le qui-vive et les avaient suivis sans perdre une seconde. Ils s'alignèrent devant l'écran.

— J'ai entendu un boum ! annonça l'appareil. Regardez.

L'écran montra le mur en face de lui, qui était percé d'une grande fenêtre donnant sur l'horizon. À l'extérieur se trouvait une cloche de caoutchouc noir, fixée sur la vitre par succion. Elle se prolongeait d'un manche de bois. Ils reconnurent l'objet, qui servait à déboucher les tuyaux.

— Qu'est-ce qu'une ventouse de plomberie fait là ? s'étonna Balthazar.

— Quelqu'un l'a lancée, répondit Edwin.

Ils se doutaient de l'identité des expéditeurs. La dynamappe effectua un zoom avant sur l'extrémité du manche. On y avait fixé une enveloppe cachetée sur laquelle il était écrit : « À l'attention de la damoiselle Aix Nocturn. » Les autres n'avaient pas fini de lire que l'éléone disparut sous le feuillage de son passe-partout. Le chêne se matérialisa dans le vide au-delà de la fenêtre, Aix récupéra la missive et revint. Elle déchira le pli et lut le message en silence. Elle serra les dents, chiffonna le papier et balança rageusement la boulette à l'autre bout de la pièce en s'exclamant :

— Les faux jetons ! S'ils croient me duper...

— Qu'est-il écrit ? demanda Balthazar.

Plutôt que de répondre, elle disparut à nouveau entre les branches, sans dire où elle allait. Les autres se précipitèrent sur le message. Ardor l'atteignit le premier. Il se métamorphosa en singe, défroissa la feuille et la tendit à bout de bras pour que tous puissent lire.

Damoiselle,
Ton grand-père est un traître; nous en avons la preuve et aimerions te la présenter… Mais, pour nous trouver, tu dois décoder les indices.
Phantamar et Perfi Détorve

Sous les signatures se trouvaient trois dessins.

— Un requin noir, un pavillon à tête de mort et un sinistre flibustier, énonça Bou. Qu'est-ce que ça signifie ?

— Ça me dit quelque chose, dit Edwin.

En fouillant sa mémoire, il revit une forêt d'arbres affublés de visages burlesques, une vaste étendue couverte de manèges colorés, un château d'or aux hautes tours effilées et, au-delà, une mutinerie sur le pont d'un navire.

— Ils sont sur le vaisseau des pirates automates du parc d'attractions de Morphêländer ! s'exclama Peccadille.

Elle connaissait bien l'endroit; c'était la résidence d'un de ses cousins. Aix, Edwin, Ardor et elle y étaient allés une semaine plus tôt quand l'éléone avait voulu démontrer l'innocence de son grand-père. Ce bateau était le repaire secret de Soucougnan et de sa petite-fille, laquelle avait cru qu'il se cachait là. Mais ils ne l'avaient pas trouvé.

— Je connais le chemin par cœur, annonça Peccadille.

Edwin lui tendit son passe-partout.

Perfi Détorve était caché dans le carré des officiers sous la forme d'une momie estropiée. Par un hublot, il guettait le pont en frottant ses yeux que le jet de pierre de Balthazar avait irrités. Il vit un petit chêne pleureur effilé apparaître du côté de la proue. Aix émergea du feuillage. Elle récupéra son gland de cristal et le rangea dans sa musette. Elle scruta l'espace où les inoffensifs corsaires automates se battaient à coups de mousquets, de couteaux et de sabres. Aucun ennemi ne se cachait parmi les robots. Le maldor sortilégeois agita discrètement un drapeau rouge devant sa dynamappe, non sans se demander pourquoi Phantamar ne voulait pas qu'il lui transmette le signal par télépathie.

Aix se doutait que c'était un piège. Elle en était certaine, en fait. Elle le sentait, grâce au don de prémonition qu'elle s'était découvert la nuit précédente. Mais sa rage lui donnait le sentiment d'être assez forte pour résister aux maldors.

Détorve vit apparaître un autre arbre au milieu du pont, plus trapu celui-là. Il ne vit pas qui était sous le feuillage, mais il savait que c'était son compère. La jeune fille serra les poings et fonça sur le chêne. Un gantelet épineux sortit d'entre les branches et se plaqua sur son avant-bras. Aix se figea net. Un deuxième gant couvert de pics la gifla.

— Ha! Ha! ricana une voix sous la frondaison. *Ira mala auctor est*[1] *!*

L'éléone s'écroula. Le chêne trapu disparut avec son passager ganté. La momie quitta sa cachette. En trois bonds sur son pied valide, Perfi fut à côté d'Aix. Elle portait la marque des griffes, de sorte que de nombreuses traces de piqûres dessinaient un ovale sur son avant-bras et sa joue.

— Tss-tss! fit Détorve en agitant un index terminé par une griffe d'argent. Je t'ai souvent vue venir ici avec ton grand-père. Je savais que tu accourrais à l'idée d'apprendre la vérité. Tu es tombée dans le panneau! Et veux-tu que je te dise? Je n'ai rien à te dire, ni au sujet de l'Ombre, ni au sujet de Soucougnan.

Aix ne répliqua pas; elle était prise de convulsions.

---

1. « La colère est mauvaise conseillère ! » (latin).

Un large chêne apparut sur la berge. Edwin et ses compagnons en émergèrent. Devant eux se trouvait une mare agitée par un fort courant. Au milieu flottait, immobile, le navire pirate entouré d'ailerons noirs. Sur le pont, la scène de mutinerie continuait de se dérouler en boucle. Les amis d'Aix étaient arrivés au moment où la momie atterrissait à côté de la damoiselle effondrée aux pieds des corsaires mécaniques. Ils reconnurent Perfi Détorve. Le passe-partout les transporta à bord, derrière le maldor sortilégeois. En percevant leur présence, celui-ci devint une chauve-souris vampire à une patte qui leur fila sous le nez et se réfugia dans l'entrepont. Plutôt que de le pourchasser, ils se penchèrent sur Aix qui frissonnait.

— J'ai mal… leur transmit-elle d'une faible pensée.

Sur ces mots, elle perdit connaissance.

— *Phantamaris venenum operatus est*[1] ! se réjouit une voix puissante.

L'empereur romain était apparu au-dessus d'eux, agrippé au faîte du grand mât. Il se laissa tomber vers Éolie et Jandal. La Lyonnaise tenta de le repousser d'un coup de vent, mais rien ne se passa et il continua sa chute. Réveillés, les portefaix n'avaient plus leurs pouvoirs sur

---

1. « Mon poison a fonctionné ! » (latin).

les éléments. Le Marocain leva les bras pour le recevoir, mais ses muscles ne firent pas le poids sous la masse de l'assaillant. Éolie et Jandal le reçurent sur la tête et s'écroulèrent.

Peccadille tripla sa taille et décupla son poids, tandis qu'Ardor se changeait en un tigre à dents de sabre, un félin préhistorique gros comme un lion, armé de canines supérieures aussi longues que des poignards. Les aiguilleurs se ramassèrent pour se ruer sur le Romain, mais celui-ci brandit les mains en grondant :

— Venez, que je vous empoisonne à votre tour.

Il tenait deux seringues.

— Elles contiennent sûrement de l'anti-rêves ! supposa Edwin. Ardor et Peccadille, restez à l'écart !

Le tigre grogna, mais il savait que son ami avait raison. Si Phantamar les contaminait avec le C.A.R., ils ne seraient plus d'aucune aide.

— Dépêchez-vous de le désarmer.

À contrecœur, les aiguilleurs se réfugièrent derrière l'ancre.

Trois tentacules d'une énorme pieuvre jaillirent d'une ouverture pratiquée dans le pont et s'élancèrent vers Edwin, Fuego et Balthazar. Le Mexicain gesticula pour lancer des boules de feu, mais aucune flamme n'apparut. Deux des appendices garnis de ventouses s'abattirent.

Balthazar et Fuego se retrouvèrent plaqués au sol. Edwin bondit pour éviter le coup du troisième et s'y agrippa. La tête du poulpe géant pointa au-dessus de l'écoutille, suivie de quatre autres bras. La nouvelle créature incarnée par Perfi Détorve avait des mandibules d'acier et deux pattes de crabe dont l'une était sectionnée. Il devait se déplacer sur deux tentacules. Il profita du fait que Fuego et Bou avaient été étourdis par le choc pour chaparder leur passe-partout. Phantamar s'était déjà emparé de celui d'Éolie.

Le sortilégeois se contorsionnait pour tenter de s'enrouler autour d'Edwin, toujours accroché à lui. En tenant ses seringues d'une main, Phantamar brandit son glaive de l'autre et essaya de piquer le garçon, qui se débattait pour échapper autant aux anneaux de la pieuvre qu'aux assauts du Romain. Tapis derrière l'ancre, les aiguilleurs fulminaient de ne pouvoir prêter main-forte à leurs amis.

Le Romain fit un faux mouvement et les aiguilles des pompes à injection s'enfoncèrent dans un tentacule.

— Aïe! fit Détorve.

Edwin s'attendait à le voir s'écrouler, mais le sortilégeois ne montra aucun signe de faiblesse. Au contraire, il abattit ses deux bras libres sur Éolie et Jandal qui tentaient de se relever. Phantamar donna un coup d'épée qui érafla Edwin à l'avant-bras. Il poussa un cri. Le poulpe en profita pour l'enserrer. Sa patte de crabe valide fouilla dans la poche d'Edwin, trouva le gland de cristal et le lança au légionnaire, qui le rangea dans sa musette en ricanant. Il approcha son masque du visage du garçon jusqu'à ce que le front de métal effleure le sien et lui transmit par télépathie :

— *Oculum pro oculo, dentem pro dente, magistram clavem pro magistra clave.* Œil pour œil, dent pour dent, passe-partout pour passe-partout. Vous avez pris les nôtres avant-hier, c'est notre tour. Portefaix, vous êtes faits comme des rats !

Peccadille et Ardor, qui observaient la scène depuis la poupe, étaient tout aussi étonnés que Détorve ne soit pas affecté par les piqûres. L'activinertienne se transforma en télescope et zooma sur les seringues.

— Elles sont vides ! annonça-t-elle. C'était de la frime !

Elle redevint un lourd rocher bariolé ; le tigre à dents de sabre et elle s'élancèrent. Peccadille frappa le derrière de la tête du sortilégeois, qui raidit ses bras comme des ressorts qui se détendent. Les quatre jeunes gens qui étaient plaqués au sol par les tentacules furent libérés en même temps qu'Edwin. Ardor atterrit derrière Phantamar, mais celui-ci leva son glaive et se rua sur Edwin. Plutôt que de se pencher, l'adolescent d'un mètre quatre-vingt-cinq devint un garçon de six ans deux fois plus petit. Du coup, sa chair blanche comme l'ivoire devint claire comme de l'eau. Le Romain fut déconcerté de voir cet humain se transformer en éléon translucide. Edwin grandit instantanément et devint deux fois grand comme un homme. Il donna un coup de pied qui envoya l'épée de l'ennemi au loin.

« Je suis un vrai éléon ! se réjouit le garçon. Je peux me métamorphoser d'instinct pour m'adapter à la situation, comme les acteurs ! » D'être dans la Zone en état de veille le privait de l'imagination libre du rêveur et lui enlevait des pouvoirs, mais ça lui conférait ses dons oneiros innés, qu'il n'avait pas encore eu l'occasion de développer.

Éolie et les autres garçons firent front derrière Edwin. Ils avaient arraché des sabres aux pirates automates. Les maldors étaient acculés au parapet.

Soudain, le mollusque géant et le légionnaire sursautèrent et fixèrent un point derrière les acolytes.

— Ce n'est pas cette ruse minable qui va nous faire nous retourner, dit Ardor. Nous ne sommes pas nés du dernier crachin de larmes !

Phantamar fouilla discrètement dans sa musette de tréfonds-trucs, mais il y avait mis les passe-partout dérobés et ne savait plus lequel était le sien. Il communiqua mentalement avec Détorve. Les maldors se transformèrent respectivement en un bambin en armure et un ogre miniature; ils plongèrent sous un chêne pleureur haut comme trois pommes, qui disparut au pied des jeunes.

Edwin frissonna et retrouva son apparence habituelle. Il avait perçu une grande puissance dans son dos. Il se retourna et constata que la frousse des maldors n'était pas une feinte. Un colosse vêtu d'une large cape mauve à capuchon retombant était à côté d'Aix, toujours évanouie sur le pont. En le voyant se pencher sur sa cousine, Edwin s'élança en criant:

— Je t'interdis de la toucher!

Le géant capé se releva avec l'éléone dans les bras. Il s'apprêtait à se jeter par-dessus bord avec elle quand Edwin bondit sur lui et agrippa son bras pour l'empêcher de partir.

— Mauviette! dit le garçon. Laisse-la et bats-toi comme un homme!

Le colosse tourna sa tête encapuchonnée vers lui et gronda par télépathie:

— Ne fais pas l'imbécile! Laisse-moi mettre ma petite-fille en lieu sûr.

Edwin ne capta pas seulement le message

mental, mais aussi la profonde affection de cet individu pour Aix; il voulait sincèrement la sauver. Le garçon le lâcha. L'autre sauta par-dessus le bastingage et disparut avec la damoiselle dans une des ouvertures carrées de la coque qui servaient d'affût aux canons. Edwin voulut le suivre. Il agrippa un cordage et sauta par-dessus bord. Il ignorait par quel sabord était passé le fuyard, mais, parmi les trente-deux, il s'en trouvait un qui était recouvert d'une grille au pourtour rouge. «Je suis un Oneiro, se dit-il. Je peux emprunter les voies oniriques même si ma moitié humaine est réveillée.»

— Non! objecta sa sphériole dans sa tête.

Buté, Edwin retira le grillage.

— Arrête! cria Ardor qui arrivait.

— Ne fais pas ça! l'implora mentalement Jipi Rolou.

L'adolescent ignora son ami comme sa bonne étoile et plongea dans la bouche à feu.

Edwin jaillit dans une sombre grotte sphérique. Il se réjouit: il avait réussi à emprunter un passonge quoiqu'il fût réveillé. En posant le pied au sol, il déchanta. Le kidnappeur et Aix n'étaient pas là. Il eut conscience d'une présence qui arrivait derrière lui. Il se retourna et vit surgir le grand tigre aux crocs saillants.

— C'est une catastrophe, Ardor, s'exclama le garçon. Il a réussi à s'échapper en emportant Aix!

Ardor ne dit rien. Edwin s'exclama :

— Il n'est peut-être pas loin. Sors ta dynamappe et trouve le chemin qu'il a emprunté.

Le végimal secoua la tête et annonça d'une voix grave :

— Il n'est pas passé par ici. Tu t'es trompé de chemin, Eddie. C'est dans le septième canon qu'a plongé l'Ombre Mauve, tandis que tu as emprunté le sixième.

— Tu aurais pu me le dire!

— J'ai tenté de te retenir, mais tu…

— Ça va ; j'aurais dû t'écouter.

«Vous écouter», reprit-il mentalement à l'intention de sa sphériole.

Il ajouta à voix haute :

— Ce qui est fait est fait. Sortons et cherchons Aix. Elle a besoin de soins.

Il chercha la sortie, mais ne la vit pas. Autour d'eux, ce n'était que de la roche grise comme du charbon et raboteuse comme de la pierre ponce. Il n'y avait pas trace d'une ouverture. En constatant que l'aiguilleur ne réagissait pas, Edwin s'impatienta.

— Ardor, sors ta dynamappe et trouve la sortie !

Le félin poussa un râle découragé. D'une voix blanche, il dit :

— C'est peine perdue ; ce passonge est sans issue.

— Sans issue ? répéta Edwin, médusé. Comme… un impassonge ?

Ardor hocha sa grosse tête avec gravité. Dans celle d'Edwin, Jipi dit :

— Une grille de cristal au contour rouge indique la présence d'un passage inachevé. Vous êtes pris au piège, mon petit.

Edwin écarquilla les yeux, fixa Ardor et s'exclama :

— Je nous ai entraînés dans un cul-de-strate…

Il réfléchit aux conséquences de son étourderie. Contrairement aux rêveurs, les Oneiros ne pouvaient pas s'échapper en se réveillant. Étant déjà en état de veille et n'ayant plus son passe-partout, lui aussi était prisonnier au même titre qu'Ardor. Il se rappela ce qu'il avait entendu à propos de ceux qui s'étaient égarés dans ces grottes : ils avaient péri écrasés dans leur effondrement, car ces passages, incomplets et fragiles, finissaient toujours par s'écrouler. Il regarda le grand tigre et demanda d'une petite voix :

— Tu savais qu'il n'y avait pas d'issue… Pourquoi m'as-tu suivi ?

— Tu es mon ami ; je ne voulais pas te laisser seul.

Leurs yeux s'emplirent de larmes. Le garçon enfouit son visage dans la fourrure du végimal et le serra très fort. La voix de sa sphériole s'éleva dans sa tête.

— Ressaisis-toi, moussaillon ! S'il y a une entrée, il doit y avoir une sortie.

Ces mots lui redonnèrent courage. Il les répéta à Ardor.

La cavité sphérique était large comme un garage pour deux voitures. Le tigre se changea en oiseau et s'envola pour inspecter la paroi. Edwin s'accroupit et tâta le sol. Il était rude comme de la roche volcanique, mais s'effritait comme de la vieille écorce sèche. Il donna un coup de talon. Un morceau se détacha. Il s'exclama :

— La pierre est friable !

— Pas si fort ! répliqua l'aiguilleur par télépathie. Les impassonges sont très instables. Il ne faut ni crier ni frapper, sinon ils risquent de s'effondrer.

— Qu'on réagisse ou non, il finira par nous ensevelir. Mais, si on gratte, on a une chance de trouver la sortie avant qu'il ne devienne notre tombeau.

— Tu as raison.

L'oiseau se changea en buffle, un puissant ruminant à la tête armée de solides cornes qui s'incurvaient vers le bas. Il fonça sur la paroi et une galette de pierre grise tomba comme du crépi usé. Derrière la sombre gangue raboteuse apparut une cloison dorée et cristalline.

— Ça me rappelle quelque chose, souffla l'aiguilleur.

— On dirait le *gobe-sphériole* des maldors, murmura Edwin.

Il parlait du cube de cristal doré dont les rebelles s'étaient servis pour annihiler l'effet des étoiles oniriques au début de la pandémie de cauchemars.

— Un cul-de-strate serait donc…

— Une mine d'*edbalium*!

— C'est très intéressant, mais ça ne nous avance pas, émit Ardor.

Il reprit ses assauts contre le mur de la grotte. À chaque coup de boutoir, une galette de pierre se détachait et dévoilait le cristal d'or. Quand la moitié du bas fut dénudée, le buffle s'attaqua à la portion supérieure. Il se mua en aigle, fonça contre la partie la plus haute et redevint un buffle au moment de la percuter. Il retomba avec le recouvrement cassé, se changea en chat durant la chute et se reçut sur ses pattes. Il recommença le même manège encore et encore.

Un moment plus tard, une nouvelle parcelle se détacha du plafond et sur la surface dorée brilla un point de lumière. L'aigle s'approcha. Edwin se rappela qu'il était à moitié Oneiro et qu'il pouvait voler. Il le rejoignit. C'était trop petit pour qu'ils voient de quoi il s'agissait. Mais le végimal pouvait affiner sa vue. Il devint un moustique et s'approcha davantage de la source lumineuse. Soudain, il disparut.

— Ardor ? appela Edwin, tant à voix haute que par télépathie.

Aucune réponse. Seul son appel se répercuta sur les plaques d'edbalium dénudé. L'écho rebondit de plus en plus vite et devint strident. La grotte se mit à trembler. L'impassonge allait s'effondrer. Edwin n'avait plus rien à perdre. Il visa le point lumineux et fonça tête première, quitte à s'assommer. Au lieu de quoi il émergea du canon et se retrouva dans le vide. De la bouche à feu derrière lui jaillit un grand bruit d'éboulement. « Je suis sorti juste à temps ! » songea Edwin en tombant à l'eau. Une raie fauve avec une tache rose en forme de huit entre les yeux le souleva. C'était Ardor. Il le transporta jusqu'à la berge, où les attendaient leurs compagnons.

— Vous revoilà enfin ! s'exclama Fuego.

— Où étiez-vous ? demanda Peccadille qui avait retrouvé sa forme de ballon.

— Dans un cul-de-strate, répondit Edwin.

— Mais, par chance, nous avons retrouvé la sortie, ajouta Ardor en redevenant chien.

Il expliqua que le point lumineux était en fait le trou conique microscopique de l'ouverture. Cette découverte aurait dû les réjouir, mais ils étaient trop accablés par ce qui était arrivé à Aix.

— Que lui ont-ils fait? gémit Balthazar. Où l'Ombre Mauve l'a-t-il emmenée?

— Dans leur repaire, sûrement, supposa Peccadille.

— C'est ma faute, déplora Edwin. Je me suis laissé émouvoir par Soucougnan Nocturn qui semblait sincèrement affecté par l'état d'Aix et je l'ai laissé partir. Je ne me le pardonnerai jamais.

— Es-tu absolument certain que l'Ombre soit Soucougnan? s'enquit Ardor.

— Oui. Il m'a délibérément avoué être le grand-père d'Aix et j'ai à nouveau vu son visage à moitié défiguré. Votre *doyen-aiguilleur* est bien le chef maldor.

Cette annonce acheva de dépiter les aiguilleurs. Comme bien d'autres, ils avaient cru jusque-là à l'innocence du doyen. Peccadille soupira.

— Retournez dans la réalité et tâchez de vous endormir pour revenir ici en force. Ardor et moi sommes attendus à la tour du conseil. J'ai informé les autorités de ce qui est arrivé à Aix et ils veulent lire nos souvenirs pour essayer de comprendre ce qui s'est passé.

— Nous ne pouvons pas rentrer, répliqua Balthazar; nous n'avons plus de passe-partout!

3

L'usurpateur

Tous accompagnèrent Ardor et Peccadille à la salle du conseil où siégeaient les sagesonges. Le vieillard translucide, la tortue de mer et l'horloge de parquet faisaient les cent pas entre les trônes et les tentures rouges qui dissimulaient la dynamappe magistrale.

— Bong! sonna Lavisée Sévira. Vous voilà enfin!

Le chien s'écrasa et le ballon se dégonfla. Eux qui devaient veiller à la sécurité des damoiseaux, ils avaient failli à la tâche. En plus de la tristesse, la honte les accablait. Edwin aussi. Le visage translucide de Carus Philein était décomposé. Aix lui était plus précieuse que tout. Les yeux baignés de larmes de Gentille Mambonne louchaient plus que jamais. Elle fouilla dans sa carapace et tendit un verre d'eau aux aiguilleurs.

— Déversez vos pensées là-dedans.

Ils prirent chacun une gorgée. Les dirigeants avalèrent des larmes-scanâmes, burent à leur suite et s'approprièrent leurs souvenirs. La tortue gémit :

— On ne sait pas ce qu'ils lui ont fait ni où ils l'ont emportée. La pauvre petite !

— Gong ! Et c'est son propre grand-père qui l'a enlevée ! Le doyen de mes deux aiguilles… Quand il va me tomber sous les balanciers, je vais lui dévisser son capuchon !

— Les acteurs ont reçu l'ordre de fouiller chaque strate et chaque recoin du noyau, dit leur chef aux acolytes. Espérons qu'ils parviendront à la retrouver. Et vite !

— Mais vous ? demanda Mambonne aux jeunes gens. Comment allez-vous réintégrer la réalité ?

— Euh, bredouilla Edwin. C'est le problème qu'il nous reste à résoudre.

Il s'adressa par télépathie et en privé à l'horloge.

— Dame Sévira, notre seul moyen de partir d'ici, c'est de passer par le grand voyageur, mais, pour préserver votre secret, il faudrait que nous allions ailleurs, où nous pourrons glisser en douce dans votre ombre.

— Il n'en est pas question, répondit-elle par

le même canal. Les voyages spatiotemporels sont trop risqués.

— Dame Sévira, pitié! insista le garçon. Sans votre aide, nous resterons prisonniers du pays des songes et, dans cet état de veille, nous ne serons d'aucun secours.

Le chef éléon sursauta et parut écouter le silence ; il recevait une communication télépathique.

— Venez, vite ! s'écria-t-il.

Il fila vers le portail plat qui s'élevait sur un escalier circulaire au centre de la salle. Ses conseillères lui emboîtèrent le pas, suivies des autres. L'horloge ralentit et laissa la grosse tortue la dépasser. Quand Mambonne et Philein eurent passé le portail, elle se retourna et dit aux jeunes gens :

— Bong ! Puisqu'il n'y a pas d'autre solution pour que vous retourniez chez vous, je vous permets de plonger. Mais, c'est la dernière fois. Allez, faites vite !

Les cinq adolescents s'enfoncèrent dans la silhouette sombre qui s'allongeait derrière elle. Ils émergèrent d'un soleil qui illuminait une caverne et atterrirent devant un haut et large chêne aux branches qui retombaient jusqu'au sol. C'était le père des voies de l'espace et du temps. De part et d'autre du tronc, son branchage s'entrouvrait pour former deux portes d'arche. Edwin passa la première et entra sous le feuillage garni de glands de cristal.

— Grand voyageur, dit-il, les maldors nous ont volé nos passes. Je sais que vous ne voulez en donner qu'un par personne, mais je vous supplie de faire exception à cette règle. Nous avons besoin d'un fruit pour nous déplacer.

Les feuilles frémirent et la voix de l'arbre s'insinua dans la tête du garçon.

— Ce n'est pas que je ne veuille pas, je ne peux pas. Ce n'est pas moi qui ai créé mes glands, mais eux qui ont poussé sur moi; ce sont eux qui dictent leur règle: un seul par individu.

Edwin reluqua les noix qui lui pendaient au bout du nez. L'idée d'en voler une et de s'enfuir avec effleura son esprit.

— Malheureux, ne fais surtout pas ça! souffla le chêne qui avait lu sa pensée. Qui vole ces fruits n'ira pas où il veut, mais où il ne voudrait jamais aller. Tu connais cependant le principe. Tu peux te débrouiller autrement.

— Je sais comment relier vos arches de branches à la destination de mon choix, mais le problème est de venir jusqu'ici. Dame Sévira refuse que nous revenions.

— Pauvre Lavisée! Ma présence lui pèse.

Edwin soupira de dépit. C'était la dernière

fois qu'ils empruntaient cette voie. Ses amis le rejoignirent sous la frondaison. Il relia le grand voyageur avec sa maison et ils regagnèrent leur monde. Edwin sortit le dernier. Avant qu'il ne passe la seconde arche, l'arbre lui souffla :

— Tu connais le principe ; tu peux te débrouiller.

Le garçon se demanda pourquoi il se répétait.

Cécile se réjouit de leur retour, mais s'étonna de l'absence des Oneiros. La mine basse, les adolescents résumèrent l'attaque des maldors, l'empoisonnement et le rapt d'Aix, ainsi que le vol de leurs passe-partout.

— Sans passe, conclut Edwin, les aiguilleurs n'ont pas pu nous accompagner. Quant à nous, nous ne pourrons retourner dans l'autre univers qu'en nous endormant normalement.

La dame fut soulagée d'apprendre qu'ils n'utiliseraient plus ces arbres qu'elle redoutait. Mais son inquiétude pour Aix l'empêcha de se réjouir.

L'injection d'adrénaline perdait lentement de son effet et ils ressentaient une certaine lassitude, mais pas suffisante pour qu'ils puissent s'endormir. La grand-maman leur offrit des biscuits et du lait chaud. Tandis qu'ils prenaient leur collation, elle fit jouer de la musique douce et raconta une histoire où les personnages s'endormaient les uns après les autres. L'engourdissement les gagna. Ils montèrent se mettre au lit, en espérant que le sommeil ne leur ferait pas faux bond.

Balthazar fut le premier à s'endormir. Il se retrouva dans une barque, à côté d'Aix. Il lui sourit. Sans sphériole, il n'avait pas les idées claires, mais le clapotis de l'eau lui rappela l'étang où flottait le bateau pirate. Se remémorant l'attaque des maldors et l'enlèvement de son amie, il s'exclama :

— Aix ! Tu es saine et sauve !

Il la serra contre lui. Il remarqua alors que quelque chose clochait. Elle avait les deux yeux de la même couleur. Or, ceux d'Aix étaient vairons. Il se recula d'un bond.

— Qui es-tu ? Où est Aix ?

L'autre, qui jouait ce rôle avec peine, retrouva son apparence d'éléone claire et répondit :

— Je suis une actrice, jeune Canier. On a retrouvé la damoiselle Nocturn allongée dans le jardin interdit. Nos dirigeants l'ont transportée dans la salle du conseil et ils tentent de la ranimer. Elle est dans le coma.

— Je veux la voir !

— Les sagesonges ont interdit à quiconque d'entrer.

— Je ne suis pas quiconque ; je suis son ami !

L'actrice lui indiqua le chemin. Deux passonges et un *arrêt-passonge* plus tard, il poussa les battants du portail de bronze et dévala l'escalier circulaire de la salle du conseil. Les grandes tentures rouges étaient ouvertes et les sagesonges étaient sur un pont étroit qui s'allongeait devant la dynamappe magistrale. Ils n'étaient pas seuls : Fantasia Nocturn et Avia Tempo étaient avec eux, de même qu'un chevalier en armure. Bou ne vit Aix nulle part. Il s'approcha. La passerelle était garnie d'instruments et les Oneiros étaient penchés sur l'un d'eux. Ils avaient les traits défaits. Le garçon les rejoignit. Peu soucieux de lui reprocher son intrusion, ils restèrent silencieux, concentrés sur les gestes du chevalier. Celui-ci balançait ses gantelets au-dessus d'une masse de sphérioles qui grouillaient sur les faces d'un cube haut comme un homme. La visière du casque était levée. Bou fut surpris de ne pas voir de visage. Il s'agissait d'un activinertien incarnant une cuirasse vide. Le chevalier poussa un soupir et annonça d'une voix affligée :

— Le *régénérateur d'Oneiros* ne peut rien pour elle.

Il laissa retomber ses bras blindés. Les sphérioles retournèrent dans le ciel. Balthazar découvrit alors Aix, allongée dans le cube vitré. Dans trois des coins se trouvaient des matières différentes : une boule de pâte multicolore, une colonne d'étincelles et une flaque de liquide vert et rouge. Un voile de gélatine claire glissa de la jeune fille et alla s'amonceler dans le quatrième coin. L'horloge agita ses balanciers.

— Gong ! Sieur Vidal, tu es un pantin de tôle incompétent !

L'armure pencha son armet et courba les épaulières.

— Ne te fâche pas contre lui, Lavisée, dit Carus Philein. Personne ne sait utiliser le régénérateur mieux que Nada.

— L'appareil a ses limites, ajouta Avia Tempo ; il peut ressouder une charpente et refermer les plaies, mais pas recréer ce qui a été entièrement retranché.

— Dong ! Sauf chez les activinertiens, précisa Sévira. Le régénérateur est discriminatoire.

Nul n'osa répliquer que la constitution des membres des autres dynasties était plus complexe que celle d'un objet.

— Pour réparer, dit Fantasia Nocturn, il faut connaître l'étendue des dommages. Mais on ignore ce qu'ils ont fait à Aix et elle n'a aucune blessure apparente.

Gentille Mambonne sortit une éprouvette bouchée de sa carapace.

— Les analyses effectuées sur le prélèvement de sa substance n'ont rien révélé d'anormal, mais les aiguilleurs Bagatelle et Kerber pensent que les maldors lui ont administré de l'anti-rêves.

— Ils ont peut-être raison, dit le chevalier en bombant son plastron. Toutefois, c'est étrange qu'il n'y ait pas de trace du médicament. Ce qui est sûr, c'est que ce qui l'affecte n'est pas onirique, sinon le sérum vital éléon l'aurait décelé.

Les rougeurs sur sa joue et son avant-bras avaient disparu, mais un mal invisible la retenait dans l'inconscience. Son *aura* était à peine visible. De voir son amie inerte faisait souffrir Balthazar au plus haut point. Pourtant, il était incapable de détacher son regard d'elle. D'une voix entrecoupée de sanglots, il demanda :

— Avez-vous essayé d'utiliser les autres sérums ?

Il avait compris que les trois premières masses dans les coins du cube étaient les substances de vie des dynasties activinertienne, sortilégeoise et végimale.

— Non, répondit le sieur Vidal. Mais, ça ne coûte rien d'essayer.

Il rappela les sphérioles, qui reprirent leur valse autour du régénérateur. Dans le cube, le liquide vert et rouge enduisit Aix, la pâte multicolore l'enveloppa et les étincelles la massèrent. L'armure congédia les sphères de puissance. Aix n'avait pas ouvert les yeux.

Edwin arriva avec Jandal. Balthazar les rejoignit et leur rapporta les essais infructueux de Nada Vidal.

Le Marocain, qui avait démontré des dons de guérisseur, demanda au grand-sagesonge la permission de sonder l'éléone. On ouvrit le couvercle du cube de verre et le garçon passa ses mains au-dessus du corps endormi.

— Elle est atteinte du même mal qui a terrassé Terribelle Angoisse, annonça-t-il. Mais, contrairement à la maldore qui n'a subi qu'un contact externe avec le C.A.R., Aix a absorbé le poison, qui a coulé dans ses veines et s'est disséminé.

— Le régénérateur a pourtant changé son fluide vital, répliqua Nada Vidal, et les prélèvements ne contiennent pas une parcelle de médicament humain.

— L'anti-rêves ne se voit pas, car c'est une absence, un vide, reprit Jandal. Il a atteint le cœur et l'esprit d'Aix. Il la gruge très lentement. Il est profondément ancré dans son organisme et je ne peux pas le déloger.

— Par la glume! s'horrifia Fantasia. Est-ce que ma petite-fille souffre?

Jandal positionna ses mains au-dessus de la tête de la damoiselle et se concentra. Au bout d'un moment, il répondit :

— Mon sixième sens me dit qu'elle souffre d'un manque de…

Les yeux écarquillés étaient pendus à ses lèvres. Il chercha les bons mots pour exprimer sa perception.

— D'un manque de vision fantaisiste, dit-il enfin.

Les autres le fixèrent sans comprendre. Il ajouta :

— C'est difficile à expliquer. J'ai l'impression qu'elle a une insuffisance d'inventivité abstraite, une carence en illusion créative, ou quelque chose du genre.

C'était bien les méfaits du comprimé anti-rêves : il détruisait la fantaisie et le fabuleux. Accablés par leur impuissance, ils quittèrent la passerelle et Philein fit refermer les rideaux pour laisser la malade se reposer. Ils ne pouvaient qu'espérer qu'elle reprenne des forces et se réveille d'elle-même. Avia et Fantasia rentrèrent chez elles. Les sagesonges regagnèrent leur trône et le chef fit apparaître d'autres sièges. L'armure de chevalier prit place entre Edwin et Balthazar.

— Dong! fit Sévira avec impatience. Sieur Vidal, tu peux retourner à Bulle-Rien.

— Non, s'opposa Philein. Nada, j'aimerais que tu restes ici pour veiller sur Aix.

Le heaume s'inclina.

— Bong!

La tortue se tourna vers le portail central dont les battants étaient légèrement entrebâillés.

— Vous pouvez venir, dit-elle.

Le chiot roux et la balle colorée qui les épiaient sans oser braver l'interdiction d'entrer s'empressèrent de les rejoindre, suivis d'Éolie et de Fuego. Arrivés à leur hauteur, les aiguilleurs avaient repris leur taille adulte. Ils rapportaient les musettes de tréfonds-trucs des damoiseaux. Edwin, lui, avait conservé son équipement et sa sphériole.

— J'y pense, dit-il aux sagesonges. Comme Aix et moi sommes cousins, vous parviendriez peut-être à isoler la substance qu'il lui manque en comparant mon sang avec le sien…

Ils l'approuvèrent. L'armure lui fit un prélèvement et Mambonne fila dans un vitrail passonge avec l'éprouvette. En attendant son retour, Edwin appela des sphérioles pour ses amis, qui avalèrent ensuite leur iniphone et enfilèrent leurs *auranocles*. La tortue revint et secoua la tête.

— Les spécialistes ont isolé tes génomes

humains de ton code génétique éléon, mais ils n'ont rien trouvé qui ressemble à de la créativité fantaisiste.

Balthazar intervint.

— Le C.A.R. est une substance réelle. Une analyse humaine pourrait peut-être indiquer comment arrêter la dégradation ?

— Bong ! Où veux-tu en venir ?

— À la réalité. Je connais un excellent chimiste. Je suis convaincu qu'il trouvera ce qui cloche.

— Le professeur Martel ! dit Edwin.

Son ami acquiesça. Il s'agissait d'un des savants qui leur avaient transmis leurs connaissances scientifiques. Le chimiste avait son laboratoire au-dessus de celui que dirigeait monsieur Canier. Edwin consulta sa montre-fuseaux.

— Il est trop tard pour aller le voir.

— Non, répliqua son copain ; il n'est pas vingt-deux heures et le prof travaille souvent jusqu'à minuit passé.

Gentille Mambonne lui demanda comment il comptait apporter les échantillons dans la réalité.

— Euh… fit Bou.

Il leva la tête vers le cadran de l'horloge et la supplia d'un regard larmoyant. Elle fronça ses aiguilles et lui répondit en privé :

— Dong! N'y pense même pas!

— Hum! fit Carus Philein. Je viens d'avoir une idée. Je vais aller trouver les artisans de la fabrique de larmes. Ils auront peut-être l'idée d'un nouvel instrument qui pourrait sortir Aix de sa léthargie.

— Je t'accompagne, dit la tortue.

Elle tendit à Bou les éprouvettes contenant les prélèvements, identifiées respectivement par une gommette rose et bleue.

— J'espère que vous trouverez un moyen d'apporter ça au sieur Martel.

Elle suivit le chef, qui laissa tomber par-dessus son épaule :

— Lavisée, je te confie la direction. Nada, veille bien sur la petite.

La tortue et l'éléon plongèrent dans une rosace du plancher.

— Dame Sévira… implora Balthazar mentalement.

— Gong!

Nada Vidal pencha son heaume vers l'ombre de l'horloge et le secoua en soupirant. Bou le vit faire. Au moyen de son iniphone, il lui demanda en privé :

— Êtes-vous au courant?

— Oui. C'est une source de grands déchirements.

— Aidez-moi à la convaincre; elle vous écoutera.

— Elle, m'écouter? Ha! De toute façon, elle ignore que je connais son secret.

— S'il vous plaît! Il en va de la survie d'Aix.

— Bon, je vais essayer.

Le chevalier appela l'horloge par télépathie.

— Bong! Qu'est-ce que tu veux? transmit-elle dans une brusque pensée.

— Chère Lavisée, transmit-il avec douceur, je sais ce qui se cache au fond de ton cœur. Je l'ai toujours su. À moi, tu n'as pas pu dissimuler ces choses.

— Ding? Tu sais quoi, au juste?

— Tout.

— Bing... Euh, et alors?

— Alors tu ne devrais pas te fermer comme une huître. Et, pour l'instant, tu devrais laisser passer le jeune Canier pour qu'il tente de sauver Aix.

— Dong! C'est hors de question! D'ailleurs, ce serait peine perdue. Qu'est-ce que ce chimiste pourrait faire de plus que nos spécialistes?

— Tu es bornée, comme toujours.

Elle se leva et aboya à voix haute:

— Borné toi-même, espèce d'épouvantail creux! Bong!

Elle fila vers le portail central. Vidal demanda vite à Balthazar :

— Veux-tu vraiment y aller ?

— Oui !

— Tu ne risques pas de te perdre dans le continuum spatiotemporel ?

— Non !

De sa poigne de fer, l'armure l'agrippa par le collet et le lança vers l'horloge. Le garçon tomba dans l'ombrage et s'y enfonça.

Balthazar atterrit sans heurt au pied du grand voyageur. Il entra sous le feuillage et indiqua les coordonnées de sa destination. Les branches s'écartèrent devant lui et de l'autre côté apparut une pièce de travail. Il n'y avait personne. C'était le bureau du chimiste ; le laboratoire se trouvait de l'autre côté de la porte close.

— Je ne fais qu'un petit saut et je reviens, dit Bou à l'arbre. Ne repartez pas sans moi !

— Je resterai en liaison pendant quinze minutes.

Bou traversa le bureau et prit une feuille vierge dans le bac de l'imprimante. Il écrivit au centre : « Pour le professeur Martel : à analyser. » Il signa, enroula le papier autour des deux tubes et posa le paquet sur le secrétaire. En se retournant vers l'arche de branches, il aperçut une boîte d'auto-injecteurs d'adrénaline. « C'est peut-être ce qu'il faut à Aix. » Il prit une seringue et retourna sous la frondaison avant que quelqu'un ne fasse irruption dans la pièce. Au moment d'indiquer sa nouvelle destination au grand voyageur, il lui demanda si Sévira était près d'Aix, selon ce qu'il pouvait savoir d'elle.

— Elle est dans la salle du conseil, mais il n'y a que le sieur Vidal sur la passerelle aux instruments.

— Par les fichiers dispersés ! Tant mieux ! Cette sans-cœur m'aurait à coup sûr empêché de lui injecter le produit, tandis que le brave chevalier va approuver mon geste, j'en suis persuadé.

Les feuilles s'agitèrent et l'arbre murmura :

— Elle n'est pas insensible, mon petit. Elle souffre d'un profond chagrin d'amour.

— Elle aime quelqu'un ? Incroyable !

— Lavisée adore Nada autant que lui la chérit.

— Ça alors ! Pourquoi est-elle aussi vilaine avec lui, dans ce cas ?

Le chêne répondit dans un souffle triste :

— Elle s'interdit d'aimer à cause de moi. Ses sentiments inavoués la rendent irritable. Ah ! La passion !

Bou songea à Aix qui pestait souvent contre lui, mais qui lui faisait parfois les yeux doux. Était-il possible qu'elle l'aime comme il l'aimait? Son cœur se mit à battre très fort. Mais il se serra aussitôt. Sa chère amie se mourait. Il devait vite lui administrer le remède. Il demanda à l'arbre de le transporter sur la passerelle aux instruments. Il ressortit à côté de Nada Vidal qui était seul devant le régénérateur. Le chevalier sursauta, mais se ressaisit vite. Il ne semblait pas étonné par l'apparition de l'arbre.

— Alors? demanda-t-il au garçon dans un murmure.

Les rideaux étant fermés, Sévira ne pouvait pas les voir. Bou prit une grande inspiration. Il fallait qu'il convainque l'armure de faire cette injection à Aix. L'autre l'écouta et dit:

— Au point où nous en sommes, je suis prêt à tenter n'importe quoi.

Il administra le produit à la damoiselle. Mais elle n'ouvrit pas les yeux. Balthazar ne pouvait plus supporter de la voir dans cette boîte. Il retourna sous la frondaison du chêne qui n'avait pas encore fermé sa porte et la passerelle aux instruments disparut. Bou gémit:

— Comment allons-nous la sauver?

— Les échantillons vont peut-être livrer leur secret, souffla l'arbre.

— Oui, je dois vite demander au prof de

les analyser et de trouver le remède. Grand voyageur, nous ne nous reverrons probablement plus. Je vous remercie pour votre aide précieuse.

— Tout le plaisir fut pour moi. Merci pour vos visites.

Le garçon serra ses paupières et les rouvrit bien grand. Son esprit fila vers une tour de chute. Le truc du réveil instantané avait fonctionné.

Balthazar se leva sur la pointe des pieds et descendit au rez-de-chaussée. Il décrocha le combiné du téléphone et appela au laboratoire. Grâce à sa formidable mémoire, il en connaissait le numéro par cœur. Comme il s'y attendait, le professeur Martel était là. Bou lui indiqua qu'il lui avait fait porter des échantillons. Le chimiste le fit patienter un instant, puis il annonça qu'il les avait trouvés et qu'il acceptait de les analyser. Il lui demanda de rappeler une heure plus tard.

Ce délai écoulé, le savant répondit à la première sonnerie.

— C'est étrange, dit-il. Es-tu sûr que les prélèvements ont été effectués sur des humains ?

Balthazar fit semblant d'être amusé.

— Ha! Vous êtes drôle! D'où viendraient-ils, sinon?

— Si je croyais à la magie ou aux voyageurs de l'espace, je dirais que tes amis sont des créatures fabuleuses ou des extraterrestres.

— Les apparences sont parfois trompeuses, répliqua Bou.

— Tu as raison. *Cucullus non facit monachum.* La cape ne fait pas le moine. Et je dois ajouter que, pour une fois, mon sarrau ne fait pas de moi un chercheur qui trouve. Je ne sais pas de quoi souffre ton amie.

Balthazar essaya de le mettre sur la bonne piste.

— Pourrait-elle avoir absorbé de ce nouveau comprimé anti-rêves?

— J'en doute. Mais, si c'était le cas, le remède serait de l'adrénaline.

« Nom d'un virus! songea Bou. Aix en a déjà dans le sang. Ce n'est donc pas la solution. » Il en déduisit que, si le savant n'avait pas reconnu le C.A.R., c'était que le mélange avec l'essence éléone avait dénaturé le produit.

— Je vais poursuivre les tests, ajouta l'homme. Je communiquerai avec toi si je découvre quelque chose.

Le garçon le remercia et retourna au lit.

Balthazar était de retour au quartier général. Ses compagnons utilisèrent les larmes-scanâmes pour savoir comment s'étaient déroulées ses démarches. Du coup, ils apprirent l'amour refoulé entre Sévira et Vidal.

— J'ai du chagrin pour Lavisée et Nada, murmura Peccadille.

— Ouah! fit Ardor. Moi qui croyais qu'elle ne pouvait pas s'endurer elle-même!

— Il ne faut pas se fier aux apparences, dit Éolie.

— Derrière la colère ne se cache pas nécessairement de l'hostilité, ajouta Jandal.

— Tout ce qui a des plumes ne vole pas, renchérit Fuego.

— *Cucullus non facit monachum*, dit Bou machinalement.

— Quoi? s'étonna Jandal.

Edwin étendit aussitôt les mains au-dessus de la tête de Balthazar pour simuler un exorcisme.

— Phantamar, sors de ce corps! dit-il.

— Ça veut dire: la cape ne fait pas le moine, ajouta Bou sans rire. Ce sont les mots du professeur.

Il revit le géant à la cape mauve qui emportait la jeune fille qu'il aimait. Il gémit:

— Il faut trouver comment réanimer Aix avant que le C.A.R. ne l'emporte vers la mort!

Jumelés aux autres paroles de ses amis, ces mots firent naître une image dans l'esprit de Fuego : il vit l'Ombre Mauve se métamorphoser en un serpent couvert de plumes.

— Quetzalcóatl, murmura-t-il.

Il regarda les autres et ajouta :

— Je repense à la légende que je vous ai racontée la nuit où nous avons fait connaissance et que je vous ai fait visiter des pays d'Amérique Centrale. Quetzalcóatl, le dieu de l'intelligence, a pris l'apparence de Xolotl, le dieu de la mort, et a ainsi déjoué les gardiens des enfers qui l'ont pris pour leur maître et l'ont laissé passer. Il a dérobé les ossements des défunts et les a ramenés à la vie pour créer mon peuple. J'ignore pourquoi, mais j'ai l'impression qu'une solution se cache derrière cette histoire et le dicton « la cape ne fait pas le moine. »

— Sainte esperluette ! s'exclama Balthazar. C'est simple. L'un de nous va se déguiser en Ombre Mauve pour approcher Phantamar et lui tirer les vers du nez. Il s'agit de lui faire révéler l'antidote qui sauvera Aix.

Il fixa Edwin, le seul qui pouvait se transformer en un colosse éléon.

— C'est une excellente idée, dit son ami, sauf qu'il y a un petit problème. Les maldors sont furtifs. Comment vais-je trouver le Romain ?

— Bogue !

Mais, en songeant au légionnaire, Edwin réentendit sa voix qui disait : « Œil pour œil, dent pour dent… » Il lui avait parlé par télépathie. Ce faisant, il avait ouvert un lien entre leurs esprits. Edwin fut convaincu qu'il pouvait le contacter à distance. Il grandit d'une tête, son corps se muscla et une longue houppelande violette à capuchon retombant lui apparut sur le dos.

— Phantamar n'y verra que du feu, gronda-t-il.

— Brrr ! fit Ardor. C'est pareil.

Grâce à ses dons d'acteur oneiro, Edwin avait adopté non seulement l'apparence, mais aussi la voix de l'Ombre Mauve.

— Phantamar ! appela le faux maldor.

— Oui, l'Ombre ? répondit le Romain en pensée.

— Il faut que je te voie, tout de suite !

— Comme tu veux. Je suis au repaire.

Edwin ignorait où ça se trouvait.

— Non, je veux te parler en privé. Rejoins-moi au sommet de la tour de chute de Bulle-Neige.

Edwin demanda à Jandal de l'emporter. Ils

disparurent dans un tourbillon éphémère. Le Marocain déposa son ami sur le large disque de verre traversé en son centre par la haute tour.

— Appelle-nous si ça tourne mal et nous accourrons.

Edwin acquiesça. L'autre repartit.

Un chêne pleureur apparut sur la plateforme et le Romain sortit de sous ses branches.

Pour Edwin, il était facile de déduire que le traitement administré à Aix n'avait pas plu à Soucougnan, mais il ignorait jusqu'où allait le désaccord du chef avec Phantamar et Détorve. Il tâta le terrain en disant :

— Aix est très mal en point.

Le gladiateur se balança d'un pied sur l'autre et annonça à mi-voix :

— Je lui ai administré de la matière anti-rêves.

« Ça fonctionne ! se réjouit Edwin. Il me craint. » Il s'exclama avec colère :

— Ça, je m'en doutais ! Ce que je veux savoir, c'est comment la réveiller.

— L'antidote du C.A.R. réel administré en songe ? C'est, bien sûr, de l'imagination oni-rique absorbée dans la réalité.

— Où vais-je trouver ça ? s'enquit le faux Ombre.

— Comment as-tu pu oublier ? Tu n'as pas l'air dans ton assiette. Qu'est-ce que tu as ?

— Rien. Alors ? Où se trouve l'imagination ?

— Mais dans un…

Phantamar suspendit sa phrase, dégaina son glaive et gronda :

— Tu n'es pas l'Ombre Mauve.

Edwin abaissa son capuchon et laissa tomber :

— *Cucullus non facit maldorum !*

Le Romain se jeta sur lui, mais Edwin l'enserra avec force et répéta sa question.

— Où se trouve l'imagination ?

— *Quanquam quæris, est mora longa !* se moqua l'autre par télépathie.

En même temps que la citation, il transmit la signification à Edwin : « Tu peux demander, tu vas attendre la réponse longtemps ! » Sur ces mots, Phantamar se libéra et s'envola vers la glume. « Il est fou ! » songea l'adolescent. À sa stupéfaction, le maldor ne se désagrégea pas au contact de la matière qui empêchait les choses oniriques de quitter la Zone. Edwin le poursuivit en serpentant entre les dormeurs. Mais le Romain le distança aisément. L'effet de l'adrénaline ne s'était pas complètement dissipé en lui, ce qui freinait son imagination et le privait de ses pleins pouvoirs de rêveur.

L'ennemi empoigna le pied d'un bambin qui passait. Un tourbillon fugace aspira le petit et l'expédia dans une strate avec Phantamar.

Edwin retrouva ses compagnons et les sage-songes à la salle du conseil. Il leur rapporta ce que sa mascarade lui avait appris. Les dirigeants n'avaient jamais entendu parler d'imagination onirique. Ils ignoraient donc où en trouver.

— Edwin aurait fait ça pour rien ? s'exclama Balthazar.

— Ce n'était pas pour rien, répliqua son ami. J'ai appris que, pour sauver Aix, il fallait l'emporter dans la réalité. Où est sa musette de tréfonds-trucs ? Elle devait l'avoir, quand vous l'avez retrouvée au jardin.

La tortue sortit le sachet de sa carapace. Il le fouilla.

— Son passe-partout n'est pas là.

— Nous n'avons touché à rien, l'assura le grand-sagesonge.

— Les maldors l'ont donc pris, dit Éolie. Comme les nôtres.

— Comment allons-nous la transporter dans l'autre monde ? s'enquit Edwin.

Il tourna des yeux implorants vers l'horloge. Son double tic-tac ralentit tandis qu'elle pesait le pour et le contre. Elle transmit sa décision en privé aux cinq jeunes gens.

— Mon souhait le plus cher est de la voir guérir. Mais vous êtes trop chamboulés ; vous risquez de vous tromper de coordonnées et de vous perdre à jamais. D'ailleurs, ça ne donnerait rien puisqu'il manque l'essentiel, l'imagination.

De l'huile coula du dix et du deux de son cadran. D'une pensée bouleversée, elle ajouta :

— Klonk… Il vaut mieux sacrifier une personne plutôt que cinq.

— J'irai seul ! transmit Edwin. Je suis prêt à risquer ma vie pour ma cousine.

— Dong ! Je suis désolée, mais c'est non.

Ses aiguilles se courbèrent avec sévérité.

— Gong ! Maintenant, je vous ordonne de promettre que vous ne plongerez plus dans mon ombre !

Dépités, ils lui donnèrent leur parole.

Les sagesonges demandèrent aux Oneiros de chercher la mystérieuse source d'imagination. Les acolytes s'apprêtaient à partir patrouiller le noyau quand Balthazar s'exclama :

— Le gobe-sphériole !

Il se tourna vers Edwin et, les yeux agrandis par l'espoir, il dit :

— La première nuit où les maldors t'ont attaqué, dans le métro, tu as transporté le cube de cristal doré chez toi. Cela sans t'en rendre compte, alors que tu n'étais pas encore sphériolé.

Edwin comprit où il voulait en venir.

— Tu as raison, je peux donc y arriver !

— Bong ! Arriver à quoi ?

— À intraférer Aix pour l'emporter dans notre monde.

— Dong ! C'est de la folie !

— Mais non ! J'ai déjà réussi à absorber ma volumineuse *horloge-fuseaux*, ce qui était considéré comme impossible. Aix est bien plus mince qu'une horloge et plus légère que le gobeur. Je n'aurai aucune peine à l'enfouir dans mon cœur. Je vais me réveiller dans la réalité et l'*extraférer*.

Aix lui avait déjà demandé de l'intraférer et il avait refusé, redoutant que ça tourne mal. Elle n'était pas aussi menue qu'il venait de le prétendre, mais il était confiant d'y arriver. Aujourd'hui, il n'y avait plus de place pour l'appréhension.

— Hum, fit Philein. Tu as de grandes facultés, mais ce que tu veux tenter est trop risqué. Je ne peux pas te laisser faire.

Edwin regarda la tortue qui avait souvent défendu son point de vue.

— Phantamar t'a facilement distancé dans

la glume, lui rappela-t-elle. Tu n'es pas en pleine possession de tes forces.

— Ça risquerait de mal se terminer, dit le chien. Ne fais pas ça, Eddie.

«Même Ardor est contre moi!» se froissa le garçon.

— Ils ont raison, souffla sa sphériole dans sa tête. Je sens les relents d'adrénaline qui t'amortissent. Tu devrais oublier ce projet, ou du moins le remettre à plus tard.

— Plus tard, ce sera trop tard! répliqua-t-il mentalement à Jipi Rolou.

Il fulminait. «Je possède les dons de l'éther et une sphère de puissance de bonne dimension; je vais réussir!» Il regarda les tentures rouges derrière lesquelles se trouvait sa cousine. «Si son propre grand-père l'a kidnappée, je peux y arriver moi aussi.»

Ignorant les protestations de son étoile, il fila comme une flèche, passa entre les rideaux, repoussa le chevalier et entra dans le régénérateur. Yeux écarquillés, il fixa Aix en se concentrant de toutes ses forces. Une lumière intense envahit la boîte de verre. Quand les sagesonges rejoignirent Nada Vidal sur la passerelle, ils ne trouvèrent plus que les quatre masses des sérums de vie dans les coins; les damoiseaux avaient disparu.

4
Le repaire

Edwin se réveilla dans son lit. Il se concentra pour extraférer Aix, mais rien ne se produisit. « Ça doit être à cause de la présence des gars, se dit-il. J'ai peur de les réveiller. » Il sortit dans le couloir et essaya à nouveau. En vain. « Ma mère-grand ! Je n'arrive pas à la faire sortir de mon cœur. » Il durcit ses muscles pour tenter de l'expulser. Sans succès. Il ne sentait pas sa présence. « Je l'ai pourtant intraférée. Je n'ai peut-être pas pu lui faire traverser la glume… »

— Elle est toujours ici, souffla Jipi dans sa tête. J'ignore comment tu pourras la déloger.

Edwin se mit à pleurer.

— Qu'est-ce que je vais faire ?

— Rendors-toi. Tu seras plus utile dans la Zone qu'à te ronger les sangs ici.

Les sagesonges et ses acolytes furent soulagés de le voir passer le portail.

— Bong! Où est-elle?

Penaud, Edwin plaqua une main sur sa poitrine et dit dans un murmure:

— Je n'ai pas pu l'extraférer.

— Fais-la sortir, dit Philein, que nous la remettions dans le régénérateur.

Le garçon prit une série d'inspirations rapides et poussa. Une lumière jaillit de son torse et déposa sa musette de tréfonds-trucs de même que Jipi Rolou sur le sol, mais pas Aix. Il rappela sa sphériole à lui et redoubla d'efforts en se concentrant uniquement sur sa cousine. Il n'émit pas la moindre étincelle.

Le remords et la honte l'opprimaient davantage que le silence dans la salle. Tous avaient tenté de le dissuader d'intraférer Aix, mais il n'en avait fait qu'à sa tête et sa cousine était maintenant sa prisonnière. Aucun mot d'excuse ne lui vint; son geste était impardonnable.

— Tu réussiras plus tard, quand l'effet de l'adrénaline se sera estompé, dit Mambonne.

— Dong! fit Sévira avec dureté. Souhaitons-le!

— Pourquoi les avatars n'ont-ils pas empêché les maldors de lui faire du mal? se plaignit Balthazar. Ils auraient dû nous aider et se battre à nos côtés.

— Ils étaient là, répondit Jandal. Ils sont l'incarnation de nos propres forces intérieures ; la puissance qui les animait coule en nous. Ils ne nous ont jamais abandonnés. Mais nous avions pris un risque inconsidéré, en nous amenant dans la Zone en état de veille.

Les aiguilleurs entraînèrent les jeunes gens vers la sortie.

Les acolytes passèrent au vestibule et franchirent le portail menant au jardin interdit.

— Enfin, vous voilà !

La voix venait du globe suspendu au-dessus du lac Lacrima. C'était celle de Terribelle Angoisse. Les yeux se levèrent vers le vivarium en verre polarisé qui ne laissait pas voir qui était à l'intérieur. La prisonnière ajouta :

— J'ai réfléchi et je crois que je ne suis pas en sécurité, ici. Je suis donc disposée à vous proposer un marché.

— Tu n'es pas en mesure de marchander, répliqua Edwin sèchement.

— Oh que oui !

— Laissons-la parler, dit Éolie.

Elle demanda à la végimale :

— Quel genre de marché ?

— Si vous m'aidez à gagner la cachette de

mon choix, je vous dirai où se trouve le repaire des maldors.

— Génial ! se réjouit Ardor. Où veux-tu aller ?

— Je refuse de le dire.

— Comment veux-tu que nous t'y emmenions, dans ce cas ?

— Il n'est pas nécessaire que vous m'accompagniez. Fournissez-moi un passe-partout et je lui donnerai les coordonnées de ma destination. Vous n'avez pas besoin de les connaître.

— Tu veux aller dans la réalité !

— Bien entendu. Il n'y a que là que je serai à l'abri des maldors.

Edwin adressa un regard dépité à ses compagnons et leur transmit en privé :

— Nous ne pouvons pas satisfaire sa demande ; nous n'avons plus de passe et nous avons promis à dame Sévira de ne plus plonger dans son ombre.

— Si on volait un gland des maldors ? suggéra Fuego mentalement. Angoisse était leur alliée ; elle pourra se servir d'un passe réservé à l'usage des rebelles.

— On va essayer. Il faut d'abord trouver un de nos ennemis.

Le chien répondit à leur prisonnière :

— Nous allons réfléchir.

Ils retournèrent dans l'édifice où ils avaient

établi leur quartier. Tandis qu'ils cherchaient une façon d'entrer en contact avec un rebelle, Edwin se rappela ce que le grand voyageur lui avait soufflé par deux fois : « Tu connais le principe ; tu peux te débrouiller. » Il songea à Æth et au *parchecret* aux énigmes qui ne disaient jamais rien pour rien. Le chêne était un sage, au même titre que l'avatar de l'éther et le parchemin issu de la mare aux larmes. Le garçon fut persuadé que l'arbre ne s'était pas répété inutilement. Le souvenir du parchecret lui fit saisir le sens du message.

Deux nuits plus tôt, Edwin avait fait émerger un gland de la mare aux larmes, mais le fruit apparu ne permettait pas de se déplacer, car le garçon n'avait pas su lui transmettre le mode d'emploi. « Mais, depuis, songea Edwin, j'ai emprunté plusieurs fois les voies de l'espace et du temps et je maîtrise leur principe ; je suis donc en mesure d'expliquer l'art du voyage spatiotemporel à Lacrima. Voilà ce que le grand voyageur voulait me faire comprendre. »

— Attendez-moi, dit-il à ses amis. Je reviens.

Il ressortit dans la cour intérieure et avança jusqu'au lac.

Au cours de ses allers-retours entre les mondes, il avait perçu comment les passe-partout se déplaçaient en suivant les liens invisibles entre les coordonnées de l'espace-temps.

Il visualisa l'immense réseau que composaient l'ensemble des variables et transmit à Lacrima la manière d'atteindre chaque point. Le bassin entra en ébullition. Sept glands cristallins en jaillirent et se déposèrent dans ses mains.

Edwin retrouva ses amis et leur montra sa récolte. Ils en prirent chacun un et l'essayèrent. Sept chênes pleureurs de tailles diverses les entourèrent ; ils écartaient leurs branches de part et d'autre de leur tronc et derrière la seconde ouverture de chacun apparaissait un décor différent ; ils fonctionnaient tous.

— Nous pouvons répondre à la condition d'Angoisse ! se réjouit Ardor.

— Il ne nous manque que l'accord des sage-songes, indiqua Peccadille.

Dans la minute qui suivit, les dirigeants arrivèrent dans la cour intérieure. Ils entamèrent une discussion télépathique avec la maldore.

— Terribelle, nous voulons savoir où tu comptes te réfugier, transmit Carus Philein.

— Je ne veux pas le dire. Mes anciens compères risquent de le découvrir et de se venger.

— Y a-t-il des humains qui vivent là où tu veux aller ?

— Pas directement ; ils habitent plus loin. Certains vont parfois s'approcher, mais ils passeront toujours loin de moi. Je sais comment les éviter. Je serai bien cachée.

Gentille Mambonne demanda:

— Promets-tu que tu ne feras jamais de mal à un habitant de la Terre et que tu ne détruiras aucune parcelle du monde réel?

— Je le jure sur ma vie.

— Pouvons-nous la croire? s'enquit Lavisée Sévira. Elle a jadis promis de ne plus effrayer les rêveurs et elle a pourtant récidivé.

— Il faut prendre le risque si on veut connaître la cachette des rebelles, répondit la tortue.

Le chef se pétrit le menton, puis annonça:

— C'est bon, marché conclu.

— Merci! se réjouit Terribelle Angoisse. Quand les damoiseaux m'auront escortée jusqu'à ma retraite, je leur dirai où se trouve la planque des maldors.

— Dong! Pas question! Tu nous guides jusqu'au repaire et ensuite tu pourras partir.

— J'ai trop peur d'y remettre les pattes! Qu'arrivera-t-il s'ils s'y trouvent et qu'ils se fâchent?

— Gong! Nous serons là pour les arrêter. C'est à prendre ou à laisser.

Acolytes, sagesonges et maldore gagnèrent le parc de Bulle-Neige. Terribelle Angoisse avait indiqué que l'entrée de la grotte secrète se trouvait entre le verger aux poissons et le saut des moutons. La maldore qui incarnait un caméléon les guida au-delà d'un groupe d'arbres dont la ramure d'algues et de corail était entourée d'eau où frétillaient des poissons colorés. À quelques pas s'élevait une pente en gradins où cascadaient des toisons blanches et floconneuses dans des allers-retours incessants. Il ne s'agissait pas d'une chute d'eau, mais d'un réel flot de béliers, de brebis et d'agneaux dont le martèlement des sabots et les bêlements résonnaient comme une cataracte.

Ils s'arrêtèrent dans une clairière parsemée de pavots aux pétales rouges.

— Bong! fit Sévira. Pas étonnant que personne ne passe par ici.

D'un balancier, elle indiqua un des coquelicots, qui était recouvert d'une cloche grillagée composée d'un treillis de verre sur une armature rouge.

— Pauvre fleur! s'exclama Éolie. Pourquoi est-elle dans une cage?

— Parce que c'est la bouche d'un dangereux impassonge, répondit Mambonne.

Edwin se rappela la grille semblable devant l'ouverture du canon qui l'avait mené dans un cul-de-strate. Il s'étonna. Ces chemins inachevés étaient l'œuvre d'esprits endormis indécis ; il avait cru qu'il ne s'en trouvait que dans les strates, seuls endroits où les dormeurs s'adonnaient au rêve.

— Il y a eu des exceptions, dit Carus Philein. Quelques rares humains ont eu accès à Zoneira, comme tes amis et toi. L'un d'eux a jadis créé l'impassonge dans le canon du bateau pirate, un autre a créé celui-ci. Heureusement, Soucougnan les a tous trouvés et les a bloqués.

— Pff ! souffla Edwin. Ce n'est pas ça qui va racheter tous les crimes de l'Ombre Mauve.

Les autres jeunes gens hochèrent la tête et échangèrent des murmures d'assentiment.

— La culpabilité du sieur Nocturn n'a pas été établie, dit Philein. Il est toujours présumé innocent.

— Innocent ? s'écria Edwin. Mais, c'est lui qui...

— Bong ! le coupa Sévira. Cette discussion ne mènera à rien.

Elle se tourna vers la maldore et demanda :

— Où est l'entrée du repaire ?

Le lézard tira sa longue langue vers la fleur emprisonnée.

— Dong ! C'est dément ! Le piège peut s'écrouler n'importe quand.

— Il vaudrait mieux que les gars et moi

y allions seuls, suggéra Éolie. En cas de problème, nous pourrons nous échapper en bondissant de réveil.

— Mais non ! jappa le chien. Les maldors y ont séjourné longtemps sans que rien n'arrive. Il n'y a pas de raison que ça nous tombe sur la tête maintenant.

— Comment saurons-nous par où ressortir ? s'enquit Mambonne.

— L'issue est indiquée par une trompette-de-la-mort, répondit la maldore.

— Allons-y, dit Philein.

Ils jaillirent l'un après l'autre d'un champignon semblable à un entonnoir, dont la chair était gris foncé. Edwin et Ardor se crurent revenus dans l'impassonge du canon. Comme l'autre, cette grotte était sphérique et recouverte d'une gangue abrasive sombre. Elle était cependant aussi haute que la salle du conseil et elle n'était pas vide ; il s'y trouvait des meubles et des appareils, dont un très grand écran, présentement allumé. Divisé en deux, il montrait la salle du conseil et le jardin interdit.

— Les dynamappes ne sont pas censées avoir accès à ces lieux privés, s'étonna la tortue.

Philein demanda par télépathie à l'appareil :

— Peux-tu aussi fouiner dans nos demeures ?

— Oui, répondit-il dans sa tête.

Il regarda ses consœurs et annonça :

— Cette dynamappe a accès à toute la résidence officielle et je peux communiquer avec elle mentalement. Ce qui signifie que…

— Gong ! Les malfrats ! Ils ont osé !

L'horloge souleva brusquement un de ses balanciers. Il se détacha du coffre et fila vers l'écran.

— La glume ! crièrent les autres Oneiros.

La lourde pièce de métal percuta le centre du disque et les deux rondelles de cristal de larmes qui le composaient éclatèrent. La gélatine qu'elles renfermaient fut libérée, coula le long de la paroi concave et glissa vers eux. La matière était inoffensive pour les dormeurs, mais elle était plus caustique que l'acide pour les Oneiros.

Le caméléon bondit sur le champignon. L'horloge suivit. Ne pouvant passer qu'un à la fois, ils n'auraient pas tous le temps de s'échapper. Edwin emporta le vieil éléon avec son passe-partout, Fuego se chargea de la tortue et les aiguilleurs· plongèrent chacun sous un arbre. Les garçons laissèrent les Oneiros au pied du saut des moutons et retournèrent dans l'impassonge où étaient restés leurs autres amis.

Telle une coulée de lave qui brûle tout sur son

passage, la glume avait fait fondre la gangue et laissé derrière elle un chemin de cristal doré. La gélatine s'était arrêtée dans le creux inférieur de la grotte sphérique. Edwin vit briller une pépite d'or au fond de la cuvette. Il y plongea la main et la cueillit. C'était une miette d'edbalium.

Jandal commanda à la glume de s'agglomérer pour former une boule qu'il serra entre ses mains.

— Quelqu'un pourrait-il faire pousser un passe-partout?

Un arbre jaillit devant lui. Il entra dessous. De l'autre côté du branchage apparut l'épaisse voûte de gelée qui entourait le noyau onirique. Le Marocain souffla sur la boule, lui fit passer l'arche et la retourna à la glume. Les Oneiros pouvaient revenir sans danger. Comme les ondes ne passaient pas, Éolie sortit les en informer. Ils revinrent par le champignon en trompette. Mambonne considéra le cristal en miettes d'un air déçu. Elle dit à l'horloge:

— Tu n'aurais pas dû casser la dynamappe magistrale maldore. Nous aurions pu la questionner et obtenir de précieuses réponses.

— Bong... Je suis désolée. J'ai vu rouge en réalisant qu'elle contenait de notre essence.

— Elle contenait votre essence? s'étonna Balthazar.

— Forcément, répondit Philein. Voilà

pourquoi elle avait accès à tout, au même titre que la nôtre.

Bou se rappela la nuit précédente. Les sage-songes avaient demandé de leur essence pour l'ajouter à la dynamappe magistrale afin qu'elle arrête de sonner l'alarme chaque fois qu'ils entraient dans le jardin interdit. Ils avaient donné chacun un cheveu.

— La salle du conseil et la résidence officielle sont enduites de nos trois essences, expliqua Mambonne. Seule une dynamappe qui contient notre substance peut sonder ces endroits. J'ignore comment les rebelles s'en sont procuré, mais leur appareil en renfermait.

— Dong! Je soupçonne Perfi Détorve de nous en avoir soutiré du temps qu'il était gardien. J'ai souvenir d'une accolade dont j'étais ressortie avec une éraflure. Le rustre!

— Voilà pourquoi les maldors étaient au courant de tout, dit le patriarche.

Éolie avait récupéré le balancier avant que la glume ne l'atteigne. Elle le rendit à l'horloge qui le raccrocha. Edwin retourna la pépite dorée entre ses doigts.

— Pourquoi avaient-ils aussi inséré de l'edbalium dans leur dynamappe?

Ils jetèrent un regard interrogateur à Angoisse, qui haussa la ceinture scapulaire qui lui tenait lieu d'épaules. Elle ne savait pas.

— Qui a construit ce cul-de-strate? demanda Philein. Pourquoi ne s'est-il jamais effondré?

— On ne m'a rien dit. Quand je me suis jointe aux maldors, ils avaient déjà établi leur quartier ici. À voir la poussière, ils ont déserté les lieux depuis un certain temps.

Ils firent le tour du repaire. L'horloge s'exclama:

— Bong! Ils ont un *créateur de passonges,* un *expéditeur de rêve* ainsi qu'un *four à cristal de larmes.*

— Ça sert à quoi, un expéditeur? s'enquit Balthazar.

— Les aiguilleurs s'en servent pour connaître le songe que veut faire un dormeur et pour le transférer de la glume à une strate, répondit Peccadille.

Le rôle du créateur de passonges était évident et ils avaient vu des fours quand ils avaient visité la fabrique; les artisans y faisaient fondre le cristal avec lequel ils façonnaient les instruments oniriques.

Edwin marcha jusqu'à un plan de travail où se trouvaient un flacon et un godet. Ils étaient vides et sans intérêt. Mais derrière le comptoir se trouvaient d'autres engins. En contournant le meuble, Edwin entendit un crépitement sous son pied. Il avait marché sur le culot d'un petit récipient cassé. Il évita les tessons de verre et alla voir les machines de plus près. La première était un régénérateur d'Oneiros, la suivante ressemblait à une de celles qu'il avait vues dans la salle du conseil, et la dernière ne lui disait rien. Il questionna les sagesonges du regard. Sévira le rejoignit.

— Dong! Ça alors! Ils ont un *rouet-tricoteur de tréfonds-trucs*, un régénérateur et même une *pépinière à greffon*.

Elle expliqua que le rouet servait à tricoter des poches de toute nature qui pouvaient contenir tout ce qu'on y insérait sans s'agrandir ni s'alourdir. Quant à la pépinière, on l'utilisait pour multiplier des choses. La plupart des arbres étranges du parc de Bulle-Neige étaient issus d'un tel appareil.

Edwin sortit son passe-partout et demanda:

— Est-ce qu'on peut multiplier ça?

— Bong! Ça te servirait à quoi?

— C'est juste pour faire un test.

— Je vais te montrer comment ça fonctionne, s'interposa la tortue.

L'horloge soupira. À côté de la machine se trouvait un panier rempli de brindilles d'arbres d'essences diverses. Gentille en déposa une dans la partie creuse de l'instrument et dit au garçon:

— Pose le gland contre le bois. Dans une

minute, tu auras un jeune plant garni de bourgeons que tu pourras repiquer au jardin et, dans une heure, il sera devenu un arbre chargé de reproductions de l'objet.

« Je vais pouvoir faire des réserves », se réjouit Edwin. Il suivit les instructions. Au bout d'une minute, il déchanta. Il ne s'était rien produit.

— L'objet est infertile, annonça dame Mambonne.

— Bing ! Quel dommage ! se moqua Sévira, soulagée de ne pas voir proliférer les fruits voyageurs.

— Hum, fit Philein. Il n'y a rien ici qui puisse nous en apprendre plus sur les rebelles. J'enverrai des aiguilleurs récupérer les machines.

Edwin lui adressa un regard éloquent.

— Non, tu ne peux pas les avoir, répondit le chef. Mais, si tu en as besoin, viens nous voir et nous t'assisterons. Maintenant, partons.

Terribelle Angoisse, qui craignait de voir rappliquer ses ex-compères, accueillit cet ordre avec soulagement. Il lui tardait d'être en sûreté et elle trépignait d'impatience. Cependant, en s'imaginant dans sa retraite secrète de la réalité, elle réalisa soudain qu'elle ne pourrait plus changer d'apparence une fois là-bas et qu'un corps de caméléon ne convenait pas. La paresseuse végimale songea à incarner une plante, mais elle se dit qu'elle risquait d'être mangée par le premier phytophage venu. Elle devait choisir un animal qui pourrait se faufiler dans le décor aussi bien que fuir d'éventuels dangers.

— Nous pouvons y aller, dit Edwin.

— Une petite seconde, intervint Angoisse.

Elle se métamorphosa en mammifère aquatique au pelage brun grisâtre, aux pattes palmées, à la queue épaisse et au cou démesurément allongé. Elle était devenue une sorte de loutre préhistorique qui faisait le double de la taille d'une otarie.

— Je suis prête!

Edwin sortit son passe-partout.

— Il n'obéit qu'à moi et à mes alliés. N'étant pas mon amie, vous devez me dire où vous voulez aller.

— Non. Si tu me permets de l'utiliser, je pourrai lui dicter mentalement ma destination.

— Je vous y autorise à condition que je vous accompagne. Je veux récupérer mon passe.

Ses compagnons tenaient à y aller aussi, au cas où elle aurait projeté de lui jouer un mauvais tour. Le boxer musclé aux puissantes mâchoires ne changea pas d'un poil, mais le ballon se transforma en un long lasso aux brins multicolores.

— Tu n'auras pas besoin de m'attacher, dit la maldore.

— Sait-on jamais!

Les sagesonges rappelèrent à Terribelle sa promesse de se tenir tranquille, puis ils lui firent leurs adieux. Les adolescents et les aiguilleurs firent la chaîne. La loutre préhistorique donna la patte à Edwin qui lui remit le gland de cristal. Elle le jeta devant eux et ils entrèrent sous le large feuillage. De l'autre côté du tronc apparut une pénombre brumeuse. Ils sortirent de sous l'arbre et Edwin ramassa la noix. L'aube commençait à poindre dans leur dos. Ils étaient sur une berge, au pied d'une colline. La lumière du jour perçait le brouillard et les formes se précisèrent. Le cours d'eau était encaissé dans une vallée. Il était large et si long qu'on n'en voyait le bout ni à droite ni à gauche. Sur l'autre rive, deux kilomètres plus loin, s'allongeait une interminable chaîne de collines. Juste en face des voyageurs s'avançait un promontoire rocheux surmonté d'une muraille entourant des bâtiments de pierre, dont une chapelle et une grande tour de cinq étages flanquée d'une ancienne machine de guerre: une catapulte. C'était un château médiéval. Les accompagnateurs de la maldore n'avaient jamais vu cet endroit.

— C'est ici que nos routes se séparent, dit Angoisse. Je vous remercie de m'y avoir emmenée. Je ne risque pas que les autres me retrouvent dans ce coin perdu d'une autre époque.

Ils lui souhaitèrent bonne chance dans sa nouvelle vie. Elle leur souhaita des rêves paisibles. Elle fit deux pas dans l'eau, se retourna vers Edwin et dit :

— Je vous ai caché un truc dont je peux maintenant parler. Si l'Ombre Mauve a tenté de me tuer, ce n'est pas tant parce que je ne t'ai pas abandonné dans le passé de Pise, c'est surtout parce qu'il croit que je l'ai vu faire quelque chose qu'il tient de toute évidence à garder secret. Il a convaincu les autres que j'étais une traîtresse et qu'il fallait se débarrasser de moi.

— Qu'est-ce que vous avez vu ?

— Rien. Il était à l'autre bout du repaire et me tournait le dos. J'ai seulement entendu un bruit de verre cassé. Pour que ça me vaille la peine de mort, ça doit être important.

— J'ai vu un contenant brisé au pied du plan de travail, dit Edwin. Il n'en restait que le culot. Je ne vois pas en quoi ça pourrait nous être utile.

Le chant d'un coq leur parvint depuis l'autre rive. Le pont-levis du château fort s'abaissa. Angoisse avança une patte palmée vers Edwin. Il tendit la main et elle y laissa tomber quelque chose en disant :

— J'ai trouvé ça dans un coin du repaire.

J'ignore ce que c'est et d'où ça vient, mais qui sait ? Ça vous sera peut-être plus utile que le verre cassé !

C'était un filament court.

Terribelle Angoisse leur adressa un dernier regard. Ils y lurent une grande reconnaissance et du chagrin. Elle était soulagée d'être à l'abri, mais triste de quitter son monde.

La loutre préhistorique plongea dans le lac. Les acolytes regagnèrent Zoneira.

5
Le libérateur

Melchia se réveilla. En voyant le soleil dehors, elle se renfrogna.

— Zut ! La nuit est passée sans que je m'en rende compte.

Elle fouilla ses souvenirs et grommela :

— Je me rappelle même pas à quoi j'ai rêvé !

Le jeune JJ marchait d'un pas pressé, le cœur joyeux, la tête pleine d'espoir. C'était portes ouvertes, ce jour-là, et il allait visiter la polyvalente. La prochaine rentrée scolaire serait spéciale : il allait commencer le secondaire. Une nouvelle école, de nouveaux copains, une nouvelle vie débutait. Ce que ses camarades de classe lui avaient fait subir au primaire lui semblait déjà loin.

Ayant perçu des bruits de pas dans son dos, il tourna la tête, lentement, pour ne pas montrer sa peur. Il ne vit personne, mais il entendit le martèlement de plusieurs pas de course qui fuyaient entre les maisons voisines. On l'avait souvent suivi pour le tourmenter, mais il pensait que c'était fini. Sa belle assurance s'envola. Il poursuivit cependant sa route sur le même rythme. C'était sa tactique : faire comme si de rien n'était. Mais une crampe lui tordait le ventre.

Il atteignit le parc bordant l'établissement. Il était si nerveux qu'il ne s'étonna pas que l'endroit fût désert. Il se demandait qui il trouverait à l'intérieur. Des ennemis, ou des amis ? Les amis, pour JJ, ce serait du nouveau. De la maternelle jusqu'en sixième, il n'en avait jamais eu. Il avait sans cesse subi les moqueries et les méchancetés de ses congénères. Anxieux, il passa le double battant de l'entrée menant au vestiaire. Il n'y avait pas un chat. Mais une voix puissante souffla :

— *Idiotes ! Monstrum ! Gurde !* Idiot ! Monstre ! Lourdaud !

Un grand rire résonna entre les rangées de casiers.

La douleur des mauvais traitements subis par le passé refit surface : le pincement des gommes à effacer lancées, la brûlure des coups

122

de pieds, la morsure des insultes… Celles-ci étaient les plus douloureuses. Parce que JJ était différent, les autres le traitaient de tous les noms et faisaient n'importe quoi pour le ridiculiser; ça les gonflait d'importance. Il avait fini par croire que les injures étaient fondées; il avait honte de son corps, de sa tête, de toute sa personne; il avait perdu confiance en lui. Il avait envie de hurler, de pleurer, mais il se retenait, ne sachant pas si ça ferait réfléchir les bourreaux à la portée de leurs gestes, si ça lui attirerait leur sympathie, ou si au contraire ça confirmerait leur position de force et attiserait leur cruauté.

Les beaux espoirs du garçon s'étaient envolés; son supplice se poursuivrait au secondaire. Il prit une longue inspiration et s'obligea à cacher son affliction. Mais, intérieurement, il se demandait s'il survivrait encore longtemps. Un légionnaire romain apparut au bout de la rangée. Il battit l'air de son glaive. JJ prit conscience de l'absurdité de la situation.

— Encore un cauchemar, gémit-il. Je n'en peux plus…

— Il n'en tient qu'à toi que ça arrête, dit Phantamar. Avec les comprimés anti-rêves, ton sommeil serait un havre de paix.

— Non! gronda une voix.

Un casier s'ouvrit et un géant vêtu d'une

cape violette en sortit. Il déposa une main protectrice sur l'épaule de JJ et ordonna au Romain :

— Va-t'en !

— Quoi ? cria l'autre.

L'Ombre Mauve répondit par télépathie :

— J'ai un plan. Quitte cette strate et laisse-moi faire.

— Tu ne m'as jamais parlé de ce plan. Traître !

— Perfi et toi avez tendu un piège empoisonné aux portefaix sans m'en parler. Dois-je conclure que tu es un traître ?

Phantamar se garda de répliquer.

— Va-t'en, répéta son chef. Je t'expliquerai plus tard.

Pendant leur échange muet, JJ roulait des yeux terrorisés d'un colosse à l'autre. Quand le Romain disparut dans le casier, le chef maldor adoucit sa voix et dit :

— Tu n'as plus à avoir peur, JJ. Je suis l'Ombre Mauve, le libérateur des songes. Je ne laisserai plus personne te faire vivre de cauchemars.

Le garçon scruta l'ombre de la capuche, mais ne vit aucun visage. Peu lui importait ; son sauveur avait une voix profonde et rassurante. Il se sentit en sécurité. Ses yeux s'emplirent de larmes de reconnaissance.

— Merci, Ombre Mauve !

Le géant prit une inspiration en goûtant la force qui le gagnait. L'admiration du damoiseau augmentait sa vigueur.

— Si tu me portes dans ton cœur, tu ne connaîtras plus jamais le cauchemar.

— Je rêverai à vous chaque nuit et penserai à vous tous les jours. Merci, grand libérateur.

JJ bondit de réveil. Il était encore tôt ; il avait quelques heures devant lui avant d'aller visiter l'école polyvalente en vue de la rentrée scolaire qui aurait lieu dans deux mois. « Je suis sous la protection de l'Ombre Mauve, se réjouit-il. Les adolescents ne seront pas cruels envers moi comme l'ont été les enfants. » Confiant d'avoir enfin des amis, la tête pleine d'attentes pour sa nouvelle vie à l'école des grands, il se rendormit et rêva au libérateur des songes qui se transformait en libérateur de l'intimidation.

La vénération de JJ se combinait à celle de Colette Boisclair et des autres dormeurs à qui l'Ombre avait promis de les libérer des mauvais rêves. Leur fervent amour accroissait sa puissance à une vitesse folle.

L'Ombre Mauve tâta ses boucles d'oreilles. « La désensibilisation fait merveille ; je ne suis plus étourdi. C'était une idée de génie ! J'aurais dû commencer à en consommer bien avant. » Il ouvrit un nouveau flacon qu'il avait rempli à sa source secrète et l'avala d'un trait. Le liquide tapissa ses entrailles et épaissit son blindage de l'intérieur. «Avec ce solide bouclier, je saurai résister à tous les assauts. Grâce à l'imagination pure et à l'adoration des dormeurs, je suis maintenant aussi puissant que les portefaix réunis.» Il se laissa bercer par son rêve, qui était sur le point de se réaliser. Il leva les bras et sa voix résonna dans la strate vide.

— Sous peu, je me proclamerai dieu des rêveurs et roi des Oneiros! Et gare à quiconque tentera de m'en empêcher!

Il baissa les bras. «Mais, auparavant, il y a un problème à régler. Les gens deviennent trop nombreux à fuir les songes. Je n'avais pas prévu que les comprimés anti-rêves seraient si populaires. Je dois empêcher l'exode des humains.» Il réfléchit un long moment, puis il disparut sous son passe-partout.

Phantamar fulminait. Il appela son autre compère par télépathie.

— Perfi! Où es-tu?

— Dans la strate K-30197. Je suis occupé!

Un chêne pleureur apparut dans la réalité, dans la chambre à coucher du chef d'État d'une grande république. L'homme dormait d'un sommeil vide ; il avait été l'un des premiers à bénéficier des effets du C.A.R. Il n'y avait personne d'autre dans la pièce. Le géant capé leva sa main armée d'une faux à la grande lame arquée. En même temps, il plaqua son autre main sur la bouche du dormeur afin d'étouffer le cri qui ne manquerait pas d'ameuter les gardes du corps. L'homme regarda l'incarnation de la mort avec des yeux exorbités. L'Ombre Mauve murmura de sa voix d'outre-tombe :

— Monsieur le président, je vous ai choisi. Grâce à votre décès éclatant, l'humanité va recommencer à rêver.

C'en fut trop pour le cœur de l'homme. Un violent spasme le foudroya.

« Excellent ! se réjouit l'Ombre. Encore une dizaine d'autres victimes parmi le gratin et les autorités s'empresseront de retirer le comprimé du marché. »

Son passe-partout l'emporta dans la chambre d'un chanteur de renommée internationale.

La scène K-30197 avait pour décor de hautes

haies de cèdres formant un grand labyrinthe, sans issue visible autre qu'une branche sèche qui était la bouche d'un passonge. Le Romain arriva par là. Plutôt que de perdre son temps à fouiller l'inextricable réseau, il s'éleva dans les airs. Il localisa Détorve et le rêveur. Le maldor sortilégeois s'était inspiré du Minotaure, un monstre fabuleux de la mythologie grecque ; il incarnait un homme à tête de taureau, mais aux cornes d'argent, dont une jambe amputée sous le genou s'appuyait sur une patte de bois. Phantamar afficha une moue dégoûtée à la vue du monstre mutilé, puis il le rejoignit dans l'impasse où il avait acculé le rêveur.

— Il faut que je te parle, Perfi.

— Un instant, j'ai presque fini.

Le monstre gronda à sa victime :

— Le pays des songes appartient aux créatures des rêves. Si tu remets les pieds dans mon monde, je te dévorerai !

L'homme ne pouvait pas répondre, paralysé qu'il était dans le faisceau d'un rayon-attractoir. Mais son regard était éloquent. Il ferait tout pour ne plus rêver. Détorve éteignit la lumière et le dormeur disparut. Phantamar rapporta l'intervention de l'Ombre.

— Encore ! mugit l'homme-taureau. Alors que nous nous évertuons à les chasser de la Zone, lui, il les rassure !

— *Mundus inversus.* C'est le monde à l'envers. Pourquoi avoir déployé tant d'efforts pour instaurer un climat de terreur, si c'est pour ensuite encourager les gens à rêver ? Figure-toi qu'il les dissuade même de consommer du C.A.R.

— Puis-je me joindre à la discussion ? demanda une voix de l'autre côté de la haie.

L'Ombre Mauve les rejoignit en passant à travers le mur de cèdre.

— Mon petit doigt m'a dit qu'on parlait de moi, ici…

— Tu nous dois des explications, dit le Romain. Pourquoi fais-tu soudain ami-ami avec les humains ?

— Il ne faut pas tous les expulser, sinon nous ne saurons plus ce qu'ils trament.

— Je n'ai pas l'intention d'arrêter mes allers-retours entre les deux mondes, répliqua Phantamar. Je continuerai à vous tenir informés.

— Tu ne peux pas être partout. Il nous faut des espions sur place. Pour qu'ils soient dévoués et fidèles, ils doivent avoir foi en nous. Voilà pourquoi j'essaie d'être gentil avec mes futurs informateurs.

— En quoi ce jeune JJ pourrait-il être utile ?

— Il ne restera pas un enfant toute sa vie.

Grâce au passe-partout, j'ai visité le futur et je sais qu'il deviendra un homme respecté et influent.

— Si tu le dis… murmura le minotaure.

Il était sceptique. Son credo, c'était: «La Zone aux Oneiros». Ce principe était à la base de sa rébellion, c'était son unique règle d'action, il ne fondait sa conduite que sur cet idéal. Mais il commençait à se demander si l'Ombre et Phantamar luttaient pour la même cause. Le Romain semblait s'intéresser plus au comprimé qu'au départ des rêveurs. Quant à l'Ombre, Détorve n'arrivait pas à deviner ses intentions. Il lui dit:

— J'ai l'impression que tu joues un double jeu. Si tu ne mets pas cartes sur table, Phantamar et moi allons te laisser tomber et former notre propre clan.

L'Ombre resta de marbre, mais, à l'intérieur, il fulminait. «Il ose me lancer un ultimatum! Il ne perd rien pour attendre.» Mais, pour l'instant, ces deux-là lui étaient encore utiles pour faire durer le cauchemar tandis qu'il amplifiait sa puissance. Pour regagner leur confiance, il devait faire un compromis. D'une voix qui ne laissait rien deviner de son antipathie pour eux, il dit:

— D'accord. Je vais vous montrer ma source cachée.

Avant que Phantamar ne réponde qu'il la connaissait déjà, il ajouta :

— Et je vais partager avec vous le secret de ma toute-puissance.

Le Minotaure et le Romain sourirent.

Le chêne pleureur transporta les acolytes au rez-de-chaussée de leur quartier général.

— Qu'est-ce qu'Angoisse t'a donné ? demanda Fuego à Edwin.

Il montra le bout de fil. C'était un épais poil jaune-roux. Ils se regardèrent et s'exclamèrent à l'unisson :

— Détorve !

La nuit d'avant, quand les maldors avaient pris d'assaut le quartier général, le maldor sortilégeois incarnait un monstre au corps de dragon et à la tête de lion. Ce crin fauve ne pouvait être qu'à lui.

— Nous tenons son essence ! s'exclama Ardor.

— Il nous faut vite des laissez-passer pour la fabrique, dit Éolie.

— Ce n'est pas nécessaire, répliqua Edwin. Quand nous y sommes allés hier, le maître-artisan a partagé ses pensées avec nous ; je connais donc l'art de façonner les larmes.

Comme j'attire les sphérioles, je peux construire une dynamappe.

— Je vais te chercher de la glume, annonça Jandal.

Un tourbillon l'emporta.

— Je m'occupe du cristal de larmes, dit Peccadille.

— Je prépare le four, ajouta Fuego.

Le ballon disparut dans un froissement de feuilles. Le Mexicain alluma un feu ardent dans un coin. Edwin se concentra sur les sphères de puissance et adressa une requête silencieuse à celles qui pouvaient l'assister dans la création de l'appareil. Des dizaines de bulles de savon descendirent dans la cour intérieure, entrèrent dans l'édifice et l'entourèrent.

— Connaissez-vous la procédure ? demanda Edwin en privé à Jipi Rolou.

— Non. Je n'ai jamais été appelé à la fabrique.

Edwin avait besoin qu'une étoile guide ses gestes depuis l'intérieur de sa tête. Il en choisit une qui était plus petite qu'un bleuet. Il l'intraféra aisément.

— Je vous souhaite la bienvenue, lui transmit-il. Je m'appelle Edwin Robi.

— Bonjour, tout le plaisir est pour moi. Je suis Jeanne Mercier.

— Je suis étonné d'entendre un tel nom.

— Il est pourtant plus commun que le tien.

— Dans mon monde, oui. C'est ce qui me surprend. Votre nom sonne comme ceux de chez nous, alors que les Oneiros emploient généralement une dénomination plus imagée.

— Tu as raison. Je suis Québécoise, en fait. Enfin… je l'étais.

— Vous êtes humaine ! Que faites-vous ici ?

— Un esprit qui dort quand son cœur s'arrête peut choisir de rester dans la Zone. Quand je me suis endormie à l'aube de mes cent ans et que je me suis réveillée sous la glume entourée de gentilles étoiles, je n'ai pas voulu partir.

De savoir qu'il parlait avec une vraie personne décédée mit le garçon mal à l'aise.

— Je… je suis désolé.

— Ne le sois pas. Ma vie sur Terre a été bien remplie. Celle que j'entreprends au pays des songes sera belle à l'infini.

Ce triste sujet lui rappela la perte de ses parents. « Maman et papa ! se dit-il. Ils se sont peut-être endormis avant d'être emportés par les eaux glacées du fleuve. » Son cœur s'emballa.

— Dites, madame Mercier, auriez-vous rencontré des sphérioles du nom de Mélodie Nocturn et François Robi ?

— Mélodie et François Robi… répéta l'étoile. Oui, ces noms me disent quelque chose…

Edwin se mit à trembler. «Je pourrais les intraférer, leur parler, les retrouver! s'extasiat-il. Je les porterais dans mon cœur, nous ne nous quitterions plus, nous…»

— Ah! Ça me revient, reprit l'astre dans sa tête.

Le garçon arrêta de respirer. La sphériole poursuivit:

— Ce sont ces gens qui ont péri dans un horrible accident de voiture. Dans ma vie d'avant, j'avais lu leur nom dans le journal. C'était donc tes parents? Pauvre enfant! Je suis désolée de te décevoir, mais je n'ai pas croisé leur esprit ici. Il faut dire que je ne suis là que depuis peu de temps; je suis loin d'avoir rencontré tout le monde.

— Et vous, Jipi? demanda Edwin à son autre étoile.

— Moi non plus.

Edwin regretta de ne pas avoir posé la question à Æth. Sa première sphère de puissance était énorme; elle flottait dans le ciel onirique depuis toujours; elle devait connaître toutes ses consœurs.

— Alors, tu la fabriques, cette dynamappe, qu'on aille chercher Détorve?

C'était Balthazar. Jandal et Peccadille étaient de retour, l'activinertienne incarnant une amphore remplie de cristaux clairs. Le Marocain emprisonnait une poignée de glume entre ses mains et se tenait à l'écart des aiguilleurs. Fuego indiqua une petite marmite suspendue au-dessus d'un feu ardent.

— J'ai fait fondre des cristaux. Fais-moi signe quand tu seras prêt.

— Êtes-vous prête, madame Mercier? demanda Edwin dans sa tête.

— Tout à fait.

Elle lui dicta la marche à suivre.

— Tu peux couler les disques, Fuego, annonça Edwin.

— Je n'ai pas de louche! s'exclama le Mexicain.

Edwin fit émerger l'ustensile du lac Lacrima. Il flotta jusqu'au portefaix du feu. Edwin reporta son attention sur la dynamappe à fabriquer. Il devait rester concentré pendant toute la durée des opérations. Un halo de lumière l'entoura. Fuego versa deux rondelles de cristal fondu sur la table. D'une pensée, Edwin demanda aux sphérioles de polir la surface des disques. Elles rebondirent dessus en scintillant comme des lumières de Noël, puis elles remontèrent au plafond. Edwin fit signe à Jandal qui ouvrit les mains. Éolie souffla sur la glume pour former une boulette qui vola jusqu'à la table, où elle s'aplatit comme une crêpe sur une des rondelles. Edwin déposa le poil de Détorve au centre et appliqua le deuxième disque par-dessus. Ardor souleva l'amphore et saupoudra des cristaux de larmes qui scellèrent le pourtour. Edwin brandit la dynamappe. Il était allé au plus pressé et son ouvrage n'était pas repliable comme ceux des artisans. Elle demeurerait rigide en tout temps.

— Perfi Détorve, nous tenons ton essence ; nous te tenons !

Il remercia Jeanne Mercier et l'extraféra en prenant soin de conserver Jipi Rolou. Les sphérioles remontèrent au ciel. Ses amis firent cercle autour d'Edwin.

L'Ombre Mauve entraîna ses deux compères sous son passe-partout. Ils ressortirent dans un tunnel éclairé par des torches. Au fond se trouvait une petite mare entourée de cristaux transparents.

— On dirait Lacrima en modèle réduit, s'étonna le sortilégeois.

— C'est exactement ça. Puisqu'il était impossible d'aller au jardin interdit sans que la dynamappe des sagesonges sonne l'alarme, c'est la mare aux larmes qui est venue à moi. J'ai trouvé le moyen de détourner un filet qui s'écoule jusqu'ici, à l'abri des regards indiscrets.

Le minotaure hocha sa tête de taureau.

— Une réserve privée de cristaux, ce n'est pas bête.

Phantamar connaissait déjà l'endroit; son chef le lui avait montré il y avait belle lurette. Mais il n'en dit rien pour ne pas attiser la jalousie de Détorve. Mais comment l'Ombre se procurait-il sa puissance? Il se doutait qu'il avait intraféré une sphériole ou deux, mais il y avait autre chose.

— *Tui sacculum vomes!* Alors, tu le vides, ton sac?

— Bien sûr, mon ami.

Il extirpa un seau de sa musette de tréfonds-trucs et le remplit de larmes.

— Ferme ta bouche et bouche ton nez, commanda-t-il au Romain.

L'Ombre fit couler le liquide sur l'armure qui avait perdu son lustre depuis l'attaque à coups de jets de sable aux pyramides de Gizeh. Elle brilla comme un sou neuf. Les larmes s'infiltrèrent sous la cuirasse et atteignirent la peau de Phantamar. Il se sentit invincible. L'Ombre remplit son récipient. D'une main, il boucha les naseaux du minotaure et de l'autre il déversa le fluide sur sa tête. Il le mouilla des cornes aux orteils. La douche guérit ses yeux irrités par les jets de pierre de Balthazar et il eut la conviction qu'il pourrait résister à n'importe quel assaut.

— Le secret de ma grande endurance est un enduit de larmes fraîches, expliqua l'Ombre.

Les deux autres remarquèrent que sa cape reluisait quand il bougeait. Elle était recouverte d'un film discret. Le chef fouilla dans sa musette et extirpa le pied de roc cassé du sortilégeois.

— Transforme-toi, lui commanda-t-il.

L'autre redevint un monstre de pierre. L'Ombre plongea le bout cassé dans la mare de larmes et le recolla sous son genou.

— Vous êtes maintenant aussi robustes que moi, leur dit-il.

C'était faux ; sa force ne lui venait pas seulement de l'enduit. Mais il n'avait pas l'intention de dévoiler tous ses secrets ; il ne voulait pas qu'ils soient ses égaux.

— Il est temps que vous retourniez molester les rêveurs, ajouta-t-il. De mon côté, je vais continuer de gagner la confiance de ceux que j'ai sélectionnés.

— Il faudra que tu nous indiques lesquels ne pas terroriser, dit Phantamar.

Le géant capé hocha la tête en se disant : « Vous pouvez toujours attendre. »

— Il me vient une idée pour expulser les dormeurs plus rapidement, dit Détorve.

Il raconta qu'une nuit où il espionnait les sagesonges par le truchement de la dynamappe de leur repaire il les avait entendus dire que la grand-mère d'Edwin ne rêvait pas parce qu'elle souffrait d'un blocage.

— Ça a été provoqué par un accident, annonça-t-il fièrement. Quand Cécile Robi était bébé, son esprit endormi qui venait d'entrer dans la glume a été percuté par une *bullonef.* Le choc l'a traumatisée et elle n'a plus osé retourner dans la matière qui donne accès aux strates. Elle n'a pas rêvé pendant soixante-cinq ans ; jusqu'à ce que les portefaix chassent sa peur, je ne sais trop comment.

— Où veux-tu en venir ? s'impatienta l'Ombre.

— Si on sillonne la glume à toute vitesse avec un vaisseau, on va percuter des tas de dormeurs qui n'oseront plus y retourner. Ce sera plus rapide que de les plonger un à un dans le cauchemar pour les dégoûter du rêve !

« Non ! songea Phantamar. Avec ce moyen, les gens ne rêveront plus sans même devoir recourir aux comprimés anti-rêves. » L'Ombre Mauve n'approuvait pas non plus cette idée. « Il n'y aurait plus assez de dormeurs dans les strates, se dit-il. Mais, moi, j'ai besoin que des rêveurs m'idolâtrent et me ravitaillent en larmes ! » Ni l'un ni l'autre ne pouvait cependant opposer son véritable argument.

— C'est une bonne idée, mentit l'Ombre.

Malheureusement, c'est trop risqué. Depuis quelques nuits, des gardiens sillonnent la glume. Ce serait catastrophique si l'un d'eux voyait notre bullonef et remontait la piste jusqu'à notre nouveau repaire.

— Tu as raison, l'approuva le Romain, trop heureux que ce plan tombe à l'eau.

Le monstre de roc et le gladiateur partirent chacun sous son passe-partout pour aller malmener les rêveurs. Leur chef avait encore des humains à faire mourir de peur avant de reprendre son rôle de libérateur. Tout en localisant une étoile du football, il prit une décision : « Détorve devient dangereux. Je vais devoir me débarrasser de lui. »

6
Dissolution

Melchia fulminait. Le matin, elle s'était rendue chez les Robi, mais Cécile lui avait interdit de monter aux chambres. La petite y était retournée avant midi et avait essuyé le même refus. Malgré l'interdiction de sa mère, elle revenait pour la troisième fois. Cécile lui offrit du chocolat, mais se contenta de l'assurer que son frère et ses amis dormaient normalement.

« Il est quatorze heures. Ils dorment depuis hier soir et tout le monde trouve ça normal! Pff!» Ce qui fâchait le plus Melchia, c'était de n'avoir pas vu passer sa dernière nuit. « Je veux savoir ce qui leur arrive et je veux être avec eux pour les aider! Mais comment faire, si je dors sans savoir que je rêve?» Elle avait pourtant déjà réussi à être consciente en songe. Elle se rappela que c'était soit parce qu'elle était épuisée, qu'elle s'était endormie en se répétant une phrase aide-mémoire ou qu'elle avait reçu une étoile.

— Ce soir, il me faudra les trois !

Il lui restait l'après-midi pour se fatiguer. Elle rejoignit ses copines qui sautaient à la corde.

Edwin demanda à la nouvelle dynamappe de localiser Perfi Détorve. Il était dans un rêve en cours d'enregistrement représentant une arène ceinturée de grilles barbelées. Au centre se trouvait un rond de pelouse où s'élevait un mélèze. Un jeune cowboy était ligoté au tronc de l'arbre. En plus de la corde, une lumière orange le retenait prisonnier. Elle émanait d'un tube qui semblait flotter dans les airs, mais, en y regardant bien, les acolytes virent s'agiter la silhouette fantomatique du maldor furtif. Edwin commanda à la dynamappe d'inverser les couleurs et d'augmenter les contrastes de brillance. Le rebelle apparut. Il avait repris son apparence de minotaure.

Sept chênes pleureurs poussèrent autour du mélèze. Edwin et ses alliés bondirent de sous les feuillages et encerclèrent le sortilégeois. Ce dernier sursauta, mais se ressaisit aussitôt. Il repoussa Fuego d'un coup de rayon-attractoir en zigzag et plongea derrière l'endroit où s'était trouvé le Mexicain. Il s'enfonça dans un trou de ver de terre. Les autres le suivirent. Ils émergèrent d'un épi de blé à la base de la dernière tour de chute du Secteur-Zénith.

— Il est là-haut! annonça Edwin.

Il avait perçu la puissance du maldor. À côté de la tour se trouvait une boîte aux lettres; c'était le passage menant au sommet. Ils bondirent dans la trappe à courrier et ressurgirent au moment où la créature s'engloutissait dans le disque de verre à quelques pas de là.

— Depuis quand y a-t-il un autre passonge ici? s'étonna Ardor.

— Les maldors avaient un appareil pour en créer, rappela Peccadille.

Ils scrutèrent le sol clair à la recherche de l'accès et découvrirent un petit écrou de serrage. Ils sautèrent au centre du trou fileté et arrivèrent au sommet de la première tour de chute du Secteur-Abysse. Détorve n'y était plus. Ils mirent plusieurs secondes pour trouver une autre discrète pièce de métal servant à loger une vis. Ce passonge les mena à la base de la tour qui s'élevait au cœur du Secteur-Neige. Ils eurent beau en faire le tour, ils ne virent pas d'écrou. Jandal questionna sa dynamappe, qui indiqua qu'il n'y avait pas juste un passonge, mais douze, sous la forme de trous de fourmilières. Balthazar s'exclama :

— Ça alors ! Il s'est créé un réseau de passages instantanés.

— Il est trop rapide pour nous, dit Éolie à travers un bâillement. D'autant plus que je commence à sentir l'appel du réveil. Le manque de fatigue m'amortit.

— Moi, dit Edwin, c'est l'effet de l'adrénaline qui m'affecte toujours un peu.

Fuego se frotta les yeux.

— Je suis comme toi. En plus, je dois avoir un voile devant les yeux ; il m'a semblé que Détorve était verglacé.

— Tu n'as pas eu la berlue, rassure-toi, dit Ardor. Il avait bien la peau huilée et les poils graisseux.

Éolie tira la langue avec dédain. Balthazar haussa les épaules.

— Le maldor fait son brillant, mais il ne l'est pas autant que nous.

— Il nous a pourtant bien semés, répliqua la jeune fille.

— Il faudrait que nous soyons plus nombreux ou plus rapides, nota Jandal.

Edwin déplora l'absence d'Aix qui demeurait sa prisonnière. Son ressentiment contre les maldors était profond. Surtout contre l'Ombre Mauve. Il se demandait comment Soucougnan

Nocturn pouvait être cruel au point de sacrifier sa petite-fille. Un sentiment contradictoire l'envahit: il ressentit de l'affection pour le doyen-aiguilleur. « C'est sûrement Aix, dans mon cœur, qui continue de clamer l'innocence de notre grand-père. » Edwin aurait voulu mépriser le doyen, mais il en était incapable; il se prit même à douter de sa culpabilité. C'était comme si les sentiments de sa cousine étaient les plus forts. Il agita les mains pour les chasser.

Fuego répondit à Jandal :

— Grâce à nos passe-partout, on peut déjà se déplacer instantanément; impossible d'aller plus vite. C'est Détorve qu'il faudrait ralentir.

Edwin repensa à ce qu'ils avaient dit avant que les sentiments d'Aix ne le dérangent.

— J'ai aussi vu le pelage du minotaure reluire comme s'il était mouillé. Ce n'était pas le cas quand Détorve incarnait le monstre poilu bleu ou le dragon-lion.

Ils songèrent aux prothèses de cristal qui avaient fortifié Ilya Unmachin et leur pensée suivit le même chemin. Edwin l'exprima :

— Ce sont les larmes qui renforcent les maldors. Nous allons nous en enduire nous aussi.

— Je n'ai pas trop envie de m'enrober de cristal bouillant, objecta Ardor.

— Je pensais plutôt aux larmes fraîches

de Lacrima. Je crois qu'elles ont des pouvoirs supérieurs à ceux des cristaux fondus ; les sphérioles passent au travers des fabrications des artisans, mais ne peuvent pas traverser mes créations issues du lac.

— On ne peut pas s'y baigner sans per-turber les larmes.

— À défaut de bain, on prendra une douche.

Les acolytes étaient au bord de la plage entourant Lacrima. Edwin fit émerger du bas-sin un tuyau terminé par un pommeau percé d'où les larmes s'écoulaient en pluie. Chacun passa sous le jet et ressortit couvert d'une laque satinée très discrète, mais dont l'effet était bien perceptible : il avait chassé l'engourdissement provoqué par l'adrénaline et le repos. Les ado-lescents étaient redevenus de super rêveurs et les aiguilleurs se sentaient plus vigoureux que des gardiens.

Edwin se concentra pour extraférer sa cousine. Mais il en fut incapable.

— Aix demeure ma prisonnière, murmura-t-il, dépité.

Balthazar lui serra l'épaule.

— Nous allons la venger, dit Fuego. Perfi Détorve, gare à toi !

— Qu'allons-nous faire de lui une fois que nous l'aurons capturé ? s'enquit Peccadille. Il faut s'assurer que ses compères ne viendront pas le libérer.

Edwin fit émerger de Lacrima une forte chaîne et un solide cadenas.

— Nous allons l'attacher avec ça, le transporter chez moi et l'enfermer dans la cave. Quand nous aurons arrêté les deux autres, nous déciderons avec les sagesonges de ce que nous ferons d'eux.

— Nous pouvons nous déplacer aussi vite que Détorve, c'est vrai, dit Éolie. Toutefois, il pourra encore nous semer puisqu'il est le seul à connaître son réseau de passonges.

Balthazar repensa aux appareils du repaire maldor. Il demanda aux aiguilleurs si un créateur de passonges pouvait trouver les chemins existants, les redéfinir et en supprimer. On lui répondit que c'était possible.

— Par la défragmentation ! On va optimiser son trajet… à notre avantage.

Avec l'aide des sagesonges, Bou transforma le labyrinthe de Détorve en déviant les chemins pour qu'ils débouchent tous dans le même écrou au sommet de la tour de chute au cœur de Bulle-Neige. Edwin et ses amis gagnèrent la plateforme. Leur dynamappe avait localisé le maldor sortilégeois qui s'acharnait sur une rêveuse. Un tourbillon emporta Jandal et Ardor dans le cauchemar. Les autres se mirent en position autour de l'unique point d'arrivée.

La momie du premier cauchemar d'Edwin surgit du trou fileté. Perfi Détorve s'éclipsa dans un écrou derrière Éolie. Il réapparut aussitôt de l'issue précédente, au milieu de ses ennemis. Les alliés croisèrent leurs rayons-attractoirs au-dessus de l'écrou. Le maldor était cependant très agile. Il fila entre les pattes d'Ardor, mais revint au même point. Il se faufila dans une sortie entre Fuego et Peccadille, pour se retrouver au même endroit. Il plongea et replongea, mais rejaillit chaque fois au point de départ. Il paraissait plus impatient que fatigué ; il grognait de plus en plus fort. Il réalisait qu'il était tombé dans un guet-apens.

— Nous allons l'avoir à l'usure ! transmit Jandal à ses amis.

La momie bondit en l'air et pivota en balayant de ses yeux exorbités l'espace qui s'ouvrait entre la glume et la tête des acolytes.

— Il cherche une autre porte de sortie, avertit Edwin dans son iniphone.

— Plan B ! commanda Balthazar par le même canal.

Éolie fit apparaître un essaim de papillons

de nuit géants, des sphinx tête-de-mort dépourvus d'aura, qui s'éparpillèrent au-dessus de leur créatrice et de ses alliés pour former un rempart de larges ailes déployées. Les *êtres imaginaires* de la jeune fille étaient loin d'être de frêles et inoffensifs insectes ; c'était des *figurants*, de formidables gardiens. Leurs ailes étaient aussi dures que leurs motifs gris et ocre étaient doux et les crochets au bout de leurs pattes étaient plus résistants que des dents de lynx. Ces grands sphinx étaient impressionnants, à l'image du crâne dessiné sur leur dos.

— Vous voulez jouer à ce jeu-là ? glapit Détorve.

Six morts vivants identiques à lui jaillirent du sol. Les sept spectres rebondirent de tous côtés pour se mélanger. Les figurants étaient aussi prestes que leur créateur.

— Éolie, dit Fuego par télépathie, donne-moi une armée de vaillants soldats pour combattre ces vilaines puces.

Elle lui envoya sept hommes vêtus de jupes de laine rouge à bandes bleues et vertes entre-croisées, coiffés de bérets et portant des corne-muses. C'était des musiciens écossais vêtus du kilt traditionnel. En constatant qu'ils n'étaient pas armés, le Mexicain adressa un regard dépité à sa consœur.

— À toi de leur faire jouer un air enflammé ! répondit-elle mentalement.

Fuego prit le contrôle des êtres imaginaires et les fit souffler dans l'embout de leur instrument à vent. En plus d'émettre leur mélodie, les quatre tuyaux de la cornemuse projetèrent des jets de feu qui réduisirent l'armée de momies irréelles en cendres. Le maldor resta seul.

— Plan C ! transmit Bou à ses compagnons.

Ils se prirent la main et Edwin lança son passe-partout à côté de l'ennemi. Un grand chêne poussa. Son feuillage tombant les enveloppa tous et les emporta avec Détorve dans une strate figurant un désert de terre sèche qui se craquelait de partout. Le sol vibra et s'échauffa sous les pieds de la momie. Les portefaix bondirent en arrière, tandis qu'Ardor, Peccadille et Balthazar s'envolaient sous la forme d'un condor, d'un cerf-volant et d'un super héros.

Fuego avait transformé les entrailles de la strate en un noyau de métaux bouillant, comme celui qui se trouve au centre de notre planète. Le magma emprisonné sous terre voulait jaillir, comme le contenu d'une marmite sous pression. Jandal perça la croûte et de la fumée fusa sous Détorve. Les secousses s'amplifièrent. La faille s'élargit entre les pieds du maldor, de la cendre en jaillit, le fit tousser et l'aveugla, alors que des débris incandescents le mitraillaient. Il hurla. Un panache de magma était remonté jusqu'à la surface et brûlait ses pieds. Il s'éloigna en clopinant, mais la lave le poursuivit. Une épaisse coulée visqueuse se déversa et s'accumula pour former un cône haut comme une colline. Un volcan était né. À son sommet, la matière en fusion continuait de s'épancher par le cratère. Plus le maldor s'éloignait, plus l'éruption volcanique devenait violente. Des gaz fusèrent vers la momie, des roches chauffées au rouge la bombardèrent et des giclées de métal fondu l'aspergèrent. Le vernis de larmes de Détorve commença à former des bulles ; il s'amincissait.

— Changement de décor ! commanda Edwin par télépathie.

L'étendue désertique devint un océan. L'ennemi tomba à l'eau et les portefaix se posèrent sur le pic du volcan transformé en îlot. Éolie refroidit l'air au niveau de la mer et Fuego chauffa la surface de l'eau. Au contact du chaud, l'air frais monta en laissant derrière lui un espace de basse pression atmosphérique. Edwin condensa l'humidité de l'air en une masse nuageuse dans laquelle les courants prirent de la vitesse. Jandal communiqua à la strate un mouvement de rotation qui se transmit au nuage, ce qui décupla la force des vents à l'intérieur. Les porteurs du pouvoir avaient organisé une zone d'orage. La perturbation forcissait à vue d'œil. Elle devint une tempête, puis une dépression. La circulation autour de son centre s'intensifia encore et la pression à la surface de l'eau continua de baisser, jusqu'à ce que le système devienne un ouragan.

Perfi Détorve était dans l'œil du cyclone. La pluie et le vent formaient un tourbillon démentiel. Cependant, lui, au centre, était au sec et à l'abri. Il s'éleva pour s'enfuir par le haut, mais il vit arriver les portefaix. Il tenta de franchir le mur de tempête. À son contact, son enduit de larmes s'usa, le forçant à revenir vers le cœur de la tornade. Les jeunes approchaient. Le sortilégeois vit une chose rouge passer à toute vitesse à côté de lui. Une bouée de sauvetage était prise dans la tourmente. « Cet objet ne peut être que l'accès à un passonge », songea-t-il. Au passage suivant du flotteur, il plongea en son centre et quitta la strate.

La tempête arrêta brusquement de tourner autour des portefaix et l'océan devint lisse comme une flaque d'huile. Ils ne virent plus que l'anneau providentiel pour l'ennemi et malencontreux pour eux. Plutôt que d'enfiler la bouée, Edwin prit la nouvelle dynamappe et localisa le fuyard qui se trouvait déjà deux passonges plus loin.

Sept chênes pleureurs entourèrent le maldor sortilégeois qui s'était réfugié au sommet de la tour de chute de Bulle-Zénith, son ancien secteur. Éolie rappela les joueurs de cornemuse et la nuée de papillons géants, qui formèrent une haute muraille inexpugnable autour de la plateforme.

Le gardien renégat n'avait aucune porte de sortie. Du moins, les autres le croyaient-ils. Mais, à la surprise générale, il bondit par-dessus leur tête, passa à travers la paroi de la tour de chute et dégringola vers le fond. Son enduit n'avait pas complètement disparu et, abusée par les larmes humaines qui lui collaient à la peau, la tour l'avait pris pour un dormeur et laissé passer.

Les autres l'imitèrent et chutèrent dans le vide à sa suite. Détorve arrivait au niveau du sol quand une bullonef apparut sous lui. Il s'écrasa le nez sur le vaisseau, mais se releva vivement. L'engin entama une remontée et l'emporta vers Edwin et ses compagnons.

— À qui appartient ce vaisseau? demanda Peccadille.

Il leur était impossible de voir à travers le verre polarisé. Au moment où le maldor et les acolytes allaient entrer en collision, l'appareil ralentit. Les jeunes gens et les aiguilleurs atterrirent en douce autour de la momie, sur le toit de l'astronef qui continua de s'élever lentement jusqu'à la hauteur de la plateforme.

— Rends-toi, Détorve ! commanda Ardor.

— Jamais ! Vous allez m'emprisonner. Or, je tiens à ma liberté autant qu'à celle de mon peuple.

Ils resserrèrent le cercle autour de lui. Edwin sursauta. Dans son cœur, Aix avait tressailli. Elle avait eu la vision prémonitoire d'un grand malheur. La momie s'éleva en flèche vers la glume.

— Ne faites pas ça ! cria Edwin.

Il venait de saisir le sens de la prémonition. Trop tard. Le sortilégeois s'enfonça dans la matière gélatineuse. D'abord, il ne se passa rien ; la mince protection de larmes qui subsistait protégeait son corps de l'action corrosive. Mais la glume caustique s'insinua en lui par son nez que l'Ombre Mauve avait recouvert lors de l'onction à sa source secrète. Perfi Détorve se décomposa de l'intérieur. Quand la dernière parcelle de sa substance se dissipa, il ne resta plus que la fine pellicule de larmes qui l'avait enveloppé, dans laquelle flottaient trois sphérioles. Elles sortirent par l'ouverture où s'était trouvé le nez et rejaillirent de l'amas gris devant les poursuivants atterrés. Deux des bulles de savon avaient la taille d'une orange ; c'était les sphères de puissance qu'avait intraférées le maldor pour devenir furtif. L'autre était plus petite qu'une drupéole de framboise. L'âme du sortilégeois avait quitté son corps pour renaître sous la forme d'une étoile onirique. Les témoins étaient horrifiés.

— Pourquoi a-t-il fait ça ? murmura Ardor.

— Je suppose qu'il ne pouvait pas supporter l'idée qu'on l'enferme, émit Peccadille.

— Quelle fin atroce ! souffla Jandal.

Sous le choc, ils fixaient la bulle minuscule en silence. C'était la prémonition qu'Edwin n'avait pas su interpréter à temps. Aix avait vu naître une étoile. La bullonef disparut soudain de sous leurs pieds. Peccadille se transforma en lasso et attrapa les damoiseaux avant qu'ils ne chutent. Ils traversèrent la paroi de la tour et se posèrent sur le large disque de verre. Leur peine profonde gagna les figurants. Les joueurs de cornemuse soufflèrent un air funèbre. La nouvelle sphériole virevolta parmi eux en vrombissant comme une mouche mécontente. Edwin sentit son cœur se déchirer, comme s'il voulait retourner dans la réalité, mais que son esprit le retenait dans la Zone. Il tomba à genoux, serra les bras sur sa poitrine et toussa. Un jet de lumière fusa de son torse et Aix apparut devant lui. Il l'avait extraférée. Les autres se précipitèrent et s'agenouillèrent autour de l'éléone allongée sur le sol. Balthazar lui tapota doucement la main.

— Aix, regarde-moi! Je t'en prie, dis quelque chose.

Elle n'ouvrit ni la bouche ni les yeux. Toujours dans le coma, elle était aussi claire et inerte que la plateforme de verre.

7

Une mine d'imagination

À vingt heures, Melchia croulait de fatigue. Elle se mit au lit. Il lui tardait de s'assurer que son frère, Edwin et leurs amis allaient bien. Elle espérait surtout qu'ils accepteraient qu'elle reste avec eux. Mais, d'abord, il importait qu'elle se souvienne, une fois endormie, qu'elle devait trouver son gardien pour qu'il lui donne une étoile. Elle s'était inspirée de sa mère qui attachait parfois un foulard à une poignée de sa bourse pour ne pas oublier un truc à faire. La fillette avait noué un ruban blanc autour d'un de ses doigts. Les boucles lui feraient penser aux ailes de l'ange et lui rappelleraient de l'appeler. Elle ferma les yeux et répéta dans sa tête: «Il faut que je voie Chape Doëgne.»

Aix était à nouveau allongée dans le régénérateur d'Oneiros. Nada Vidal avait commandé sans succès aux sérums de vie de la réveiller. Les dirigeants laissèrent le chevalier veiller sur la damoiselle et rejoignirent les adolescents et les aiguilleurs qui se remettaient avec peine de leurs émotions.

— Dong! sonna l'horloge. Ce qui est arrivé à Perfi est atroce!

Les acolytes penchèrent la tête. Le remords ne cessait de leur marteler cette phrase. Pris d'un tic nerveux, Fuego retournait convulsivement son passe-partout dans sa main.

— Gong! s'emporta Sévira. Je ne peux plus supporter la vue de cet objet.

Le garçon le remit dans sa musette de tréfonds-trucs.

— Oui, range-le, dit la tortue. Et ne le ressors pas avant de t'être calmé. Troublés comme vous l'êtes, vous risquez de vous perdre dans le continuum.

— Bong! Ces glands voyageurs sont trop dangereux. Il vaudrait mieux qu'ils disparaissent pour de bon. Il serait temps de les détruire.

— Non! s'écrièrent les jeunes gens.

— Ils n'ont rien à voir avec ce qui est arrivé au sieur Détorve, argumenta Edwin.

— Ce n'est pas ce qui a provoqué la fin de

Perfi, dit Philein. Mais je partage l'avis de mes consœurs. Ces fruits sont néfastes. Une nuit ou l'autre, ils risquent de vous précipiter dans un piège de l'espace-temps. J'exige que vous les retourniez à la mare aux larmes. Edwin, je t'interdis d'en faire émerger d'autres.

Le cœur lourd, les jeunes gens et les aiguilleurs gagnèrent le jardin interdit et jetèrent les noix de cristal dans le bassin. Ils n'avaient plus d'arbre voyageur.

— Comment ferons-nous pour attraper l'Ombre et Phantamar ? gémit Fuego.

Jandal poussa un soupir fataliste.

— Nous n'avons plus aucune chance de les arrêter.

— Vous avez accompli des tas de prouesses sans avoir de passe, rappela Peccadille.

— Vous avez toujours les forces et les vertus des avatars, renchérit Ardor.

— J'aimerais qu'Aix soit là… murmura Éolie.

Balthazar se mit à sangloter. Edwin pleura avec lui. Il pleura sa cousine inconsciente à cause d'un manque d'imagination et ses parents engloutis dans le fleuve Saint-Laurent. Il eut aussi une pensée pour les parents d'Aix écrasés par l'effondrement d'un impassonge. Il frissonna à l'idée de la grotte qui avait failli être leur tombeau à Ardor et lui. « Sous leur gangue grise, ces pièges sont pourtant si beaux, avec leur paroi d'edbalium!» songea-t-il. Il se rappela ce qu'étaient les culs-de-strate: des chemins inachevés engendrés par une pensée interrompue.

«J'y pense! Au pays des rêves, nos pensées sont issues de notre imagination. Un impassonge pourrait-il être le fruit d'une poussée d'imagination?» Il se répéta ce que Phantamar lui avait appris quand il tentait d'apprendre comment tirer Aix du coma. L'antidote au C.A.R. réel administré en songe était de l'imagination onirique absorbée dans la réalité. Le Romain avait trouvé louche que l'Ombre ait oublié où on trouvait ça. «Comme s'il en côtoyait chaque jour», se dit Edwin. Il fut persuadé d'avoir trouvé la solution. Il s'exclama:

— Dans un cul-de-strate!

Ses compagnons sursautèrent. Il poursuivit:

— Je suis convaincu que ce qui compose les impassonges est de l'imagination cristallisée. Voilà ce qu'il faut pour guérir Aix. Si on lui administre des cristaux d'edbalium, elle va se réveiller. Allons en chercher dans le repaire des maldors.

— Elle est sauvée! s'écria Balthazar

Les compagnons arrivèrent devant le coquelicot rouge emprisonné dans une cage. Ardor retira le grillage et ils entrèrent dans l'impassonge. Ils ne virent plus la trace dorée dégagée par la coulée de glume corrosive; la gangue avait recouvert l'edbalium. La couche grise avait tout épaissi: la paroi de la grotte, les meubles et les objets. Le champignon en trompette qui marquait la porte était quasi méconnaissable. Ardor se changea en buffle et frappa la croûte. Peccadille devint un marteau-piqueur et se joignit à lui.

Edwin se rappela ce que Terribelle Angoisse lui avait divulgué avant qu'ils la quittent: elle avait entendu l'Ombre Mauve casser un objet, ce qui l'avait fâché. Il chercha le culot de verre sur lequel il avait marché. Il n'était plus visible, car le minerai recouvrait tout. Edwin s'aligna sur le plan de travail et vit par terre un monticule qui avait la forme d'un fond de gobelet cassé. Il le dégagea d'un coup de talon et le ramassa. Le culot était enfermé dans une motte durcie. «Si l'Ombre a voulu se débarrasser de Terribelle pour qu'elle n'en parle pas, ça recèle sûrement quelque chose d'important.» Il secoua le tesson et entendit un bruit de liquide frapper les parois. Il se tourna vers le flacon et le verre vides abandonnés sur le comptoir. Au moment où il s'apprêtait à humer le godet avec son sixième sens, la caverne vibra, si fort que les jeunes gens chancelèrent. Les aiguilleurs avaient cassé la croûte de pierre friable pour dégager un rond de cristal doré et le marteau-piqueur tentait maintenant d'user l'edbalium pour en détacher des parcelles. Les violentes secousses empêchèrent Peccadille d'aligner son burin. Le tremblement s'intensifia et la voix dure de l'Ombre Mauve envahit l'endroit.

— Sortez de chez moi! Je vous interdis de fouiller dans mes affaires!

Des galettes de pierre tombèrent de la voûte et s'abattirent autour d'eux.

— Il faut partir, vite! cria Ardor.

— Vous d'abord! répliqua Éolie.

Les aiguilleurs bondirent l'un après l'autre dans l'entonnoir de gangue qui camouflait le champignon. Les autres suivirent à la queue leu leu. Edwin sortit le dernier en enfouissant le culot de verre dans sa musette. Dans son dos, il entendit le même vacarme assourdissant que celui qui avait jailli de la bouche à feu du bateau pirate. Le cul-de-strate s'était écroulé.

— Nous sommes sortis juste à temps, se réjouit Balthazar.

— Mais je n'ai pas pu récolter de cristaux d'imagination, déplora Peccadille.

162

Melchia avait fait un premier songe, puis son esprit était retourné flotter en *orbite*. Il entra à nouveau dans la glume et gagna une strate où elle rêva qu'elle sautait à la corde avec sa meilleure amie. Plutôt que de chanter une des comptines habituelles, elle récitait :

— Il faut que je me fatigue ! Il faut que je me fatigue !

— Pourquoi ? demanda l'éléone qui interprétait le rôle de sa copine.

Melchia arrêta de sauter, regarda son index et fronça les sourcils.

— Il me semble qu'il me manque quelque chose.

Un ruban blanc apparut autour de son doigt.

— Mon pense-bête ! s'exclama-t-elle.

Elle se souvint de ce qu'il devait lui rappeler. Elle fixa l'autre fillette et dit avec grand sérieux :

— Je sais que vous êtes une actrice onirique. Il faut que je voie mon ange gardien. S'il vous plaît, appelez Chape Doëgne, c'est très important.

Edwin et ses amis retournèrent au sommet de la tour du conseil. Balthazar passa le portail en premier et annonça :

— Nous savons comment sauver Aix !

— Comment? dirent les trois dirigeants en simultané.

— Il faut juste que vous nous indiquiez l'emplacement d'un impassonge.

— Dong?

Edwin expliqua ses déductions et rapporta que le repaire des maldors s'était effondré avant qu'ils ne récoltent de l'imagination.

— Il faut donc aller en extraire dans un autre cul-de-strate, dit Balthazar. Il y aurait bien eu celui du bateau pirate, mais il s'est écroulé lui aussi. Vite, dites-nous où il y en a un. Les portefaix et moi irons avec des marteaux et des burins. Si ça tremble, nous bondirons de réveil.

Le sieur Philein afficha un air triste et secoua la tête.

— Les passonges sans issue que mes collègues et moi avons condamnés jadis se sont écroulés depuis belle lurette.

L'horloge annonça d'une voix de ressort éraillé:

— Je n'en connaissais qu'un. Je l'ai entendu s'effondrer il y a des années.

Déconfits, les acolytes regagnèrent leur quartier général. Balthazar demanda à la grande dynamappe si elle pouvait localiser un cul-de-strate.

— Ils sont malheureusement indétectables, répondit l'appareil.

Une grande silhouette descendue du ciel se posa dans l'embrasure de la porte à côté de l'écran.

— Pouvons-nous entrer?

C'était Chape Doëgne. Il tenait Melchia par la main.

— Qu'est-ce que tu fais là? demanda Balthazar à sa sœur.

— Ne me dis pas que tu as vu quelqu'un s'infiltrer chez moi! dit Edwin.

Elle secoua la tête en souriant. Elle se doutait que son frère ne tarderait pas à lui ordonner de partir, mais elle les voyait tous bien portants, c'était le principal.

— Elle était inquiète pour vous, annonça le gardien. Quand elle m'a fait réaliser que vous dormiez depuis plus d'un tour d'horloge-fuseaux, j'ai tenu à savoir ce qui vous arrivait.

— Tout va bien, dit Edwin. Nous avons un enduit de larmes qui repousse les effets du repos.

— Me voilà rassuré.

L'ange regarda la petite et roula des yeux interrogateurs vers les portefaix. Edwin hocha la tête et dit à Melchia qu'elle pouvait rester si elle était sage. Elle courut faire un câlin au chien et au ballon.

— Appelez-moi quand vous voudrez que je revienne la chercher, dit le gardien.

Il s'envola dans le jardin. Melchia remarqua l'absence d'Aix. Elle questionna les aiguilleurs.

— Elle est souffrante parce qu'elle manque d'imagination, répondit Ardor.

— Et nous n'arrivons pas à trouver de grotte où il y en a, ajouta Peccadille.

— J'en ai beaucoup, moi, de l'imagination ! s'exclama l'enfant. Je peux lui en donner. Dites-moi comment faire.

Les garçons et Éolie se tournèrent vers elle. Elle plaqua les mains sur sa bouche. À sa grande stupeur, ils n'affichaient pas un air fâché. Ils lui souriaient.

— C'est ça qu'il faut ! dit Edwin. À défaut de trouver un cul-de-strate, on va en créer un.

— Ouais ! s'exclama Fuego. Si des rêveurs lunatiques ont réussi à en faire apparaître, nous qui sommes tout-puissants allons y arriver aussi. Merci, Melchia !

— Comment on fait ? s'enquit Balthazar.

— C'est Jandal, l'expert des passonges, dit Éolie.

Le Marocain rougit, lui sourit et se concentra. Il fit apparaître une petite rosace de verre coloré dans le plancher. Les autres l'applaudirent.

Edwin demanda au grand écran de sonder le passonge.

— Je suis désolé ; il n'est pas sans issue ; il débouche au grenier.

— Je vais essayer, dit Balthazar.

Il serra les poings aussi fort que les paupières. Il ne se passa rien. Fuego tenta le coup en vain à son tour, de même qu'Éolie. Aucune ouverture de passonge n'apparut.

— À moi, dit Edwin.

Il venait de réaliser que, grâce aux larmes-scanâmes, il savait comment Jandal procédait pour créer un passonge. Il ignorait cependant si lui avait les aptitudes requises. Il fit le vide dans sa tête et se concentra sur le plancher. Rien ne se produisit. Il soupira.

— Eh ! dit la grande dynamappe. Tu as créé deux trous minuscules de part et d'autre de la mosaïque de Jandal. L'un mène à l'autre. Ce ne sont pas des culs-de-strate, mais tu as tout de même créé un mini-passonge. Bravo !

— Bof ! C'est inutile puisqu'il ne contient pas une goutte d'imagination. Ma mère-grand ! C'est difficile d'interrompre brusquement une idée.

— Il faut dire que nous ne sommes pas des gens à l'humeur changeante, remarqua Éolie.

— Nous ne sommes plus des bébés, renchérit Balthazar.

D'un même geste, ils se tournèrent vers Melchia.

Après deux doses de larmes-scanâmes et deux échanges de gourde, la fillette s'était approprié les pensées de Jandal et d'Edwin. Elle connaissait la procédure de création de passonges et comprenait qu'elle devait interrompre sa pensée pour créer un chemin sans issue. Dès son premier essai, elle fit apparaître un caillou jaune à ses pieds. La grande dynamappe anticipa la question et annonça :

— Bravo, petite damoiselle ! Tu as créé un passonge qui débouche à ma base.

Les acolytes virent en effet un second caillou devant l'écran. Ils applaudirent.

— Recommence, dit Edwin, mais essaie d'arrêter ta pensée plus vite.

Cette fois, Melchia fit pousser un pissenlit.

— Oh ! souffla le grand écran. Je le perçois comme une vraie fleur. S'il s'agit d'un accès, je ne peux pas voir où il mène.

Éolie s'accroupit et inspecta les pétales.

— Je sens quelque chose. Pas une odeur, comme de raison, mais une sorte de force. Ça ressemble à ce que je ressentais dans le repaire des maldors, mais en plus faible.

Les autres ne percevaient rien. L'un d'eux devait tester la fleur.

— J'y vais, annonça Balthazar. Melchia est ma sœur. Si elle a créé un piège, c'est à moi de sauter dedans. S'il y a un problème, je me réveillerai.

Il s'enfonça dans les pétales et tomba dans un espace sphérique à peine plus haut que lui. La paroi était composée de millions de facettes dorées impeccables. Il n'eut pas le temps de s'émerveiller que la grotte gronda. De l'autre côté du passage, les autres entendirent le fracas d'un éboulis. La fleur ne broncha pas, pas plus qu'elle ne ramena leur ami.

— Bou! cria Melchia.

— Il a bondi de réveil, dit Edwin pour la rassurer. Tu y es presque. Tu as créé un chemin sans issue, mais il était trop instable. Recommence sans forcer. Abandonne-toi à la rêverie.

Elle savait qu'ils voulaient de la poussière dorée. Elle imagina un tout petit tunnel qui s'arrêtait dans un sachet rempli de paillettes d'or. Dès que l'image se forma dans sa tête, elle la chassa. Une pochette apparut à ses pieds.

— Je ne décèle aucune route, annonça la grande dynamappe.

— Cette fois, je hume une puissance aussi tenace que dans la grotte des maldors, dit Éolie.

Le petit sac était ouvert. Il était rempli de poussière d'or. Edwin le prit, y plongea la main et en cueillit une poignée. Il s'exclama :

— Tu es une championne, Melchia! Aix est sauvée !

— Pas encore, répliqua Éolie. Phantamar a indiqué que la poudre d'imagination devait être administrée dans la réalité. Mais nous n'avons plus de passe.

Edwin retrouva son sérieux.

— Croyez-vous que Lavisée Sévira va nous permettre d'entrer dans son ombrage pour transporter Aix dans notre monde? demanda Fuego.

— Non, répondit Edwin. Rien ne lui prouve que ces cristaux contiennent de l'imagination. Elle refusera qu'on déplace notre amie.

À l'air déterminé et grave qu'il afficha, les autres comprirent qu'il avait une solution, mais qu'elle était risquée.

— Qu'est-ce que tu vas faire, Eddie? s'enquit Ardor.

— Je vais la kidnapper encore une fois. J'ai compris comment l'extraférer. Je dois être entre deux états, mi-réveillé, mi-endormi, et surtout ne pas forcer. Je dois juste y croire.

Il s'attendait à une réplique de sa sphériole, mais elle ne dit rien. Jipi Rolou partageait donc son avis. Edwin se tourna vers Jandal et demanda :

— Acceptes-tu de m'emporter à l'intérieur du régénérateur d'Oneiros ?

— Quand tu veux.

Edwin se concentra sur la poussière d'or au creux de sa main et l'intraféra.

— Allons-y.

Ils disparurent dans un petit tourbillon de brume. Jandal réapparut quelques secondes plus tard. Il annonça :

— Je l'ai déposé à côté d'Aix. Nada Vidal et Fantasia Nocturn étaient sur la passerelle.

— J'espère qu'il aura le temps de repartir avec elle avant qu'ils l'arrêtent, dit Fuego.

Edwin intraféra facilement sa cousine. Il se retourna vers sa grand-mère et l'armure, ahuries, qui s'étaient penchées sur le régénérateur. Avant d'utiliser le truc du réveil instantané, il leur dit :

— Je vais la sauver. Faites-moi confiance.

Il ferma ses paupières très fort et les rouvrit bien grand. Il disparut.

Edwin se réveilla sur son lit. Il referma les yeux. Il entendait ronfler Fuego et Balthazar en chœur. Si ce n'était pas déjà fait, Bou ne tarderait pas à retrouver les autres. En se laissant bercer par leur ronronnement, il imagina Aix et l'edbalium qui sortaient de son cœur. Une décharge électrique le traversa du dos vers l'avant. Il se sentit oppressé, comme si un gros chat s'était couché sur sa poitrine. Il ouvrit les yeux. Sa cousine dormait dans ses bras. Il se dégagea doucement, se leva et extraféra la poudre d'imagination. « Est-ce que je dois lui en faire avaler, ou quoi ? »

— Si j'étais toi, je commencerais par essayer de lui en insuffler, dit Jipi Rolou dans sa tête.

Le garçon déposa une pincée de grains dorés sous le nez de l'éléone et souffla. Elle éternua et ouvrit les yeux. Elle vit Edwin penché sur elle. Il fit un large sourire et se mit à pleurer.

— Eddie ? murmura-t-elle d'une petite voix endormie. Qu'est-ce qui se passe ?

— Chut ! fit-il. Ferme les yeux.

Elle obéit. Il l'intraféra à nouveau en un clin d'œil et se rendormit.

Depuis plusieurs nuits, Edwin passait directement de la glume à Zoneira. Cette fois, son esprit éprouvé par les importants intraférages flotta dans l'amas gélatineux jusqu'à ce qu'un aiguilleur affilié au Secteur-Uni le prenne en charge et l'envoie dans une strate. Edwin tomba sur un nuage blanc moelleux. Au-dessus luisait un soleil radieux, piqué dans un ciel bleu à l'infini. Le nuage berçait Edwin. Une agréable torpeur l'engourdissait, comme au moment de plonger dans le sommeil. Il songea à Aix et pria son cœur de la laisser sortir. Un jet de lumière fusa de sa poitrine et déposa la damoiselle devant lui. Elle s'étira. Ce faisant, elle réalisa qu'elle se réveillait et ça l'étonna.

— Je n'avais jamais dormi de ma vie ! Je ne sais pas ce qui m'a pris. Mais c'est une expérience plutôt chouette !

— Si tu savais comme je suis heureux de te revoir ! s'exclama Edwin.

— Me revoir ? répéta-t-elle.

Elle regarda le décor et demanda :

— Qu'est-ce qu'on fait ici ?

Il sortit sa gourde et sa fiole de larmes-scanâmes pour partager ses souvenirs avec elle.

— Les malfrats ! Ils ont osé me faire ça ! À cause d'eux, j'ai perdu une journée entière.

En plus d'apprendre les événements, elle avait ressenti le désespoir de son cousin. Elle le serra dans ses bras.

— Tu m'as sauvé la vie. Je t'aime très fort, moi aussi.

— À la bonne heure, tout est rentré dans l'ordre, souffla une voix douce et profonde.

C'était celle du nuage. Les damoiseaux reconnurent le ton de Chape Doëgne. La brume devint deux bras qui les soutinrent et le gardien reprit son apparence d'ange. Il se laissa descendre et les déposa sur un tapis de gazon.

— Ta grand-mère et le sieur Vidal ont décidé de te faire confiance, dit-il à Edwin. Ils n'ont rien dit aux sagesonges, mais Fantasia m'a appelé pour me raconter ce que tu as fait et me demander de guetter ton retour.

Il plongea son regard turquoise dans celui, vairon, de la jeune fille et ajouta :

— Chère petite ! Par les sphérioles, ne nous fais plus jamais vivre de telles inquiétudes.

Elle se blottit au creux de son aile.

— Venez, dit le gardien. Il est temps de rassurer les autres.

Il indiqua un trèfle porteur de chance. Ils plongèrent entre ses quatre feuilles.

Ils atterrirent entre Fantasia Nocturn et Nada Vidal qui faisaient les cent pas sur la passerelle. L'armure accueillit leur arrivée en levant haut ses brassards et la grand-maman poussa un cri étouffé. Elle étreignit ses petits-enfants.

— C'est une immense joie de te retrouver, damoiselle, murmura le chevalier.

Il serra doucement sa poigne de fer sur la main d'Edwin en ajoutant :

— Je suis fier de t'avoir fait confiance. Tu es un vaillant damoiseau.

L'éléone écarta les tentures en criant :

— Regardez qui est là !

Les sagesonges bondirent en bas de leur trône en poussant un cri. Ils coururent vers Aix qui se retrouva comprimée entre une tunique argentée, un coffre d'ébène et une carapace mordorée.

— Par quel miracle ! s'exclama le vieil éléon.

Il regarda le sieur Vidal qui pointa Edwin.

— Bing ? s'étonna l'horloge.

Tandis que le garçon avouait ce qu'il avait fait, Aix annonça par télépathie à son arrière-grand-mère qu'elle allait bien et invita ses compagnons à les rejoindre. Balthazar avait recommencé à rêver. Il fut le premier à franchir le portail central. Il courut en sautant par-dessus les vitraux du plancher et étreignit son amie à l'étouffer. Aix plongea son regard luisant dans le sien.

— J'espère que l'effondrement de l'impassonge ne t'a pas fait de mal, lui dit-elle.

Bou secoua la tête et s'empourpra. Pour une rare fois, aucune réplique fanfaronne ne lui venait. Avia Tempo arriva avec les autres acolytes. Melchia les accompagnait. Les effusions reprirent et Aix eut droit à des embrassades enthousiastes. Elle remercia la fillette qui avait fait apparaître l'imagination et exprima sa gratitude à sa famille, aux sagesonges, au sieur Vidal et à ses amis qui avaient déployé tant d'efforts pour la sauver.

8

Des prisons vivantes

Les jeunes gens et les aiguilleurs étaient revenus au jardin interdit. Nada Vidal avait offert de raccompagner Melchia dans une strate de rêve et Edwin avait promis à la petite qu'ils iraient la chercher s'ils avaient besoin de son aide.

Edwin fit réapparaître son système de douche et sa cousine reçut une onction de larmes tonifiantes. Balthazar, qui avait perdu son vernis en bondissant de réveil, passa aussi sous le jet et les autres l'imitèrent pour épaissir leur couche protectrice.

Le plan d'eau rappela à Edwin sa dernière vision de Terribelle Angoisse. Il eut une impression de déjà-vu. Le corps de la loutre préhistorique ondulant sur l'eau couverte de brume avec le château fort juché dans les collines en arrière-plan lui disait vaguement quelque chose. Puisqu'il pouvait communiquer mentalement avec la grande dynamappe, il lui transmit les images et lui demanda si elle pouvait retrouver ce décor dans les archives oniriques. Elle annonça que oui. Il gagna le rez-de-chaussée du quartier général. Ses amis le suivirent.

L'écran s'illumina et présenta un ancien rêve. L'image en trois dimensions montrait un château sur son promontoire surplombant un lac couvert de brume qui semblait s'allonger à l'infini à droite et à gauche ; au-delà s'étendaient des collines. Les acolytes reconnurent le site où ils avaient reconduit la végimale. Le songe défilait comme un film : trois cents soldats étaient en train de démolir le château.

— Ça s'est déroulé en 1692 dans les Highlands, en Écosse, dit l'appareil. Cet endroit s'appelle Urquhart et est situé sur la rive nord d'un lac allongé qui porte le nom de Ness. Le rêveur était le capitaine qui devait assurer la défense du château. Mais, sachant qu'il n'arriverait pas à repousser les troupes ennemies, il a commandé à ses hommes de le détruire pour qu'il ne devienne pas une place forte de l'adversaire.

— Regardez là ! dit Edwin.

Il pointait le lac couvert de brume en arrière-plan. Un animal avait fait surface pour assister au démantèlement. De loin, avec le brouillard, il ressemblait à un dragon avec un corps ondulant de serpent. Les adolescents établirent le lien avec le nom du lac : ils avaient devant les yeux le monstre du loch Ness. La dynamappe ajusta le focus et les spectateurs constatèrent qu'il ne s'agissait que d'une grande loutre. Terribelle Angoisse replongea sous l'eau. L'écran s'éteignit.

— Je me demande si elle vit toujours là-bas, murmura Edwin.

— Il y a de bonnes chances, répondit Peccadille. Les Oneiros peuvent vivre plusieurs centaines d'années.

— Suivez-moi ! dit Aix à brûle-pourpoint. Je veux vérifier un truc.

Elle sortit dans le jardin, retourna dans le vestibule de la fontaine et les entraîna dans le passonge qui menait au cœur du Secteur-Neige. Ils jaillirent du grelot pendu au long cou d'un jeune mammifère dont les motifs bruns du pelage rappelaient un mur en pierres. À côté, la maman végimale au cou rigide démesuré admirait son petit girafeau qui s'étirait pour manger les feuilles d'un acacia.

— Où nous emmènes-tu ? demanda Éolie à Aix.

L'éléone pointa le jardin d'agrément qui s'étendait au-delà du boisé des girafes.

— Je veux voir l'endroit où les maldors avaient établi leur repaire.

— L'impassonge s'est effondré, répliqua Balthazar.

— Je sais. Je ne veux pas y entrer; je veux inspecter les alentours.

— C'est plus loin, annonça Jandal. Je nous y transporte.

Un tourbillon les déposa devant le coquelicot enfermé dans sa cage. La fleur était aussi rouge et belle qu'elle l'était la journée d'avant; rien ne laissait voir que le cul-de-strate auquel elle menait s'était écroulé. Aix fit le tour de l'endroit en prenant de profondes inspirations.

— Non, murmura-t-elle, je ne perçois pas la présence de mon grand-père. Je suis sûre qu'il n'est jamais venu ici. Je vous dis que ce n'est pas lui, le chef maldor.

Elle s'agenouilla devant le grillage et huma le coquelicot. Edwin soupira. Il n'avait pas envie de l'entendre clamer l'innocence du doyen-aiguilleur. Il s'éloigna. «Elle a pourtant lu mes souvenirs! se dit-il. Elle sait que le géant à la cape violette qui l'a kidnappée m'a clairement indiqué qu'elle était sa petite-fille. Ça ne prend pas la tête au grand-sagesonge pour comprendre que Soucougnan Nocturn et l'Ombre Mauve ne font qu'un! Pourquoi s'entête-t-elle?»

De songer à son grand-père lui fit penser à sa famille. Son cœur se gonfla de tristesse mêlée de joie. À défaut d'avoir grandi avec ses parents, il aurait la consolation de rêver entouré de sa famille onirique. Il lui tardait de mieux la connaître. Sa grand-mère Fantasia en particulier. Elle lui avait paru tellement douce! Il se demanda pourquoi une dame aussi gentille avait épousé Soucougnan Nocturn. Un bruit interrompit ses pensées. Il s'arrêta et perçut du mouvement derrière le large tronc d'un arbre dont les fortes branches portaient des voitures de course.

— Qui est là?

Personne ne répondit. Edwin piqua un sprint dans cette direction.

— Sois prudent! lui souffla Jipi Rolou.

Un gaillard aussi grand que lui détala. Il portait un casque et une armure de soldat de l'Antiquité. «Phantamar!» Edwin se lança à ses trousses. Tout en sortant ses rayons-attractoirs, il tonna:

— Tu fais le fanfaron quand tu es avec tes compères, mais tu fuis quand tu es seul avec l'adversaire. Arrête et affronte-moi, si tu n'es pas un poltron!

Le maldor lui répondit sans se retourner.

— *In aqua scribes, in insidias non deveniam.* Tu écris sur l'eau, je ne tomberai pas dans le panneau. Tes insultes coulent sur ma cuirasse comme la pluie sur les plumes d'un canard.

Ils couraient à la même vitesse, mais Phantamar avait une longueur d'avance. Edwin le vit contourner un buisson garni de soldats de plomb et plonger vers le sol. Quand le garçon arriva de l'autre côté du buisson, il vit une coquille d'escargot vide. Il plongea sans hésiter et s'enfonça dans ses vrilles. Il émergea du passonge tête première. En voyant la grotte déserte, sphérique et aux parois couvertes de pierre sombre et rugueuse, il réalisa deux choses en même temps : Phantamar n'y était pas et il s'agissait d'un impassonge. D'instinct, il cria :

— Grand-père !

Quand le bout de ses pieds émergea du passage et qu'il fut entièrement à l'intérieur, la grotte trembla puissamment. Son cri avait réveillé le cul-de-strate. Une violente secousse le projeta contre la paroi, l'impassonge poussa un interminable hurlement et Edwin sentit la pierre s'effriter sous son ventre.

Ses amis avaient été alertés en l'entendant crier après Phantamar. Ils arrivaient au buisson de soldats de plomb quand un vacarme d'éboulis parvint à leurs oreilles. Aix questionna mentalement la grande dynamappe qui contenait leur essence. Elle pointa un caillou quelconque et annonça :

— Il y a un passonge là, mais Edwin ne l'a pas emprunté. Il est introuvable.

Éolie frissonna. Elle indiqua la coquille d'escargot à un pas du caillou et murmura :

— Je sens une grande puissance émaner de l'ouverture. C'est un passage sans issue.

— Ouah ! jappa Ardor.

Il venait de trouver sous un buisson la petite cloche grillagée qui aurait dû marquer l'emplacement du piège. Phantamar l'avait dégagé exprès pour induire Edwin en erreur.

— Le bruit d'éboulis ! s'exclama Balthazar. Le cul-de-strate s'est effondré !

— Heureusement qu'il rêvait, cette fois-ci, dit Ardor. Il a pu bondir de réveil pour échapper au piège. Voilà pourquoi il est introuvable.

— Il ne va pas tarder à se rendormir, dit Aix. Allons l'attendre au quartier.

Galvanisé par l'enduit récent de larmes fraîches, Edwin était incapable de bondir de réveil. Quand le cul-de-strate se mit à trembler, il fut persuadé qu'il serait écrasé par une tonne de roc. Au lieu de quoi il se sentit transporté dans une vrille descendante. Il se crut dans une toupie qui tombe en tournant à toute vitesse. La grotte continuait de hurler; son cri était comme un vent de tempête. La force centrifuge le plaquait contre la paroi et l'empêchait de monter au plafond.

Quand l'impassonge arrêta sa course folle, Edwin retomba. La grotte effectua encore quelques lentes girations dans tous les sens qui le ballottèrent d'un côté à l'autre, puis elle s'immobilisa. Étalé de tout son long, le garçon essaya de se relever, mais il était trop étourdi. Il tourna la tête et remarqua que la grotte avait perdu sa couche de pierre grise. Il vit l'endroit où la paroi dorée se creusait un peu pour former un petit entonnoir au fond duquel brillait un point lumineux. «La sortie! songea-t-il. Je ne dois pas la perdre de vue!» Il la fixa, mais son vertige l'obligea à fermer les yeux et à baisser la tête. Il mit quelques minutes à se remettre. Quand il parvint à s'asseoir, la pierre grise avait commencé à recouvrir la paroi. Il chercha le trou conique, mais ne le vit plus. Il ne pouvait même pas se souvenir de quel côté il était. Il ferma les yeux et les rouvrit vite bien grand pour constater qu'il était toujours dans la grotte.

— Ma mère-grand! Le truc du réveil instantané ne fonctionne pas.

Grâce aux deux couches de vernis de larmes fraîches, il ne ressentait pas les nombreuses heures de sommeil; il lui était impossible de quitter la Zone comme l'avait fait Balthazar. Il se leva et donna un coup de talon par terre. Une petite galette de roche se détacha et une parcelle de cristal doré apparut. Il n'y avait pas de point lumineux ni d'entonnoir. Edwin aperçut ses rayons-attractoirs qui lui avaient glissé des mains quand il était tombé. Il les récupéra et utilisa les manches pour frapper la pierre.

En dix minutes, il avait dégagé un disque large comme une table pour deux, mais seul le contour était encore doré; le reste était déjà recouvert de matière grise. La gangue recouvrait l'edbalium à mesure qu'Edwin le dénudait.

— Quelle poisse! Sans Ardor, je ne peux pas tout casser et sortir de ce traquenard!

La couche de pierre s'épaississait lentement. Quoique pas si lentement que ça. Le garçon jugea que l'espace serait entièrement envahi en une semaine. « J'espère que le repos sera venu à bout de mon vernis avant! » Le réveil était son unique porte de sortie. Une sensation de poids sur la poitrine gêna sa respiration; l'exiguïté de l'espace clos l'écrasait. Inquiet à l'idée de ce qui allait arriver, il fut persuadé que les choses ne pouvaient que mal tourner. Son dépit se mua en mélancolie. Le piège sombre et l'oppression lui rappelèrent le tragique accident de voiture qui avait eu lieu au début de l'hiver de ses deux ans. Les scènes rapides qui le hantaient parfois défilèrent dans sa tête.

« C'est un soir de décembre et il neige. Papa roule sur le vieux port. Maman rit. Soudain un camion surgit. La chaussée est glissante. L'auto fait une embardée, percute le parapet et passe par-dessus. Maman crie. On plonge dans le fleuve. L'eau glacée entre à torrents. On coule. Papa nous fait sortir par la vitre cassée. Je suis entouré d'eau noire. Je ne vois plus mes parents. »

Edwin hurla :

— Maman ! Papa !

La grotte trembla, une plaque de pierre se détacha et tomba. Des milliers d'étoiles apparurent devant ses yeux et il s'écroula.

Une main soyeuse glissa sur le front d'Edwin et repoussa sa frange de cheveux. Il entrouvrit les yeux. Sa vue était embrouillée. Deux silhouettes étaient penchées sur lui, dont l'une était diaphane. Il ne pouvait pas distinguer leurs traits.

— Aix? Bou? demanda-t-il dans un murmure.

Une voix douce répondit :

— Non, mon trésor. C'est maman. Je suis avec papa.

— Maman? Papa?

Sa vue se précisa. Il était toujours dans l'impassonge. Deux individus ressemblant beaucoup à ses parents étaient agenouillés à ses côtés. La dame avait l'apparence translucide des éléons, mais ses traits étaient identiques à ceux que Mélodie affichait sur sa photo de mariage. L'homme avait le visage de François, mais vieilli, avec quelques rides et des tempes grisonnantes.

— Maman! Papa! murmura Edwin avec ravissement. Je vous vois enfin en rêve!

Mélodie posa un index sur ses lèvres et dit tout bas :

— Chut, repose-toi. Le choc a drainé tes forces.

— As-tu mal? demanda François à mi-voix.

Edwin se sonda. Il ne ressentait aucune douleur; il n'avait même pas senti la pierre le frapper. Mais le choc l'avait sonné assez fort pour qu'il hallucine et son esprit avait créé des figurants à l'effigie de ses parents. Les êtres imaginaires étaient fragiles, mais leur apparition le réjouissait. C'était la première fois qu'il rêvait à eux. Il avait bien l'intention de profiter de ce beau songe avant que les personnages ne s'évaporent. Il s'assit et les admira. Il n'osait pas leur toucher, de crainte qu'ils ne disparaissent.

— Je vais très bien, répondit-il. Si vous saviez comme je suis heureux de vous voir !

— Nous aussi, mon petit, murmura Mélodie. Nous pouvons enfin te dire à quel point nous t'aimons et combien nous sommes fiers de toi. Tu es valeureux. Ce n'est pas étonnant que tu sois un porteur du pouvoir.

— Ta bienveillance nous comble de joie, ajouta François d'une voix faible. Tu es si attentionné pour ta grand-mère et tes amis, et aimable et généreux envers tout un chacun ! Tu as un grand cœur, dans tous les sens du terme…

Il s'interrompit. Un coup de vent venait de s'engouffrer dans la grotte. Un colosse jaillit de la paroi. Il planta une longue aiguille à tête ronde dans le trou d'accès et se laissa tomber devant Edwin et les personnages. C'était l'Ombre Mauve. Le garçon se leva d'une détente et extirpa ses rayons-attractoirs pour protéger les êtres imaginaires. Il leur dit d'une voix suppliante :

— Je vous en prie, ne disparaissez pas !

Le géant capé tourna son capuchon retombant vers les deux autres et siffla avec mépris.

— Pfft! Vous devriez avoir honte. Honte d'être ici avec ce damoiseau, honte d'oser personnifier ma fille chérie et surtout honte d'incarner l'homme ignoble qui l'a précipitée vers la mort.

Il avait terminé sa phrase en haussant le ton. La grotte trembla.

— Il faut partir sans tarder, dit le géant. Edwin, suis-moi. Vous aussi, venez vite, qui que vous soyez.

Il tendit la main à ceux qui étaient toujours agenouillés sur le sol.

— Je vous interdis de leur toucher! s'exclama Edwin.

Il essaya de le repousser avec ses rayons-attractoirs. L'Ombre les évita avec agilité et tenta de le capturer. Ils croisèrent leurs faisceaux de lumière, mais ils se défendaient aussi bien l'un que l'autre. L'incarnation de Mélodie se leva avec peine, avança en titubant et s'interposa entre les deux. Ils écartèrent leurs rayons pour ne pas risquer de la toucher.

— Arrêtez de vous battre, je vous en prie, souffla-t-elle.

Le géant se figea. Médusé, il dit:

— Tu as la même voix que ma fille… Personne ne l'avait jamais imitée. Le ton chantant de Mélodie était unique. Comment…

Elle leva les mains vers son capuchon. Il la

laissa faire. Elle le lui retira et passa sa paume sur sa joue parsemée de cicatrices.

— Oh! Papa! murmura-t-elle. J'ai appris en même temps qu'Edwin le tragique effondrement d'impassonge qui a emporté Lagarde et Prudence. C'est affreux!

Elle l'enlaça et il l'étreignit en sanglotant. Edwin était abasourdi. Il bredouilla:

— Tu n'es pas imaginaire?

Elle lui sourit et dit avec douceur:

— Non, Eddie. François non plus. Nous sommes vraiment tes parents.

L'homme avait réussi à se lever. D'un pas mal assuré, il la rejoignit. Edwin remarqua la discrète aura qui les enveloppait. Celle de sa mère avait les coloris de l'arc-en-ciel, alors que celle de son père était dorée. Ce n'était pas des figurants.

— Vous êtes réels! s'exclama-t-il.

Il se jeta dans leurs bras. La grotte trembla violemment. Tant d'émotions avaient excité l'impassonge. Les quatre se retrouvèrent plaqués contre la paroi et le cul-de-strate entama une nouvelle chute en vrille. De longues minutes plus tard, il ralentit sans s'arrêter de tourner et les projeta les uns contre les autres. Lorsqu'il s'immobilisa, ils restèrent sans réagir, trop étourdis, allongés côte à côte sur le cristal doré.

Edwin fut le premier à se relever. Il chercha l'aiguille plantée dans le trou de la sortie, mais ne la vit plus. La gangue avait recouvert l'edbalium. Il s'agenouilla devant ses parents.

— Est-ce que ça va?

— Oui, répondit son père, nos forces reviennent lentement.

— Vous n'étiez pas dans l'impassonge quand je suis entré. Comment êtes-vous venus? Êtes-vous arrivés avec la chute de la grotte? Étiez-vous prisonniers des culs-de-strate depuis tout ce temps?

— Oui, nous étions confinés, répondit Mélodie, mais pas dans un impassonge. Nous étions dans ton cœur, Eddie. Tu nous as extraférés quand la galette de pierre t'est tombée sur la tête.

— Qu'est-ce que vous faisiez là?

— C'est toi qui nous y as fait entrer. Pour nous sauver la vie. Mais tu étais si petit que tu n'as pas réalisé ce qui se passait. Tu n'as donc pas pu nous faire ressortir.

— Nous avons vécu ces années avec toi, en regardant par tes yeux et en écoutant par tes oreilles, ajouta François. Nous étions cependant incapables de communiquer avec toi.

Mélodie vacilla. Edwin et Soucougnan la soutinrent.

— Tu es souffrante? s'enquit le géant capé.

— Non. C'est juste que, après plus de dix ans sans parler ni bouger, nous avons perdu l'habitude. Mais le tonus revient peu à peu.

Leur aura s'intensifiait ; ils reprenaient des forces.

— Il faut sortir d'ici.

Edwin donna trois coups de talon et dégagea une parcelle d'edbalium. Il considéra l'étendue de la grotte et dit avec fatalisme :

— C'est trop vaste ; nous n'arriverons jamais à retrouver la sortie.

— Du calme, dit le sieur Nocturn. Il ne faut pas ébranler l'impassonge.

D'une voix basse, il dit à Mélodie :

— Je veux savoir ce qui est vraiment arrivé, il y a dix ans.

La femme fit rapidement le récit des événements. Quand la voiture avait plongé dans le fleuve, François avait aidé Mélodie à s'extirper et il était sorti en serrant Edwin contre lui. Mais, comme il nageait d'un seul bras, ses vêtements trop lourds l'avaient entraîné par le fond. Le froid l'engourdissait et il était sur le point de perdre connaissance. En entrevoyant son épouse qui revenait vers eux, il avait lâché l'enfant en espérant qu'elle le rattraperait et regagnerait la surface avant qu'il ne soit trop tard. Au moment de s'évanouir, François avait vu un puissant éclair. Puis il s'était retrouvé enfermé dans le cœur du garçon.

Quant à Mélodie, elle avait vu un halo lumineux et son mari avait disparu. Elle avait agrippé son fils et était remontée. Parvenue à la surface, elle avait entendu des sirènes. Mais elle avait perdu connaissance avant que les secours n'arrivent. Par les yeux d'Edwin, François avait vu fuser une lumière comme celle qui se produit lors de l'intraférage d'une sphériole, mais bien plus intense, et Mélodie était apparue à ses côtés. L'équipe d'urgence avait repêché le bambin, seul.

Mélodie et François avaient à présent la voix et les gestes plus alertes. L'éléone fixa son père et les larmes firent briller ses yeux. Elle lui demanda :

— Comment as-tu pu changer autant, papa, toi qui étais intègre ? Je comprends ta peine et ton amertume, mais ça ne justifie pas ta rébellion contre les rêveurs.

La voix du géant se fit aussi dure que ses traits et il déclara :

— Tu devrais pourtant me connaître suffisamment pour savoir la vérité.

— Le père que je connaissais jadis ne serait jamais devenu un maldor.

— Il n'en est pas un, s'opposa Edwin.

En voyant son air assuré, sa mère s'étonna.

— Il y a une demi-heure à peine, tu étais exaspéré qu'Aix s'entête à clamer l'innocence de votre grand-père. Et maintenant, tu le défends ?

— Depuis l'embuscade sur le bateau pirate, je doutais de sa culpabilité. Vous devez vous en être aperçus ?

— Non, répondit François. Nous avons été témoins de ta vie et avons assisté à tes rêves, mais nous ne pouvions pas lire tes pensées.

— Ce ne sont pas des sphérioles, expliqua Jipi Rolou dans sa tête. Ils n'avaient accès qu'à tes sens externes, pas à tes secrets intimes. Ils ne savent donc pas non plus que tu peux me parler.

— Mais vous, Jipi, saviez-vous qu'ils étaient là ?

— Bien sûr ! Ils occupaient tellement de place !

Edwin avait d'abord cru que c'était Aix, après qu'il l'ait intraférée, qui tentait de le persuader que son grand-père n'était pas l'Ombre Mauve. Mais il réalisait que c'était sa propre logique qui en était venue à cette conclusion. Il comprenait maintenant pourquoi. Il expliqua :

— La première fois que j'ai vu le profil du géant à la cape violette, c'était au parc de Bulle-Neige quand mes amis et moi avons neutralisé l'Ombre et Détorve, juste avant que l'injection d'adrénaline ne nous fasse bondir de réveil. La fois suivante, c'est quand Soucougnan Nocturn a kidnappé Aix sur le bateau pirate. Les deux fois, j'ai aperçu une joue mutilée et un moignon d'oreille, mais pas du même côté. Au jardin botanique, c'est le droit que j'ai vu, tandis que, sur le bateau pirate, c'est le gauche.

Il se tourna vers le grand éléon qui n'avait pas relevé son capuchon. Le côté gauche de sa figure présentait d'affreuses cicatrices. Les chairs de la joue et l'oreille avaient été arrachées par l'effondrement de l'impassonge. Mais l'autre côté, le droit, était intact. La gorge nouée par l'émotion, Edwin était incapable de parler. Il murmura mentalement : « Je vous prie de me pardonner d'avoir douté de vous, grand-père. » Le doyen le serra contre lui.

— Excuse-moi, papa, dit Mélodie.

Elle lui serra les mains en demandant :

— Pourquoi es-tu devenu furtif et as-tu laissé croire que tu étais un maldor ? Pourquoi es-tu resté caché, plutôt que d'aider les portefaix ?

— Oh, mais je les ai aidés chaque fois que je l'ai pu, se défendit le doyen. Je devais cependant agir sans me faire voir, pour ne pas éveiller les soupçons des rebelles.

Il annonça que Carus Philein, son meilleur

ami, lui avait demandé d'enquêter discrètement. Ils avaient convenu qu'il devait devenir furtif pour pouvoir investiguer en paix.

— Vous connaissiez donc le secret de la furtivité ? s'étonna Edwin.

— Non, c'est Carus qui me l'a appris en me racontant comment quelqu'un était devenu furtif à l'époque où sa mère était sagesonge.

— La légende de l'Oneiro furtif était donc une histoire vraie ? Le sieur Philein et sa sœur avaient pourtant dit qu'ils l'avaient oubliée et que les dirigeants de l'époque n'avaient pas laissé de note à ce sujet.

Soucougnan lui apprit que les Philein s'en souvenaient très bien, mais que les sagesonges avaient trouvé l'information trop dangereuse. Ils avaient donc prétendu ne plus s'en souvenir. Carus avait toutefois inclus son ami dans le secret, pour qu'il ait la possibilité d'approcher les maldors sans attirer leur attention. Le doyen avait donc joint ses rayons-attractoirs à ceux des acolytes pendant les batailles sur la place publique de Marrakech dans le rêve de Jandal et dans les traboules de Lyon du songe d'Éolie, de même que lors du grand affrontement à la nécropole de Gizeh. Mais il n'avait pas eu souvent la possibilité de les aider, car ils étaient furtifs eux aussi et il n'arrivait pas à les suivre.

Le doyen se tourna vers François et le considéra d'un œil nouveau. Il l'avait cru responsable de la disparition de Mélodie dans un impassonge, mais il s'était trompé. Cet homme aimait sa fille d'un amour sincère et profond.

— Ma rancœur contre toi était injustifiée. Je m'en excuse.

Ils se serrèrent la main. Edwin prit celles de ses parents dans les siennes et fixa le doyen.

— Dites, sieur Nocturn… euh… grand-père… est-ce vous qui avez bloqué la voie à Perfi Détorve en faisant apparaître une bullonef dans la tour de chute, tout à l'heure?

— Oui. Je patrouillais la glume à bord de mon vaisseau quand je l'ai vu apparaître au sommet de la tour. Je m'apprêtais à le paralyser, mais vous êtes arrivés et je n'ai pas osé tirer. Quand il a sauté dans la tour, j'ai créé un passonge qui a transporté mon appareil sous lui. Je croyais qu'il se rendrait; j'étais loin de penser qu'il se précipiterait dans la glume.

Ils restèrent silencieux un moment. Puis Edwin demanda:

— Grand-père, c'est sûrement vous, le mystérieux libérateur!

— Non. Moi aussi, je me demande bien de qui il s'agit.

Edwin ne se lassait pas d'admirer ses parents. Il se demanda comment il avait pu les intraférer alors qu'il n'était qu'un bambin.

— C'est parce que je t'ai aidé! dit une voix dans sa tête.

— Qu'est-ce que vous dites là, Jipi? répliqua le garçon mentalement. Vous êtes en moi depuis deux nuits seulement. Comment auriez-vous pu m'aider à faire ça il y a dix ans?

— Ce n'est pas moi qui ai parlé, répondit la voix cocasse de sa sphériole.

— Alors, c'est qui?

— Tu recommences à m'entendre! se réjouit la première voix.

C'était celle, éraillée, d'une femme âgée.

— Qui êtes-vous?

— Je m'appelle Lativa.

— Où êtes-vous?

— En toi; je suis une sphériole.

— Je ne me souviens pas de vous avoir intraférée.

— Nous nous sommes attirés mutuellement à ta naissance. Le jour de l'accident de voiture, j'ai senti que ton désespoir était assez fort pour te permettre d'intraférer tes parents. Alors, je t'ai aidé à les mettre en lieu sûr.

— Vous leur avez sauvé la vie! Je ne vous remercierai jamais assez.

— C'est toi qui les as sauvés. Je n'ai fait que te guider.

— Vous avez donc toujours été avec moi… Pourquoi ne m'avez-vous jamais parlé ?

— Je t'ai parlé très souvent. Entre autres pour tenter de te faire extraférer tes parents. Mais c'était trop ardu.

Lativa soupira et ajouta :

— Ça ne fait qu'une dizaine de nuits que je ne peux plus communiquer avec toi. Depuis que tu as intraféré une autre étoile. Ma voix peinait déjà pour passer entre les deux âmes de tes parents ; elle n'a pas pu porter au-delà de celle d'une sphériole nouvellement intraférée. Maintenant qu'il n'y a que Jipi, nous sommes à nouveau capables de communiquer.

La sphériole raconta au garçon qu'elle avait été étonnée de constater qu'il pouvait l'entendre. Il était le premier humain à pouvoir communiquer avec les astres oniriques. Un jour, sa grand-mère Cécile avait été intriguée de l'entendre babiller alors qu'il jouait seul et elle lui avait demandé ce qu'il racontait. Il avait répondu qu'il parlait avec Lativa, l'amie qui était dans sa tête. Cécile lui avait expliqué que la petite voix était sa conscience, que c'était son propre cœur qui lui dictait ce qui était bon pour lui. Elle avait ajouté que, s'il savait bien l'écouter, sa voix intérieure le guiderait sur le bon chemin.

— C'est ce que j'ai fait du mieux que j'ai pu, poursuivit l'étoile. J'ai tout de suite vu que tu avais un cœur en or et j'ai senti que tu allais jouer un grand rôle. D'ailleurs, tu n'as pas tardé à avoir un précieux trésor à préserver : tes parents. Je savais qu'un jour, quand tu serais prêt, tu les rendrais à la vie. Je suis donc devenue ta petite voix et j'ai assisté ta conscience, le jour dans la réalité, la nuit dans tes songes.

— Merci d'être restée avec moi, Lativa, souffla Edwin dans sa tête.

— Tu n'as pas à me remercier ; je n'ai pas eu le choix. Comme Æth et tes autres sphérioles, j'étais prisonnière. Mais sache que je ne suis pas malheureuse. Au contraire, je suis choyée. Car, comme je l'ai dit, tu as le cœur en or.

— En or, littéralement ! précisa Jipi Rolou.

— Que voulez-vous dire ?

Lativa répondit :

— Qu'il est plein d'imagination et qu'il dégage une grande puissance. Je ne comprenais pas ce phénomène, mais, quand j'ai vu le gobe-sphériole des maldors dans le métro de ton premier cauchemar, j'ai su qu'il était constitué du même cristal doré que celui qui enrobe tes sentiments.

— J'aurais un cœur en edbalium ?

— Oui. Enfin… pas l'organe comme tel, qui est un muscle, comme pour tout le monde. Mais le siège de tes sentiments, ton âme, si tu préfères, est garni de dorure. J'ignore pourquoi. Cependant, j'ai compris que cela empêche ce qui est entré dans ton cœur d'en ressortir.

Edwin sursauta. Soucougnan venait d'allumer un rayon-attractoir. Le garçon bondit, alluma les deux siens et regarda en tous sens.

— Qu'est-ce qui se passe?

— Je viens d'avoir une idée pour retrouver la sortie.

Le géant balaya la paroi grise du bout du faisceau lumineux en expliquant:

— J'ai découvert que l'entrée des culs-de-strate annihile la lumière. C'est ainsi que j'ai pu les localiser. Si leur issue réagit de la même façon, l'endroit où elle se trouve va gober le faisceau et l'assombrir.

Edwin tendit un de ses rayons à son père, le sieur Nocturn en remit un à sa fille et ils sondèrent la caverne.

Le balayage se poursuivait depuis une heure et ils n'avaient rien trouvé. Mélodie soupira. Chercher un trou d'aiguille dans cette grande caverne était plus fastidieux que de chercher l'objet dans une botte de foin. La roche grise lui rappela soudain ce qu'elle avait vu par les yeux de son fils un peu plus tôt.

— Edwin, demanda-t-elle, montre-nous donc ce que tu as trouvé dans le repaire des maldors.

Le garçon déposa son rayon sur le sol sans l'éteindre et le cala pour qu'il pointe l'endroit où il était rendu. Les autres firent comme lui. Edwin sortit le gobelet vide qui se trouvait sur le plan de travail et le morceau de gangue qui emprisonnait le culot de verre cassé. Il avait eu le temps de les ranger dans sa musette avant de quitter la grotte qui allait s'effondrer.

— Je pense que ça recèle un truc que l'Ombre Mauve tenait à garder secret, supposa-t-il. Ça doit être très précieux, car il a attenté à la vie de Terribelle Angoisse pour qu'elle n'en parle pas.

— Fais voir, dit Soucougnan.

Il examina le contenant intact et annonça :

— Il y a une goutte au fond. On dirait une larme humaine.

Il scruta le fond du verre et ajouta :

— Il y a aussi de la poussière dorée.

— Des larmes et de la poudre d'edbalium, murmura Edwin. De l'imagination mêlée à des sentiments. Ça sert à quoi ?

— C'est une potion, déclara Mélodie. Avec de la chance, un maldor aura trempé ses lèvres là-dedans et y aura laissé l'empreinte de ses idées.

Soucougnan versa une goutte de larmes-scanâmes sur sa langue et aspira le fond du godet.

— Je le savais, murmura-t-il.

Il rangea le verre maintenant vide dans sa poche. Avec précaution, il entreprit de casser la gangue qui emprisonnait le culot brisé. Elle s'effrita facilement. Il dégagea le fond d'un autre gobelet, qui contenait une gorgée de liquide. Il le fouilla du regard et annonça :

— Ce n'est que de l'eau, mais qui contient aussi de la poudre d'edbalium. Et certainement d'autres secrets...

Il vida le culot ébréché d'un trait. Après avoir hoché la tête, il passa sa fiole de larmes-scanâmes à Mélodie, sortit une gourde, prit une lampée et la lui tendit. Les pensées du père passèrent à sa fille. Elle souffla :

— Lui ? Mais... c'est impossible !

Elle donna les deux contenants à son mari. Il eut la même réaction qu'elle. Edwin avait déjà pris une goutte de sa propre fiole et il trépignait d'impatience. Son père lui passa enfin la gourde. Il s'appropria les pensées qu'elle recelait. C'était l'Ombre Mauve qui avait bu dans ces gobelets. Mais le liquide ne contenait pas que ses méditations ; les souvenirs de Mélodie et de François, de même que les réflexions de Soucougnan, se mêlaient aux secrets du chef maldor. La tête d'Edwin se mit à fourmiller d'idées ; il y en avait tant qu'il mit du temps à les assimiler. Son esprit devait les digérer et replacer les nombreuses pièces du casse-tête dans le bon ordre.

9

Des mystères sortis de l'ombre

Quand Soucougnan Nocturn avait atteint l'âge de raison, trois siècles plus tôt, il avait développé une profonde antipathie pour celui qui allait un jour se retrouver à la tête des maldors. À l'époque, il ne se doutait pas que cet éléon fomenterait une révolte contre les rêveurs, mais ses agissements le poussaient à s'en méfier. Alors que le peuple oneiro était en admiration devant les actions de cet individu, le sieur Nocturn, lui, voyait la plupart de ses œuvres d'un très mauvais œil. Il était incapable d'accorder sa confiance à quelqu'un qui avait mis toute son énergie à fabriquer des engins capables d'épier les autres, à élaborer une formule pour s'introduire dans l'esprit d'autrui, à monter des machines susceptibles de choquer les dormeurs et à imaginer un dispositif servant à tétaniser les gens. Il avait vu là les créations d'un être indiscret, avide et malveillant, voire diabolique.

Les habitants de la Zone ne considéraient pas ces inventions comme dangereuses ; au contraire, ils jugeaient qu'elles contribuaient au progrès du pays des songes. Ils avaient donc acclamé haut et fort le père des dynamappes, des larmes-scanâmes, des bullonefs et du rayon-attractoir. Pour le remercier, ils l'avaient proclamé grand inventeur onirique. Soucougnan reconnaissait son génie. Néanmoins, il était persuadé que ses découvertes visaient un but personnel plus que le bien de la communauté.

Celui qui se cachait sous la cape violette du chef rebelle était Morfroy Deffroy, l'éléon supposément disparu dans l'effondrement d'un impassonge après le bouleversement de Bulle-Neige. Le drame avait eu lieu treize ans plus tôt. L'atelier de l'inventeur avait été pulvérisé. Les secouristes avaient trouvé l'éléon gisant parmi les débris. Tout son corps n'était que brûlures et chairs déchiquetées. D'une voix faible, il avait raconté que des sphérioles étaient entrées en collision et que l'énergie dégagée par le choc avait provoqué la déflagration. Les étoiles se frôlaient pourtant continuellement sans jamais provoquer la moindre étincelle… Le cataclysme était inexplicable.

On avait transporté Morfroy Deffroy à la salle du conseil dans l'intention de le mettre dans le régénérateur d'Oneiros, mais il s'était mis à pousser des lamentations et avait plongé dans un vitrail passonge. On s'était précipité derrière lui pour le ramener, mais ses blessures lui avaient fait perdre la raison. Il avait bondi de passonge en passonge et s'était retrouvé devant un grillage de cristal au cadre rouge posé par-dessus la photo d'un chaton. C'était un cul-de-strate bloqué. À la grande stupeur de ceux qui tentaient de l'arrêter, Deffroy avait arraché la grille et s'était jeté dans la gueule du minou. Les secouristes impuissants avaient entendu un hurlement et le vacarme d'un éboulement. Le piège s'était effondré.

Tandis que le peuple oneiro endeuillé aménageait sur le site détruit un jardin à la mémoire du disparu, Soucougnan Nocturn s'était lancé à sa recherche. Il ne pouvait pas croire qu'un être aussi astucieux que Morfroy Deffroy ait attenté à ses jours en sautant bêtement dans un cul-de-strate. Le sieur Nocturn était convaincu que, si ce magouilleur était entré dans une voie sans issue, ce n'était pas pour mettre fin à sa douleur, mais pour éviter qu'on lui demande ce qui avait provoqué l'explosion des sphérioles. Soucougnan n'avait pas retrouvé la trace de l'inventeur et n'avait rien pu prouver, mais il croyait dur comme fer que Deffroy était vivant et qu'il se terrait quelque part pour manigancer d'autres opérations funestes.

Edwin s'apprêtait à découvrir que son grand-père avait eu raison de douter. Les souvenirs de ses parents lui apprirent qu'ils avaient été témoins du bouleversement de Bulle-Neige, ainsi que des événements qui y avaient mené.

Mélodie et François s'étaient rencontrés dans une strate, un an avant la naissance d'Edwin. François venait d'entamer sa dernière année d'ingénierie quand son père avait été emporté par une grave maladie. Son sommeil était très agité. Après qu'un gardien lui eut offert une sphériole, la douce Mélodie était arrivée dans son rêve en tant qu'actrice. Elle avait trouvé les mots pour le réconforter et ils s'étaient liés d'amitié. Ils s'étaient retrouvés les nuits suivantes. L'éléone avait la faculté d'appeler les étoiles ; elle lui en faisait intraférer une et lui faisait découvrir son monde.

Leur affection s'était vite muée en un amour profond qui avait ému Lavisée Sévira. Pour leur permettre d'être ensemble en tout temps, l'horloge avait partagé avec eux le secret du grand voyageur. Quand François bondissait de réveil, Mélodie plongeait dans l'ombre de la vice-sagesonge et allait le rejoindre dans la réalité. Le soir venu, quand il s'endormait, il faisait un aller-retour sous le chêne pour la ramener dans la Zone.

Mélodie avait tout de suite plu à Cécile, même si la dame trouvait étrange que cette fille posée et intelligente fasse montre d'une franche naïveté par rapport aux choses simples comme le parfum des fleurs et la saveur des aliments. Lorsqu'elle avait voulu en apprendre davantage sur la famille de sa future bru, François lui avait raconté que Mélodie était Italienne, qu'elle avait quitté Pise et qu'elle n'avait plus aucune famille. Par crainte de chagriner la jeune femme, Cécile n'avait plus posé de questions.

Une nuit, dans la Zone, alors que les deux amoureux transitaient par une strate en cours d'enregistrement, ils avaient rencontré un fonctionnaire italien et transformé son rêve en conte de fées. L'homme tenait absolument à les remercier et François avait eu l'idée de lui demander des papiers d'identité pour Mélodie. Une semaine plus tard, les précieux documents étaient arrivés par la poste. L'éléone avait ainsi obtenu la citoyenneté italienne.

Une autre nuit, ils avaient vu Morfroy Deffroy en compagnie d'un jeune rêveur. L'inventeur réprimandait l'enfant parce qu'il ne parvenait pas à faire ce qu'il lui demandait.

Mélodie s'était demandé ce qu'il manigançait. Comme il n'était ni acteur ni gardien, il n'avait aucune raison d'être en contact avec les humains. Ils s'étaient mis à le suivre et à l'épier pour découvrir qu'il buvait une mixture en catimini. Il avait caché des bouteilles dans sa maison. Un soir qu'il s'était absenté, François en avait chapardé une. C'était de l'eau contenant des pépites dorées. Mélodie et François y avaient goûté. Ils avaient senti une grande force les envahir.

En captant cette information, Edwin et ses sphérioles comprirent d'où il tenait son cœur d'edbalium. Il avait hérité son recouvrement doré de ses parents qui avaient absorbé des cristaux d'imagination. De là lui venait son immense inventivité.

Les pensées continuaient à défiler dans la tête du garçon et lui découvraient la suite de l'histoire de ses parents.

À Noël, trois mois après leur rencontre, Mélodie et François avaient fait un voyage à Pise. À leur retour, ils avaient annoncé à Cécile qu'ils s'étaient mariés là-bas. Elle avait été stupéfiée, mais s'était réjouie et avait invité le couple à habiter avec elle dans la grande maison. Un mois plus tard, la jeune mariée avait annoncé qu'elle attendait un bébé.

Puisque son père désapprouvait qu'elle

fréquentât un rêveur, Mélodie avait caché sa double vie aux Oneiros. Un soir, Soucougnan l'avait interpellée par télépathie. Il l'avait suivie sur dynamappe et, l'ayant vue se promener avec François, il l'avait menacée de plonger son copain dans le cauchemar si elle n'arrêtait pas de le voir. Ils s'étaient séparés, mais avaient passé la nuit à discuter par télépathie. Ils étaient profondément affligés. S'ils ne devaient plus être vus ensemble dans la Zone, ils craignaient que Lavisée finisse par leur interdire l'accès à son ombre et qu'ils ne puissent plus se retrouver non plus dans la réalité. Au matin, quand l'éléone était entrée sous le feuillage du grand voyageur pour rejoindre son mari, le chêne avait capté son désarroi et lui avait offert un de ses fruits.

François et elle avaient ainsi pu délaisser l'ombre de Lavisée et faire croire aux Oneiros qu'ils s'étaient quittés. Grâce au passe-partout, ils continuaient de passer leurs journées ensemble. À cause de la menace de Soucougnan, ils se tenaient loin l'un de l'autre la nuit, se contentant de parler par télépathie en se regardant sur une dynamappe. Ce n'était pas assez pour François. Il avait souhaité ardemment devenir invisible et, à leur grande surprise, son image avait disparu de l'écran. La poudre dorée qu'il buvait, jumelée au pouvoir de sa sphériole, lui avait permis de devenir furtif. Ils avaient recommencé à se promener ensemble dans le noyau, à l'abri du regard du sieur Nocturn.

Les mois passaient. Dans la Zone, Mélodie affichait toujours son apparence svelte, mais, sur terre, son ventre s'arrondissait. Le matin du quatorze septembre, François s'attardait dans son sommeil. Dans la Zone, les horloges-fuseaux n'allaient pas tarder à indiquer midi. Il se baladait avec Mélodie aux abords de la tour de chute qui s'élevait au cœur du Secteur-Neige. En passant devant l'atelier de Morfroy Deffroy, ils avaient d'instinct étiré le cou pour voir ce qu'il trafiquait. Ils avaient vu l'inventeur entrer dans une cabine dorée dont la forme rappelait une capsule de fusée. Des sphérioles étaient descendues du ciel et entrées dans la cabine. L'éléon avait étiré le bras et fermé la porte de l'habitacle. Quelques secondes plus tard s'était produite la terrible explosion. La capsule dorée et l'atelier avaient été pulvérisés.

Mélodie et François allaient se précipiter au secours de l'inventeur quand deux débris propulsés vers eux avaient frappé l'éléone au ventre. Elle s'était pliée en deux, en proie à une contraction ; le choc avait provoqué l'accouchement. Elle avait senti le bébé sortir.

Elle tenait cependant à ce qu'il naquît dans le monde où il avait été conçu. Elle avait demandé à François de vite l'emporter dans la réalité avec le passe-partout et de remonter le temps de quelques minutes, pour que l'accouchement se fasse là-bas. Il avait répliqué que c'était illogique, que le temps pouvait reculer, mais pas eux avec lui. Mélodie avait poussé un cri et perdu connaissance. Il s'était empressé de faire ce qu'elle avait commandé. Il l'avait ramenée dans leur chambre trois minutes plus tôt, l'avait déposée sur le lit et avait appelé sa mère à l'aide. Au moment où l'horloge du rez-de-chaussée sonnait huit heures du matin, Cécile, émue, avait annoncé qu'un joli garçon était né. Il avait une fine toison blanche et ses iris étaient rosés. Mélodie avait proposé qu'il porte le prénom de son grand-père paternel, Edwin.

L'esprit d'Edwin continuait de démêler les pensées de chacun. Celles de l'Ombre Mauve défilèrent.

Tout jeune damoiseau, Morfroy Deffroy détruisait ce qui lui tombait sous la main pour connaître le principe des choses, puis il en combinait les composantes autrement pour en constituer de nouvelles. Fort ingénieux, il avait construit sa première machine volante avant même d'aller à l'école. Un jour, il avait entendu dire que la prétendue légende du premier Oneiro devenu furtif était basée sur un fait réel survenu à sa grand-mère, Glauque Deffroy. Il était allé la trouver au bord d'une fontaine et l'avait questionnée, mais elle avait refusé de lui répondre. Offusqué, il l'avait poussée dans le bassin. Ensuite, en réfléchissant dans sa chambre où on l'avait mis en punition, il s'était dit que l'eau où sa grand-mère avait pris la tasse avait peut-être conservé des traces de ses secrets. Il s'était installé devant ses éprouvettes et était parvenu à créer une potion capable d'extraire les souvenirs enfermés dans un liquide. Il avait bu l'eau de la fontaine et appris la mésaventure de son aïeule.

Six siècles plus tôt, Glauque Deffroy jouait un rôle dans une strate quand elle avait sursauté en arrivant devant une sphériole au détour d'un sentier. Elle était tombée sur un buisson de fougères en entraînant l'étoile dans sa chute et toutes deux avaient été englouties par les plantes qui constituaient l'accès d'un impassonge. Elles s'étaient retrouvées dans une grotte grise. La sphère et l'Oneira s'étaient repoussées comme deux aimants de même polarité et la bulle avait rebondi sur la paroi de roc jusqu'à ce qu'elle s'enfonçât dans le cœur de la dame, qui avait aussitôt ressenti une grande vigueur. Sous les coups de la sphériole, la croûte rocheuse s'était détachée par endroits, dévoilant la surface dorée. Dame Deffroy avait remarqué un mince rai de lumière provenant d'un petit trou. Elle avait compris que c'était la sortie et s'était échappée. Elle s'était empressée d'aller raconter sa mésaventure aux sagesonges, qui avaient découvert qu'elle n'apparaissait plus sur les instruments de détection. Elle avait extraféré la sphériole pour la laisser retourner dans le ciel et avait perdu sa furtivité. Les dirigeants avaient jugé préférable d'étouffer l'affaire et lui avaient demandé de conserver le secret.

Morfroy avait voulu intraférer lui aussi une sphériole qui le rendrait furtif et le fortifierait. En fouillant les rêves à la recherche d'un impassonge, il était tombé sur un bambin qui en créait inconsciemment. Morfroy Deffroy, qui avait l'étoffe d'un gardien-aiguilleur, avait attiré une sphériole et s'était jeté avec elle dans une grotte remplie de paillettes d'or. L'étoile avait rebondi jusqu'à ce qu'elle le percutât et entrât dans son cœur. Avant de filer par le trou lumineux, il avait rempli ses poches de cristaux. Perspicace, il avait compris qu'il s'agissait d'imagination. Or, la créativité était une grande force des humains.

Morfroy avait eu l'idée d'avaler de cette matière, si solide qu'elle retenait les sphérioles. Elle l'avait rendu encore plus inventif, donc plus puissant. Il s'était dit qu'il pourrait en tirer des armes. Avec un grain doré, il avait conçu le rayon-attractoir. Il avait utilisé le four d'un artisan de la fabrique de larmes pour tenter de fondre une granule d'imagination, mais ça s'était avéré impossible. Il n'avait obtenu qu'une galette de cristal de larmes enfermant un fragment d'imagination. Cependant, il avait découvert que le disque pouvait sonder le noyau. L'image était floue, mais s'était précisée après qu'il eut poli l'écran. La dynamappe était née.

En faisant des essais de toutes sortes, il avait découvert qu'un objet trempé dans le lac Lacrima faisait ricocher le faisceau d'un rayon-attractoir et ne se dissolvait pas au contact de la glume. Il s'était immergé dans le bassin et avait pu entrer dans la matière gélatineuse sans se blesser. Il avait enduit sa machine volante de larmes, avait traversé la glume et était allé se promener dans le cosmos.

Au fil de ses excursions, il avait réalisé que l'enduit de larmes de sa cape attirait l'émotion humaine. Elle l'enrobait et l'emplissait de force.

La peur était le sentiment le plus puissant ; elle était vive, tandis que le bonheur était doux. Il s'était mis à semer l'effroi dans les songes. Ces rapports de domination le grisaient et ses ambitions avaient pris de l'ampleur. Il voulait être craint, tant par les humains que par ses pairs. Pour cela, il devait être supérieur aux gardiens. L'effet de l'absorption d'imagination s'estompant rapidement, il avait besoin d'autres cristaux. Mais la grotte de granules s'était écroulée et les autres présentaient une paroi dorée lisse et incassable ; d'ailleurs, la plupart s'effondraient rapidement. Il s'était mis à la recherche de rêveurs capables de faire apparaître des impassonges solides, ainsi que des objets imaginaires de forme et de taille spécifiques.

Ses tournées en bullonef dans la glume n'étaient pas passées inaperçues. Les sage-songes étaient venus le questionner et avaient découvert ses créations. Il avait prétendu travailler simplement pour le progrès. Le peuple oneiro l'avait cru et avait applaudi ses œuvres. L'inventeur avait été contraint de partager son savoir avec les artisans de la fabrique. Mais il avait gardé quelques secrets pour lui, dont ceux relatifs aux pouvoirs de l'imagination et des larmes fraîches. Celles-ci étaient de loin plus puissantes que les cristaux amassés sur la berge de Lacrima. Morfroy Deffroy s'était rappelé une légende parlant de rêveurs supérieurs qui pouvaient faire jaillir des objets de Lacrima. S'il en trouvait un, il obtiendrait des inventions surpuissantes. Il avait détourné le cours de la mare aux larmes pour poursuivre ses tests en privé et s'était lancé à la recherche d'un super rêveur.

Le jour du bouleversement de Bulle-Neige, il n'avait pas encore déniché la perle rare. Néanmoins, des jeunes avaient créé pour lui des mines d'imagination résistantes, qui ne s'écroulaient pas. L'une d'elles était apparue sous la forme d'une capsule munie d'une porte. Morfroy avait eu l'idée de s'y enfermer avec des sphérioles pour en intraférer d'autres. Les étoiles s'étaient repoussées et avaient rebondi. Deux d'entre elles étaient entrées dans son cœur ; les autres étaient entrées en collision et la déflagration avait soufflé l'atelier.

Lativa s'interposa entre deux flux de souvenirs et annonça à Edwin qu'elle faisait partie de ces sphérioles. Pour ne pas se retrouver enfermées dans le cœur de cet être méchant, ses sœurs et elles s'étaient heurtées et avaient fait éclater l'edbalium. Le choc les avait projetées au loin sans qu'elles puissent s'arrêter. Chacune avait terminé sa course engloutie par une âme pure qui n'avait rien connu de la vie.

— L'une d'elles était la tienne, Edwin, lui transmit la sphère de puissance. Tu n'étais pas encore né et déjà tu possédais le pouvoir d'attraction. Mes sœurs ont aussi été aspirées par des bébés sur le point de naître qui étaient porteurs de grandes facultés.

« Les autres portefaix », comprit Edwin.

— Oui, souffla Lativa. En nous intraférant, vous avez précipité votre naissance. Mes consœurs ont été extraférées au réveil des autres porteurs du pouvoir, tandis que je suis restée dans ton cœur.

Elle laissa les réflexions de l'Ombre Mauve reprendre leur cours dans la tête du garçon.

Soucougnan Nocturn avait vu juste. Grâce à la poudre d'imagination et à ses sphérioles, Morfroy Deffroy avait survécu à ses blessures. Il s'était échappé avant qu'on le mette dans le régénérateur, craignant que les fluides vitaux ne lui fassent extraférer ses étoiles, et il s'était planqué dans un cul-de-strate pour planifier son retour en force. Depuis sa cachette, il espionnait le noyau et les strates avec sa dyna-mappe magistrale. Il voyait souvent Mélodie disparaître sous un chêne, tandis que François demeurait introuvable. Intrigué par l'arbre qui surgissait d'un gland de cristal, Deffroy s'était rappelé qu'il avait vu le couple jaillir de l'ombre de Lavisée Sévira. Sous le couvert d'une cape violette, il avait suivi l'horloge et bondi à son insu dans l'ombrage projeté. Il avait découvert le grand voyageur, qui lui avait offert un gland. Morfroy Deffroy s'était mis à circuler entre les deux univers. Tout baignait dans l'huile. Il était devenu un spécialiste des voyages spatiotemporels, il continuait d'emmagasiner des forces et sa recherche d'un super rêveur avait porté fruit.

Il avait rencontré un enfant qui se réfugiait dans ses songes et qui possédait un esprit exceptionnel. Le géant capé s'était présenté à lui sous le surnom de l'Ombre Mauve. Quand il l'avait découvert, le garçon pouvait créer de robustes impassonges au gré de sa volonté. Ça avait toutefois été ardu de lui faire sortir quelque chose de Lacrima. Il y était parvenu, mais son apprentissage avait été si long que, quand il avait réussi à créer des reproductions fonctionnelles du gland passe-partout, il avait perdu de sa spontanéité juvénile et avec elle sa maîtrise parfaite des culs-de-strate. Mais, aux yeux de Morfroy Deffroy, les objets de larmes fraîches compensaient l'inconvénient. Il était prêt à mettre de l'avant son projet grandiose, celui de devenir un dieu.

Pour s'assurer le soutien du précieux rêveur, l'Ombre avait dû généraliser le cauchemar. Il lui avait fallu trouver de l'aide pour contaminer les accès aux songes et répandre la terreur. Lui qui épiait tout un chacun avait vu de bons alliés en Ilya Unmachin, Terribelle Angoisse et Perfi Détorve, qu'il n'avait pas eu de mal à rallier autour de l'idée d'expulser les humains de la Zone.

Les souvenirs de Morfroy Deffroy firent place aux pensées de Soucougnan Nocturn.

Quand Edwin avait rapporté les signes distinctifs des créatures qui l'avaient attaqué dans ses cauchemars, le doyen-aiguilleur avait été soupçonné d'être le chef maldor. Le grand-sagesonge, qui savait son ami innocent, partageait ses doutes à l'effet que l'inventeur disparu se trouvait peut-être derrière la pandémie. Soucougnan lui avait offert de jouer le rôle du fugitif. Tandis que la Zone serait à ses trousses, le véritable Ombre Mauve ne se sentirait pas menacé et risquerait de commettre une erreur pouvant le trahir. Cette tactique avait réussi. Deffroy avait laissé traîner ses secrets au fond des gobelets.

Edwin apprit d'autres secrets de l'Ombre.

La veille, alors qu'il épiait Chape Doëgne, il l'avait vu remettre une sphériole à Melchia Canier. L'Ombre avait senti une grande énergie envahir l'ange quand la petite l'avait contemplé avec admiration. Cette force était plus intense que celle que lui procurait la peur des victimes de cauchemars. L'amour pour un individu en particulier était plus exaltant que la peur impersonnelle. Pour battre les gardiens, l'Ombre Mauve devait jouir des mêmes munitions qu'eux. Il fallait qu'il soit chéri autant que redouté, il devait se montrer aussi bon qu'il était sévère.

Il avait changé de manière et était devenu le libérateur. Les pensées stimulantes des humains avaient davantage accru sa domination. Sa bienveillance à leur égard n'était toutefois qu'une façade. Les rêveurs aussi bien que ses compères n'étaient pour lui que des pions sans valeur. Les dernières réflexions de Morfroy Deffroy le démontraient clairement, il projetait d'éliminer Perfi Détorve en le précipitant dans la glume corrosive. Il avait empêché les larmes fraîches de couler sur le museau du minotaure ; son pif était son talon d'Achille, le seul défaut de sa cuirasse protectrice.

Edwin se rappela qu'Aix avait pressenti le danger de mort avant que le sieur Détorve ne s'élance vers la glume. Il fut persuadé que le maldor sortilégeois ne s'était pas jeté volontairement dans la gelée, mais qu'il avait été victime d'un meurtre prémédité.

Edwin était arrivé au bout des souvenirs contenus dans le liquide.

— Il a osé faire ça! gronda-t-il, la rage au cœur.

Il ne pensait pas seulement à l'assassinat de Perfi Détorve, mais aussi et surtout à un autre crime perpétré par l'Ombre Mauve dix ans plus tôt. Les réflexions de l'inventeur lui avaient appris que le plongeon de la voiture dans le fleuve n'était pas un accident, mais qu'il avait été provoqué délibérément. Quand Morfroy Deffroy s'était enfermé dans la capsule avec les sphérioles, il avait aperçu Mélodie et François qui l'épiaient. Il avait jugé qu'ils en avaient trop vu. Grâce à son passe-partout, il avait retrouvé le couple dans la réalité et lui avait réglé son compte. C'était lui qui était au volant du camion qui leur avait coupé la voie.

Après le drame, l'Ombre avait même eu le culot d'aborder Edwin en rêve pour tenter de s'en faire un allié. Ayant perçu sa grande imagination, il savait qu'il était le super rêveur dont il avait besoin. Mais le petit s'était enfui en bondissant de réveil. L'autre avait eu beau revenir à la charge, le garçon lui avait échappé chaque fois.

Edwin regarda ses parents. Non seulement avaient-ils failli perdre la vie, mais ils avaient été frustrés de plusieurs belles années. Il serra les poings.

— Il va le payer !

Sa mère l'enlaça pour le calmer.

— Phantamar aussi, gronda le garçon. J'aurais dû me douter qu'il était humain. Voilà pourquoi il s'échappait de *prisonge*, même sans passe-partout. Il n'avait qu'à bondir de réveil.

Mélodie se rappela une information.

— Quand Deffroy a songé à son bras droit, il a pensé à un nom : Phan Tamarin.

— Je suis sûr de l'avoir déjà entendu, dit Edwin, mais je ne me souviens pas où. Son surnom vient donc de l'assemblage de son prénom avec les premières lettres de son patronyme. Ma mère-grand ! Si Balthazar était là, il saurait de qui il s'agit.

— Avant tout, dit Soucougnan, il faut sortir d'ici.

Edwin eut une idée, mais Lativa et Jipi s'y opposèrent avant qu'il ait fini d'y songer. Il avait pensé les extraférer pour qu'ils rebondissent contre la paroi afin de briser la gangue et de faire apparaître le trou. Les astres répliquèrent qu'ils risquaient d'entrer en collision et de provoquer une explosion.

— Je vais donc expulser un seul de vous deux, leur transmit-il. Qui veut sortir ?

— Personne, répondit Lativa. Sitôt extraféré,

on va être attiré par ton père et s'engloutir dans son cœur. Rien de dramatique pour lui ni pour nous, mais ce serait pénalisant pour toi.

Après réflexion, Edwin répliqua mentalement à ses sphérioles :

— Mon père ne peut pas vous engloutir, car il ne rêve pas. Je l'ai intraféré dans la réalité ; il est ici en état de veille.

Lativa lui permit d'expulser le sieur Rolou. La sphériole ne fit qu'un bond sur la paroi et elle s'enfonça à nouveau dans la poitrine du garçon. Le petit rond d'edbalium dénudé ne présentait pas d'ouverture. Edwin soupira. Son attirance était trop forte. Il imita les autres qui avaient repris leur rayon-attractoir et continua de chercher une éventuelle issue. Tout en sondant la gangue, il réfléchissait. « J'ai un cœur rempli d'imagination. J'ai peut-être des affinités avec les impassonges ! » Il tenta de propulser sa pensée. La grotte fut ébranlée, elle pivota brusquement et la secousse les plaqua contre la paroi latérale. L'impassonge hurla et les emporta dans une chute en vrille. Edwin tournait le dos au mur. Il sentit la pierre grise qui s'effritait et glissait sous lui, et il vit le recouvrement se détacher de la paroi tout autour. Contrairement à ses parents, son grand-père et lui, qui étaient plaqués sur la paroi par la force centrifuge, la poussière de roc convergeait vers le centre, puis elle montait et s'enfonçait dans le plafond. Bientôt, il ne resta plus de gangue et ils se retrouvèrent dans une boule dorée. Mais la grotte d'edbalium poursuivait sa chute tourbillonnante. Au-dessus de l'axe de rotation, Edwin vit un petit rayon de lumière percer la voûte.

— La sortie est juste là ! cria-t-il.

Le hurlement du cul-de-strate avait couvert sa voix. Il essaya de se déplacer, mais ne put même pas décoller un doigt du mur. Il espéra ne pas être trop étourdi quand ils s'arrêteraient de tourner et qu'il pourrait les emporter. Le cri cessa subitement et ils tombèrent les uns à côté des autres. Ils ne tournaient plus physiquement, mais le décor continuait de pivoter devant leurs yeux. Le tournis et la clarté étincelante les forcèrent à baisser les paupières.

10
Expulsion

Edwin fut le premier à se remettre de son vertige. Il ouvrit les yeux. D'abord, la clarté l'éblouit. Puis il vit qu'il était étendu dans l'herbe. La lumière ne provenait pas du lustre de l'edbalium, mais du ciel où les sphérioles brillaient comme le jour. Ils n'étaient plus dans une grotte, mais à l'air libre. Sa mère et son grand-père étaient allongés à côté de lui, yeux mi-clos. Mais son père n'était plus là.

— Ne t'inquiète pas, dit vite Jipi Rolou pour le rassurer. Il est à côté de moi. Puisque François est ici en état de veille, il ne peut pas emprunter les voies oniriques. Tu l'as donc intraféré automatiquement au moment où l'impassonge a débouché.

— J'ai réussi! s'écria le garçon. Ma pensée a transformé le chemin sans issue en un passonge régulier!

Les autres ouvrirent grand leurs yeux. Il leur annonça que François était en sécurité et les aida à se relever.

— Bravo, mon chéri! s'exclama Mélodie. L'ennemi n'aura aucune chance contre toi et tes amis.

Soucougnan hocha la tête en signe d'approbation. Edwin lui demanda :

— Allez-vous vous battre à nos côtés, grand-père?

— Bien sûr. Mais, tant que vous n'aurez pas trouvé Deffroy, je vais demeurer furtif. Nous allons cependant rester en contact télépathique.

— Vous n'allez même pas vous montrer à Aix?

— Non, je dois partir avant que quelqu'un me voie. Tu échangeras tes souvenirs avec elle et tes compagnons. Ils doivent savoir contre qui ils se battent.

Soucougnan lui tendit la main. Le garçon la serra et sentit un petit objet. Le doyen lui transmit en privé :

— Prends-le, ça pourrait vous être utile.

Edwin ne pouvait pas voir ce qui était entre leurs paumes serrées, mais il crut reconnaître la forme et la texture de l'objet. Il demanda d'une pensée pointue :

— Est-ce un passe-partout ?

— Oui, c'est celui d'Aix. Je l'ai récupéré dans sa musette quand je l'ai déposée au jardin interdit. Je te recommande de ne pas en parler aux sagesonges, mais j'exige que tu t'en serves avec discernement.

— Je promets de faire très attention. Pour ce qui est des dirigeants, je ne leur dirai rien du tout, ce sera plus simple.

— Au contraire, tu dois leur communiquer ce que nous venons de découvrir.

Il ajouta à voix haute :

— Edwin, je te laisse le plaisir d'annoncer l'excellente nouvelle aux autres.

Le géant embrassa sa fille, puis il fixa Edwin dans les yeux et dit :

— À tout à l'heure, François.

Le doyen releva son capuchon et s'éloigna d'un pas rapide. Le garçon rangea discrètement le gland cristallin dans sa musette. Il lui tardait d'annoncer la résurrection de ses parents, mais il se demanda de quelle façon s'y prendre pour ne pas causer un choc à sa famille et aux sagesonges.

— Utilise les larmes-scanâmes, suggéra Lativa. Ils apprendront la vérité instantanément, mais en douceur. Et ne te tracasse pas pour les secrets à préserver. En plus de bloquer les épisodes où tu as discuté avec nous, Jipi et moi allons empêcher les sagesonges d'apprendre que tu as un passe-partout.

— Avant de me rendre à la salle du conseil, il faut que j'aille extraférer papa dans la réalité pour qu'il revienne en tant que dormeur, dit le garçon à sa mère.

Il utilisa le truc du réveil instantané. Quelques minutes plus tard, il ressurgit de derrière un arbre.

— Tout s'est très bien passé. Papa est dans votre chambre. Personne ne nous a entendus. Pour ne pas risquer que mamie fasse une syncope en le voyant, il va rester caché jusqu'à ce qu'elle revienne ici et qu'elle apprenne la vérité par les larmes-scanâmes. Papa tombait de sommeil quand je l'ai laissé ; il doit déjà flotter en orbite.

Il sortit une dynamappe et ils guettèrent le retour de François. Il ne tarda pas à faire son entrée dans une strate. Edwin donna l'écran à sa mère qui dit :

— Je vais le rejoindre et nous attendrons que tu nous donnes le signal de venir.

— Dès que j'aurai partagé mes pensées avec les autres, je vous appellerai.

— J'ai hâte de les voir en vrai plutôt qu'à travers tes yeux.

Edwin se concentra sur ses compagnons et

sa famille onirique et les pria de se réunir dans la salle du conseil.

— Coucou! s'écria Edwin en passant le double portail.

Les sagesonges le gratifièrent d'un sourire, mais sans faire de cérémonie.

— Te revoilà enfin! s'exclama Aix en arrivant derrière lui. Tu en as mis, du temps, pour te rendormir!

Ses compagnons étaient accompagnés de Melchia. Ils l'entourèrent et le saluèrent tout bonnement. Il comprit que nul ne savait de quoi il réchappait. Il secoua la tête.

— Je n'ai pas pu me rendormir, car je n'ai pas réussi à me réveiller. J'en étais incapable à cause de l'enduit de larmes.

Ses amis se figèrent.

— Comment es-tu sorti du cul-de-strate? s'étonna Ardor.

— Bong! Tu étais pris dans un impassonge? Comment as-tu fait pour en réchapper?

Edwin prit une gorgée de sa gourde et la tendit aux sagesonges en disant:

— Tout est là-dedans. Et il y a de belles surprises.

Les autres portefaix et les aiguilleurs furent

estomaqués de voir les dirigeants se mettre à sautiller et à pousser des cris comme des damoiseaux surexcités. Fantasia, Avia et les autres membres de la famille onirique arrivèrent et furent aussi étonnés que leurs chefs se donnent ainsi en spectacle. Edwin emprunta le flacon d'eau de sa cousine et en prit une gorgée. Plutôt que de la lui rendre, il la tendit aux nouveaux arrivants, qui découvrirent la raison de l'allégresse des sagesonges et qui s'y joignirent sans délai. Les sphérioles d'Edwin avaient fait en sorte que ceux-ci, contrairement aux sagesonges, n'apprennent pas l'identité de l'Ombre Mauve ni le rôle de Soucougnan. Ce n'était pas encore le temps.

Edwin but à nouveau à sa gourde. Cette fois, la tournée fut pour ses compagnons, vers qui Lativa et Jipi laissèrent passer toutes les informations. Ils étreignirent leur ami, sensibles à son bonheur. Aix et les aiguilleurs étaient également fiers que l'innocence du doyen-aiguilleur ne fît plus aucun doute. L'assemblée s'agglutina au bas de l'escalier circulaire pour guetter le portail. À l'air béat de sa cousine, Edwin comprit qu'elle était en communication avec leur grand-père. Il annonça mentalement à ses parents qu'ils pouvaient venir. Quand les portes s'ouvrirent sur Mélodie et François, l'accueil fut aussi enthousiaste et bruyant que s'il y avait eu une foule de cent personnes. Et ils furent bientôt plus de cent, effectivement. La bonne nouvelle se répandait aussi vite que le feu à une traînée de poudre.

Tandis que les Oneiros se réjouissaient, Jandal rappela ses amis à l'ordre. Ils devaient découvrir qui était Phantamar, alias Phan Tamarin. Edwin dit au revoir à ses parents. Ils quittèrent la grande salle et gagnèrent le vestibule.

Edwin demanda à Balthazar s'il avait déjà entendu parler d'un certain Phan Tamarin.

— Tu dois parler de Josephan Tamarin. Tout le monde le connaît. Ça m'étonne que tu ne t'en souviennes pas! Le maldor romain est donc un humain? Un rêveur comme nous? Voilà pourquoi il est si puissant. Et ce n'est pas n'importe qui. Sainte unité centrale! Josephan Tamarin, ça alors!

— Calme-toi, Bou! s'impatienta Aix. Maintenant, dis-nous qui est Phantamar!

— C'est le P. D. G. de la société pharmaceutique qui fabrique le comprimé anti-rêves.

— Le président-directeur général de SPT! s'écria Edwin. Bien sûr! Il a donc créé une pandémie de cauchemars pour que le monde entier consomme du C.A.R., ce qui l'a rendu riche.

— Quel forban! s'exclama Fuego.

Il déploya sa dynamappe et lui commanda:

— Trouve le docteur Tamarin qui est à la tête des labos SPT.

— C'est peine perdue, répliqua Éolie. Il est furtif.

Mais, à son étonnement, l'appareil le localisa. Balthazar s'offusqua:

— Nom d'une clé USB! Le créateur du C.A.R. est en train de rêver! Il n'a même pas recours à son propre produit.

— Il peut rêver. Lui n'a rien à craindre de ses amis maldors, répliqua Jandal.

— Il n'a pas son armure, nota Éolie.

L'homme était tranquillement installé dans une strate où il rêvait qu'il pêchait le saumon en Gaspésie.

— Il est visible et sans cuirasse. Bizarre! dit Aix.

— Pourquoi se cacherait-il? répliqua Fuego. Il ne sait pas que nous connaissons son identité. Puisqu'il se sent en sécurité, c'est le moment de lui tomber dessus.

— Attendez, dit Edwin. Il est sûrement bien armé. Il faut élaborer un plan.

Lativa lui rappela l'histoire de sa grand-mère Cécile. Il remercia la bonne étoile et annonça:

— Je sais ce que nous devons faire. Nous allons lui enlever l'envie de rêver en utilisant la formule inverse de celle qui a redonné confiance à ma grand-mère et qui lui a permis de rêver à nouveau. Nous allons le transporter dans la glume et l'attaquer jusqu'à ce qu'il bondisse de réveil. Son esprit traumatisé ne voudra plus rentrer dans la matière gélatineuse et il n'aura plus accès aux strates ni au noyau.

Au désespoir de Melchia, Edwin appela Chape Doëgne pour lui demander de venir la chercher. Puis il communiqua leur plan à son grand-père.

Les acolytes gagnèrent le rêve du docteur Tamarin. Ils se cachèrent derrière des arbres et dégainèrent leurs rayons-attractoirs. Le rêveur était debout au centre d'une rivière limpide. Un halo de lumière jaune vif flottait autour de lui ; une aura humaine. Des dizaines de gros poissons roses bondissaient en retombant dans des gerbes d'eau. Les saumons étaient incarnés par des végimaux. Des activinertiens jouaient le rôle de la canne à pêche et des longues bottes de caoutchouc du pêcheur. Peccadille dit par télépathie aux acteurs :

— Continuez comme si de rien n'était, mais

écoutez bien. Les portefaix ont identifié cet homme. C'est Phantamar.

Les poissons sursautèrent. La canne donna un coup et les bottes se soulevèrent. L'homme tomba assis dans l'eau.

— Du calme! ordonna Peccadille. À mon signal, quittez cette strate.

Quand le docteur se releva, elle compta:

— Un, deux, trois, partez!

Les acteurs filèrent sous une roche. Éolie appela des nuées de moustiques imaginaires affamés qui fondirent sur le rêveur. Il plongea pour leur échapper. Quand il ressortit la tête pour prendre une goulée d'air, dix-huit jets de lumière lui frappèrent l'arrière du crâne et le paralysèrent. Les acolytes savaient que la neuvième paire de faisceaux était celle de leur allié secret, le doyen.

Le docteur Tamarin était incapable de bouger. Ils l'entourèrent. Il portait des lunettes rondes qui lui donnaient un air inoffensif et, n'eût été son visage figé en grimace, il aurait pu passer pour un gentil monsieur. Mais les alliés savaient que les apparences étaient trompeuses. Ils le sortirent de la strate et s'élevèrent vers la glume avec lui.

— Vous pouvez le lâcher, transmit Edwin aux aiguilleurs et à son grand-père.

Les portefaix et Balthazar entrèrent avec leur

prisonnier dans l'amas gélatineux. Ils s'empressèrent d'attaquer avant que Phantamar ne tente de s'échapper.

Quand ils avaient enlevé la peur de rêver à Cécile, les portefaix avaient utilisé leur ascendant sur les éléments pour lui inspirer la paix, l'enduire de calme, attiser son audace et la combler de vigueur, ce qui avait incité son esprit à se laisser glisser vers la glume. Ils laissèrent à nouveau l'air, l'eau, le feu, la terre et l'éther guider leurs gestes, mais cette fois pour inculquer la crainte de la glume au maldor. Ils respirèrent à l'unisson et chacun perçut la force des autres, la sécurité d'Éolie, l'assurance d'Aix, le dynamisme de Fuego, l'aplomb de Jandal et l'esprit rassembleur d'Edwin.

Un tourbillon d'air rugissant entoura Josephan Tamarin et un vent d'inquiétude s'insinua en lui. De grosses langues de feu le piquèrent et lui soutirèrent sa chaleur. Une lourde vague déferla sur l'homme qui prit panique, croyant qu'il se noyait. Une substance nébuleuse avide de bravoure l'enveloppa et aspira sa confiance. Le maldor s'abandonna au désespoir. Accablé et désorienté, il ferma les yeux.

— Va-t'en, Phantamar, cria Balthazar. Ne remets plus jamais l'esprit au pays des songes !

Le dormeur fila hors de la glume et disparut dans un *porche-brume*. Bou et les portefaix poussèrent un cri de victoire qui traversa l'épaisse couche gélatineuse et se rendit jusqu'aux oreilles de leurs compagnons restés en bas.

— Félicitation! leur transmit Soucougnan Nocturn.

Fiers de leur exploit, ils rejoignirent les aiguilleurs sur la plateforme d'une tour de chute.

— Vous avez réussi! s'exclama Peccadille qui avait retrouvé sa forme de ballon.

— Ouah! jappa le chien. Vous lui avez transmis une telle phobie que le rêve va dorénavant lui répugner.

— Comment avez-vous osé? hurla une voix puissante au-dessus d'eux.

Ils levèrent la tête et se figèrent. Phantamar flottait à un jet de pierre de là. Il était vêtu de son armure et n'affichait plus d'aura.

— Vous allez me le payer! gronda-t-il.

Il fila dans la glume. Les portefaix et Balthazar s'élancèrent à sa poursuite.

— Josephan Tamarin, rendez-vous! cria Aix.

Mais le Romain l'ignora. Il était plus rapide, car il filait en ligne droite sans faire attention aux dormeurs en pyjama qui se présentaient sur sa route, tandis que les jeunes gens avaient soin de les contourner. Edwin lui cria:

— La fin du C.A.R. sonnera bientôt!

L'autre se retourna et répondit :

— *Dum timorem somnium feret sperare decet.* Tant qu'il y a du cauchemar, il y a de l'espoir.

Le maldor ferma les yeux très fort et disparut. Balthazar s'exclama :

— Bogue ! Il a réussi à filer avec le truc du réveil instantané.

— Comment a-t-il fait pour revenir si vite ? s'étonna Éolie.

— Nous n'avons pas frappé assez fort, répondit Jandal.

— Ma mère-grand ! grommela Edwin. C'est à recommencer.

Fuego tapa son poing dans sa paume.

— La prochaine fois qu'il sera dans ma mire, je n'irai pas de main morte.

Les acolytes en étaient venus à la conclusion que, le meilleur endroit pour surprendre Phantamar, c'était en orbite. Pour cela, ils devaient guetter les porches-brume et lui fondre dessus avant que son esprit n'entre dans la glume. Mais, à eux cinq, les portefaix et Balthazar ne pouvaient pas surveiller tous les accès. Ils avaient donc demandé l'assistance du conseil. Vingt-sept bullonefs sillonnaient le cosmos onirique. Chaque gardien était assisté de son meilleur aiguilleur. Peccadille et Ardor accompagnaient leurs chefs respectifs. Melchia avait obtenu la permission d'embarquer avec Chape Doëgne, alors que Mélodie et François étaient montés avec Lavisée Sévira. Les portefaix remarquèrent qu'un vingt-huitième appareil s'était joint à eux. Soucougnan était de la partie, incognito.

Les portefaix, Balthazar et les pilotes de bullonefs avaient entamé leur ronde depuis peu quand le doyen-aiguilleur transmit à ses petits-enfants qu'il venait de voir arriver un empereur de la Rome antique qui n'apparaissait pas sur l'écran de sa dynamappe. Comme les sagesonges étaient aux premières loges, les jeunes gens ne pouvaient pas utiliser le passe-partout prohibé pour l'atteindre. Mais Jandal était là ; il fit apparaître un tourbillon qui les transporta. Phantamar passa devant eux sans réagir. Il dormait profondément. Ils devaient agir sans délai, car il filait à bonne vitesse vers la glume qui le précipiterait dans un rêve, où il recouvrerait sa conscience. Les damoiseaux l'entourèrent et les bullonefs formèrent un écran autour d'eux.

Éolie fit apparaître dix duos de figurants qui représentaient un chien boxer et un ballon de plage. Ils foncèrent sur le Romain. Depuis le véhicule de dame Philein, le vrai Ardor transmit à sa consœur dans le vaisseau voisin :

— Ouah ! Regarde, Peccadille ! Éolie nous a octroyé de super rôles !

Les aiguilleurs imaginaires réussirent à ralentir l'ennemi, mais ne parviendraient pas à l'empêcher d'entrer dans l'amas gélatineux. Les portefaix attaquèrent : Fuego chauffa l'air entourant le maldor jusqu'à ce qu'il prenne feu. Edwin perçut que Phantamar avait sursauté, mais qu'il s'habituait vite à la chaleur. Quand il sentit que le feu ne lui faisait plus de mal, il indiqua aux autres de prendre la relève. Aix lança une forte averse d'eau sur lui, qu'Éolie amena au point de congélation. Le Romain frissonna sous son armure, mais il s'accoutuma au froid. Jandal créa des projectiles de métal qui martelèrent l'armure. Et le cycle recommença.

Le vernis de larmes qui enduisait le maldor se craquela et se mit à fondre. Les alternances de froid extrême et de chaleur excessive venaient à bout de sa résistance. L'esprit de Phantamar était tout de même très puissant. Il continuait de glisser vers la glume. Dès qu'il l'effleura, il y fut attiré et les portefaix furent incapables de le retenir.

— Il va encore filer ! cria Balthazar.

Un tourbillon venait de surgir devant le

soldat romain pour l'emporter dans une strate. Mais, avant qu'il ne l'atteigne, un autre remous se forma entre lui et le premier tourbillon. Phantamar s'engloutit dans celui-là et rejaillit d'une petite tornade apparue en orbite à côté du Marocain. Le passonge de Jandal l'avait emporté. Le maldor recommença aussitôt à flotter vers la glume. Aix et Edwin se concentrèrent et parvinrent à faire se renfoncer la gélatine pour la maintenir à distance de l'ennemi ; ils avaient créé un cratère glumaire.

Grâce aux savants qui leur avaient transmis leur connaissance des sciences, les portefaix avaient appris que la division d'un noyau atomique dégageait une grande énergie. S'ils multipliaient le phénomène, ils parviendraient peut-être à neutraliser Phantamar une bonne fois pour toutes.

Ils refroidirent l'armure du Romain pour la fragiliser : un vent glacial souffla sur lui et absorba son énergie jusqu'à l'amener au zéro absolu. Des milliers de particules métalliques apparurent autour de Josephan Tamarin et la moitié des atomes se propulsa contre l'autre moitié. Edwin et Aix relâchèrent la glume et, avec leurs compagnons, ils créèrent un bouclier pour protéger les bullonefs et eux-mêmes. Chaque projectile percuta un atome avec tant de force qu'il se coupa net en deux.

L'ensemble des fractionnements dégagea une énergie colossale accompagnée d'une chaleur insupportable, que les portefaix canalisèrent vers le Romain. L'esprit de Phantamar arrêta de lutter pour gagner la glume. Il s'en éloigna en ondulant sous l'effet des courants invisibles du cosmos onirique et se joignit au flot des autres dormeurs qui ne rêvaient pas.

À ce moment, les adolescents furent assaillis de communications télépathiques en provenance des bullonefs. Les dynamappes des vaisseaux venaient de localiser Josephan Tamarin non loin de là. Les portefaix et Balthazar filèrent dans la direction indiquée. Stupéfaits, ils tombèrent sur le docteur en pyjama qui flottait en orbite à quelques mètres seulement du soldat en armure. Tous deux semblaient dormir profondément.

— Par le copier-coller! s'exclama Bou. Phantamar s'est dédoublé!

— Aurait-il le don d'ubiquité? demanda Edwin. Ou est-ce la super explosion qui l'a divisé en deux?

— Il faut nous assurer que l'ennemi ne fait pas semblant de dormir et qu'il ne retournera pas dans la glume, transmit Aix.

Ils attaquèrent les deux Phantamar en simultané à coups de jets d'eau et d'air glacé, de pierres et de feu. Avant la fin du premier service, le docteur entra dans un porche-brume, suivi du Romain. Une clameur monta des bullonefs.

— Ils l'ont expulsé! Hip! hip! hip! hourra!

Les portefaix préférèrent ne pas crier victoire trop vite. Rien ne leur garantissait que Phanta-mar ne réapparaîtrait pas. Ils remercièrent les sagesonges et les gardiens avant de filer dans la glume.

Les jeunes gens regagnèrent leur quartier général. Ardor et Peccadille les y rejoignirent. Bou considéra la grande dynamappe qui contenait leur essence et qui pouvait les loca-liser bien qu'ils fussent furtifs. Il soupira.

— Dommage que le sieur Nocturn ait bu toute la potion où le chef maldor avait trempé ses lèvres. Il ne reste plus de trace de l'essence de Morfroy Deffroy.

Edwin repensa à une chose qu'il avait apprise en s'appropriant les réflexions de son grand-père. Après sa petite gorgée de larmes additionnées de poussière d'edbalium, Sou-cougnan avait débordé d'imagination et s'était senti irréductible.

Il communiqua avec lui et lui demanda s'il se sentait toujours aussi fort.

— Non, transmit le doyen. L'effet s'est dissipé après quelques minutes.

Edwin voulut en avoir le cœur net. Il sortit dans le jardin interdit, plongea la main dans le lac Lacrima en prenant garde de ne pas faire de vagues et goûta au liquide. Il se sentit invincible.

— J'ai compris ! s'exclama Lativa dans sa tête. Les larmes donnent libre cours aux émotions, ces états affectifs qui vous poussent à réagir en cas de difficulté ou qui consolident les liens quand tout va bien. Ils représentent votre plus grande richesse ; ils vous rendent quasi invulnérables.

Edwin songea aux différentes sources de pouvoir onirique. « Les larmes fraîches procurent de la résistance, une sphériole donne de la puissance, tandis que l'edbalium favorise la créativité. » Il partagea ces découvertes avec ses amis. Sur la table se trouvait le sachet impassonge de Melchia. Il fut étonné que l'edbalium ne fût pas recouvert de gangue grise. Chacun prit une pincée d'imagination cristallisée et alla à la mare aux larmes cueillir une poignée de liquide. La mixture augmenta leur résistance et leur inventivité.

Éolie eut une idée.

— L'effet des larmes fraîches s'estompe et Morfroy Deffroy doit retourner régulièrement à sa source secrète. Cherchons-la! Nous pourrons lui tendre un piège.

— Comment penses-tu trouver une petite mare cachée dans la vaste Zone? dit Bou.

— C'est dommage qu'on ne puisse pas parler aux sphérioles, fit remarquer Fuego.

— Pourquoi dis-tu ça? s'enquit Edwin vivement.

— Parce que, si c'est bien l'Ombre Mauve qui a précipité Perfi Détorve dans la glume, il doit rudement lui en vouloir. Pour se venger, il accepterait peut-être de nous dire où se trouve la source de son ancien chef.

«Excellente idée!» se réjouit Edwin. Avant d'appeler la nouvelle étoile, il demanda à ses sphérioles si un astre animé de mauvaises intentions pouvait lui faire du mal.

— Du mal, non, répondit Lativa, mais il pourrait te crier des injures.

— Ou essayer de t'épouvanter, ajouta Jipi.

«Ce n'est pas une méchanceté de plus de sa part qui va m'affecter, se dit Edwin. Et, s'il me fait peur de l'intérieur, je le rejetterai vite fait.»

Il tourna le dos à ses amis en faisant mine d'observer la cour intérieure, se concentra sur les sphères de puissance et commanda à Perfi Détorve de venir le voir. La minuscule bulle de savon arriva devant lui en bourdonnant de mécontentement. Edwin lui transmit:

— Calmez-vous, sieur Détorve.

— Tu peux communiquer avec les astres ? s'étonna l'autre par télépathie.

Edwin pouvait maintenant capter la voix d'une sphériole même si elle n'était pas en lui. Il répondit en pensée :

— Oui, mais personne ne le sait.

Sur un ton plus doux, il ajouta :

— J'ai cru comprendre que c'était l'Ombre Mauve qui vous avait fait plonger dans la glume.

Détorve se remémora machinalement ses dernières minutes de sortilégeois. Il y songea avec tant d'intensité qu'il transmit ses souvenirs au garçon.

Quand sa tentative de fuite dans une tour de chute avait échoué et qu'il s'était retrouvé sous la glume cerné par Edwin et ses compagnons, Perfi Détorve avait reçu une communication télépathique de son chef, lui annonçant qu'il lui envoyait une porte de sortie. Au moment où les acolytes avaient resserré le cercle autour de lui, un petit tourbillon de brume était apparu à fleur de glume. Perfi s'était élevé comme une fusée, mais, avant qu'il n'atteigne le passonge, celui-ci avait disparu et il s'était englouti dans la masse corrosive. Au dernier moment, il avait capté la liesse de l'Ombre Mauve qui s'était exclamé : « Bon débarras ! » Puis il était devenu cette minuscule bulle.

Edwin souffla dans une triste pensée :

— Sieur Détorve, je suis sincèrement désolé de ce qui vous est arrivé !

— Pff ! Ta pitié ne me sert à rien. Qu'est-ce que tu me veux ?

— J'ai besoin que vous nous aidiez à trouver la source de larmes de l'Ombre. En échange, je vous dévoilerai son identité et celle de Phantamar.

La petite sphère se mit à tourner autour de lui. Détorve acceptait et se préparait pour l'intraférage. L'étoile ne fit qu'un tour et s'enfonça dans le cœur du garçon. Personne n'avait rien vu. La voix de l'ancien gardien déchu s'éleva dans la tête d'Edwin.

— Il y a déjà deux sphérioles, ici !

— Ne t'éloigne pas du sujet, Perfi, commanda Lativa. Réponds à la question.

— Je ne sais pas où se trouve la source. Cependant, je peux transmettre à Robi l'image de ce que j'ai vu. Mais, dites-moi d'abord qui ils sont.

Edwin lui transmit ce qu'il avait appris. Perfi Détorve éprouva une rancœur si violente qu'il la lui fit partager. Mais le garçon la repoussa ; il ne voulait plus se laisser envahir par le ressentiment, qui était plus caustique que l'acide.

— Je me doutais qu'ils ne visaient que leur propre intérêt, transmit Détorve. Pour sûr que je vais vous aider à trouver la source de larmes! Et, si ma présence ne te pèse pas trop, j'aimerais rester pour être aux premières loges quand Deffroy tombera.

— C'est d'accord, répondit Edwin. À condition que vous gardiez votre haine pour vous. À la première pensée malveillante, je vous expulse.

— Marché conclu. Pour ce qui est de la source, je sais seulement qu'elle provient de Lacrima, dont l'Ombre a réussi à dévier le cours. Voici à quoi ressemble l'endroit.

Dans la tête d'Edwin se forma l'image d'une galerie souterraine au bout de laquelle se trouvait une mare aux larmes en modèle réduit. La première idée du garçon fut de demander à la grande dynamappe de sonder le noyau et les strates à la recherche du site, mais une autre solution, plus rapide, s'imposa à son esprit. Il se tourna vers ses compagnons.

— La source de Morfroy Deffroy ne peut provenir que de la mare aux larmes, dit-il. Puisque Aix et moi sommes en symbiose avec l'eau et les liquides, nous n'aurons qu'à sonder Lacrima et à suivre les gouttes qui s'en échappent. La piste nous mènera à la cachette de l'Ombre.

Ils se rendirent sous le pâté de maisons que formait la résidence officielle, qui flottait dans le ciel au-dessus de la tour du conseil. Aix et Edwin découvrirent aussitôt le trou. Il était en plein centre, sous la partie la plus creuse de Lacrima. Les larmes s'écoulaient au compte-gouttes pour ne pas former de filet qui attirerait l'attention. Ils les suivirent et trouvèrent la faille où elles s'infiltraient. L'éléone transmit les coordonnées à sa dynamappe, qui longea la fracture jusqu'au tunnel au bout duquel se trouvait la caverne où les larmes s'accumulaient assez vite pour alimenter une petite nappe de la taille d'un bassin d'oiseaux. Les alliés savaient où tendre un piège au chef maldor. Mais, avant, ils devaient planifier l'attaque avec soin et trouver comment le neutraliser.

Ils réintégrèrent le quartier général.

11

Transportation

Les portefaix, les aiguilleurs et Balthazar applaudirent.

— Bravo ! Tu as été géniale.

Melchia sourit fièrement.

Les autres avaient eu l'idée de demander son aide pour construire une cage qui pourrait résister à Morfroy Deffroy. Après quelques coups d'entraînement, sa candeur enfantine la faisait répondre spontanément à leurs requêtes. Edwin et ses amis lui demandaient un truc et hop ! l'objet de cristal doré surgissait. Vu son jeune âge, elle se laissait guider par l'inspiration sans poser de questions ni calculer. Il en résultait des créations manquant de finition et n'ayant pas tout à fait la forme désirée. Mais ça importait peu, car, grâce justement à sa jeunesse débordante de fantaisie, Melchia produisait de l'edbalium très dur qui ne tombait pas en miettes même si on le frappait.

Pour attraper l'Ombre, les acolytes voulaient une cage suffisamment serrée pour l'empêcher de bouger. Pour ne pas éveiller sa méfiance et risquer qu'il fuie plutôt que de les affronter, il ne fallait pas qu'il la vît avant le moment de l'enfermer. Leur musette de tréfonds-trucs les avait inspirés. Pour tisser le piège, ils avaient emprunté le rouet-tricoteur des sagesonges. Il ne leur manquait que la matière première : un très long brin d'imagination fine, extensible et solide.

Melchia avait fabriqué plusieurs ficelles, qui étaient toutes flexibles et incassables, mais trop courtes et de diamètre irrégulier. Edwin avait repensé à cette machine qui servait à multiplier un objet. Ils avaient choisi la fibre la plus effilée et uniforme et l'avaient enroulée sur une bobine qu'ils avaient déposée dans la pépinière à greffon avec une branche de lilas. Une heure plus tard, ils avaient eu un arbre garni de rouleaux de fil d'edbalium.

Le rouet-tricoteur avait tissé un chapeau souple sans bord qui, comme une musette, s'ajusterait de l'intérieur pour épouser la taille de ce qu'on voulait y faire entrer. Pour que Morfroy ne casse pas sa cage, les portefaix avaient chauffé le tricot à haute température, puis l'avaient refroidi brusquement en le plongeant dans un mélange de larmes et de glume. La trempe avait solidifié le tissu tout en préservant son élasticité. Enfin, pour que le prisonnier ne ressorte pas, les aiguilleurs avaient demandé aux sagesonges de leur fournir une serrure à toute épreuve.

Les compagnons admirèrent l'œuvre finale, un bonnet de cristal, doré à l'intérieur et clair à l'extérieur. Un cordonnet d'imagination faufilé sur le rebord permettait de plisser l'ouverture. Ses deux extrémités passaient dans un diamant comme ceux qui verrouillaient les *oublirêves* de la prisonge. Seuls ceux dont l'essence se mêlait aux cristaux du dispositif de fermeture, c'est-à-dire les sagesonges et les portefaix, pouvaient le faire glisser pour resserrer ou rouvrir le sac. Ils avaient créé un *cachoneiro* de tréfonds-trucs. Edwin cacha la geôle portative dans sa musette.

Peccadille se transforma en un discret petit caillou et disparut sous le passe-partout. Elle gagna le tunnel où se trouvait la source privée de larmes de l'Ombre Mauve. Il n'y était pas. Elle devint un tunnelier et creusa neuf niches dans la paroi.

— Vous pouvez venir, transmit-elle à ses compagnons.

Le sieur Nocturn était avec eux. Jandal créa

un passonge qui les emporta avec Melchia. Les acolytes et le doyen entrèrent chacun dans un renfoncement et la fillette se plaça aux côtés d'Edwin. Soucougnan avait abaissé son capuchon. Melchia fit apparaître de minces feuilles d'imagination pour bloquer les ouvertures. Elles étaient discrètement ajourées pour qu'ils pussent voir et communiquer à travers. Melchia avait pris soin de créer de l'edbalium de piètre qualité, si bien que les panneaux étaient facilement cassables et qu'ils se couvrirent de gangue en une minute pour se fondre dans l'obscurité du souterrain.

— J'espère qu'il ne nous fera pas attendre longtemps, transmit Fuego.

Les alliés durent patienter moins d'une demi-heure. Un chêne déposa le chef maldor à côté de la mare. Il s'agenouilla pour plonger un flacon dans la source. Les fausses cloisons éclatèrent. L'Ombre Mauve effectua un bond acrobatique et, tout en pivotant dans les airs, il avala une goulée de larmes fraîches. Quand il retomba sur ses pieds, il avait dégainé ses rayons-attractoirs. Il tourna lentement sur lui-même et s'arrêta devant son quasi-sosie. Il ricana.

— Soucougnan est enfin sorti de sous les jupes de sa maman !

— Sois respectueux envers mon grand-père et mon arrière-grand-mère, Deffroy !

Le maldor jeta un regard en coin au garçon derrière lequel s'élevait une cloison dorée. Melchia s'était vite enfermée dans le renfoncement, cette fois à l'abri d'un épais bouclier d'imagination d'excellente qualité. Le rebelle haussa les épaules. Peu lui importait qu'ils aient découvert son identité.

Il n'avait pas rabaissé ses épaules que les portefaix attaquèrent. Les cristaux d'imagination et les larmes gorgées d'émotions avaient rappelé aux porteurs du pouvoir qu'ils ne possédaient pas seulement le don de contrôler les éléments, mais qu'ils étaient avant tout des esprits créatifs doués d'une grande perception. Ils se laissèrent guider par la rêverie. Les forces étaient déchaînées ; tout se passa très vite.

Un être imaginaire représentant un grand dôme d'écailles sur trois pattes apparut sur la mare pour empêcher l'Ombre d'accéder à sa source. Jandal s'enfonça dans le sol, ressortit du plafond et retomba sur la carapace, armes en mains. Aix devint une forte guerrière amazone armée d'un arc qui lançait des traits de lumière paralysante. Une nappe d'eau apparut sous Fuego ; la vague le hissa jusqu'au plafond où il fit le saut de l'ange et se transforma en serpent à plumes et à quatre bras munis de leur puissance de feu. Balthazar incarnait un super héros ailé, les aiguilleurs un ptérosaure et un avion de chasse jouet. Edwin se dédoubla; un homme aux traits de son père et un géant éléon à l'image de son grand-père encadrèrent l'Ombre Mauve. Éolie devint invisible, sauta derrière lui, tira son capuchon sur ses yeux et lui fit un croche-pied. L'extrême inventivité des super rêveurs perça le bouclier de l'ennemi qui vacilla. Les acolytes et le doyen tirèrent des rayons-attractoirs en simultané. Le tir croisé forma une boule de feu plus éblouissante que le soleil à midi, qui força les alliés à fermer les yeux. Quand ils les rouvrirent, ils ne virent plus le maldor.

— On a anéanti Morfroy Deffroy! s'exclama Fuego.

— Non, dit le sieur Nocturn. Je l'ai vu plonger là juste avant que nos feux ne l'atteignent. Allez-y, vite! Mais vous, vous restez avec moi.

Le doyen pointait une zébrure dans la paroi du tunnel. Son premier ordre s'adressait aux portefaix et à Balthazar, le second aux aiguilleurs. Aix laissa Éolie et les garçons bondir dans la faille avant de demander avec étonnement:

— Tu nous abandonnes, papi? En même

temps, tu nous prives de l'aide d'Ardor et de Peccadille ?

— Non, ma chérie. Mais nous ne pouvons pas y aller ; ce passonge débouche dans la glume. Nous allons vous attendre au sommet d'une tour.

Rassurée, elle fila rejoindre les autres. Elle arriva au milieu de l'épaisse masse gélatineuse. Ses amis formaient un cercle et scrutaient la matière corrosive à la recherche du chef maldor. Ils ne le virent nulle part.

— Il a dû se désagréger, dit l'éléone.

— Non, répondit Edwin. Je flaire sa puissance.

Comme il disait ça, un tourbillon apparut devant lui et l'emporta hors de la vue de ses compagnons.

Edwin rejaillit d'un remous à l'autre bout de la glume. Une large forme violette fondit sur lui. L'instant d'après, il ne vit plus que du noir. L'Ombre Mauve l'avait emprisonné dans sa cape avec lui. Sa voix ténébreuse s'insinua dans sa tête.

— Tu es puissant, jeune Robi. Davantage que Phantamar. Tu pourrais devenir un dieu. Tu es digne de partager mon trône. Je te l'offre pour la dernière fois : rallie-toi à moi, Edwin. Ensemble, nous dirigerons la Zone et la réalité ; nous régnerons sur les mondes.

« Il est complètement fou ! » se dit le garçon. Il essaya de se dégager, mais la solide cape le serrait étroitement. Lorsqu'il essaya de parler, il en fut incapable. Il s'efforça de chasser la répulsion qu'il éprouvait et de la remplacer par un état de soumission et d'émerveillement.

— J'ai enfin réussi à te faire entendre raison, transmit Deffroy.

Il desserra un peu son étreinte. Le garçon n'attendait que ça. Il frappa simultanément des coudes et des pieds, entrouvrit la cape et s'échappa. Le chef maldor fila dans un tourbillon et s'y engloutit. Edwin revint auprès de ses amis et annonça que le rebelle lui avait échappé. Ils rejoignirent Soucougnan, les aiguilleurs et Melchia sur la plateforme d'une tour.

Fuego tapa du pied.

— Zut ! Maintenant qu'il a fait le plein d'émotions, il ne retournera pas de sitôt à sa source.

— S'il y retourne… répliqua Éolie. Mais, j'en doute, puisque nous avons découvert sa cachette.

— Il n'aura pas le choix de s'y rendre éventuellement, affirma Jandal. Mais quand ?

— Moi qui avais cru que nous touchions au but ! grommela Balthazar. Nous allons devoir poireauter encore combien de temps à l'attendre dans ce tunnel ? RAM de RAM !

Edwin ferma les yeux, sourit et annonça :

— Nous n'aurons pas à l'attendre. C'est nous qui irons à sa rencontre.

Lui qui faisait un avec l'éther et les éléments, il avait conservé dans sa mémoire l'empreinte du mélange composant la doublure de sa cape. Telle une dynamappe, elle était formée de deux surfaces de cristal de larmes tissées enfermant une couche de glume ; le tout était enduit de larmes de Lacrima.

— Je le flaire d'ici, dit-il. Quand nous serons prêts à l'affronter, je saurai le retrouver.

Les acolytes regagnèrent le quartier général pour échafauder un nouveau plan d'attaque. Melchia était toujours avec eux, ainsi que le sieur Nocturn. Maintenant que l'Ombre savait que Soucougnan œuvrait activement aux côtés des alliés, il n'avait plus de raison de se cacher. Les sagesonges dévoilèrent au peuple l'identité du chef maldor et le rôle de Soucougnan. Tous furent abasourdis d'apprendre la résurrection de l'inventeur et choqués devant sa traîtrise.

Ceux qui n'avaient pas perdu foi en leur doyen-aiguilleur acclamèrent son innocence et ceux qui avaient douté de lui se réjouirent d'avoir eu tort.

— Je repense à la puissance de Deffroy, dit Edwin. Je réalise qu'il la tire moins des matières palpables que de l'énergie intangible qui rayonne de partout et se concentre sur lui.

— C'est l'énergie qui lui vient des pensées des rêveurs, rappela son grand-père. C'est pour elle qu'il est devenu le libérateur.

— Dire qu'il s'est inspiré de la source de puissance des gardiens ! s'exclama Aix. Comme s'il méritait autant d'admiration que nos bons chefs de secteur ! Quelle extravagance !

Son cousin tapa dans ses mains.

— C'est pourtant ce qui va nous permettre d'en venir à bout.

Il fixa ses compagnons.

— Nous sommes les porteurs du pouvoir, mais nous ne sommes pas les seuls à être puissants. Mes amis, n'oubliez pas que c'est l'union qui fait la force.

Il regarda son grand-père et ajouta :

— Nous avons encore besoin de l'aide des gardiens.

Il expliqua son idée. Les pensées positives étaient plus puissantes que les négatives ; d'être aimé et admiré procurait plus de bienfaits que d'être craint et idolâtré. Au cours de leur carrière, les gardiens-aiguilleurs avaient aidé de nombreux rêveurs. Si tous avaient une bonne pensée pour leur bienfaiteur, ça leur enverrait une bouffée d'énergie phénoménale.

On dépêcha des acteurs dans chaque strate où se trouvait un rêveur qui avait déjà été sphériolé. Munis d'une statuette animée à l'effigie du gardien qui les avait pourvus d'une bonne étoile, ils demandèrent aux humains d'avoir chacun une profonde et douce pensée pour celui qui les avait aidé à faire de beaux rêves. En peu de temps, une vigueur indescriptible gagna les chefs de secteur. Ils étaient prêts. Rayon-attractoir en main, ils se joignirent aux acolytes et Edwin les mena à l'ennemi.

Morfroy Deffroy poursuivait sa propagande divine sous l'identité du libérateur. Les alliés le trouvèrent dans une strate en cours d'enregistrement, qui représentait un somptueux temple grec érigé sur un nuage qui lévitait au-dessus d'une haute montagne. L'Ombre Mauve se prenait déjà pour le dieu suprême des Olympiens. Il était assis sur un trône d'or orné de pierres précieuses et un rêveur était prosterné à ses pieds. Les portefaix et leur armée onirique apparurent au-dessus du sanctuaire. La mitraille des faisceaux orangés s'abattit sur le maldor. La force de frappe des alliés était si intense que les rayons percèrent le bouclier de l'ennemi et le paralysèrent. Les rêveurs aspirèrent sa protection de larmes et d'imagination.

— Bas les masques! lança Balthazar.

D'un jet lumineux, Ardor, Peccadille et lui retirèrent la grande cape violette du géant et le dépouillèrent du coup de sa musette, qui contenait son passe-partout. L'inventeur se retrouva sans capuchon, en tee-shirt et caleçon. Son visage et son corps entièrement mutilés lors du bouleversement apparurent aux yeux de tous. Pas pour longtemps. Edwin extirpa le cachoneiro de tréfonds-trucs de son sac et posa le bonnet sur la tête de Morfroy. D'un même geste, les portefaix tirèrent le rebord vers le bas et l'éléon entra complètement dans l'oublirêve portatif. Edwin fit vite glisser le diamant sur les cordons et enferma le vilain dans le sac. L'autre tenta de se débattre, mais le tissu serré autour de lui l'empêcha de bouger.

Les acolytes et les gardiens emportèrent le prisonnier à la salle du conseil. Les sagesonges les applaudirent.

— Dong! sonna Lavisée Sévira. Le voilà donc, l'espèce de dieu de mes deux pendules!

— Qu'allons-nous faire de lui? s'enquit Gentille Mambonne.

— Nous allons l'enfermer en prisonge, répondit Carus Philein. Phantamar ne l'en fera plus sortir.

Il expliqua qu'on avait localisé les deux incarnations du maldor humain; le docteur Tamarin et l'empereur romain étaient revenus flotter en orbite depuis une demi-heure et ils se tenaient le plus loin possible de la glume.

— Vous avez réussi à l'expulser pour de bon! dit-il aux portefaix.

— Bong! Pour plus de sûreté, nous allons laisser Deffroy dans le cachoneiro de tréfonds-trucs et le balancer dans un oublirêve. Venez.

L'horloge plongea dans un vitrail du plancher. Les acolytes, les deux autres sagesonges et les gardiens suivirent. Edwin tenait la cage portative avec précaution. Ils arrivèrent dans une galerie souterraine. Sévira les guida à travers les stalagmites. Tandis qu'ils faisaient route vers le centre de détention onirique, la voix étouffée de l'Ombre monta du sachet fermé.

— Je suis un dieu! Prosternez-vous devant moi.

— Bong! Silence, là-dedans!

— Les humains me craignent et m'adorent, vous ne pouvez rien contre moi.

— Dong! Tais-toi, Deffroy!

Au détour du couloir, Lavisée déboucha dans une vaste caverne au sol parsemé de trous sombres.

— Je serai bientôt immortel, reprit le maldor. Je reviendrai et vous détruirai tous!

— Gong! J'en ai assez entendu.

L'horloge exaspérée se transforma en débardeur à pince, un véhicule lourd qu'utilisent les bûcherons pour transporter les troncs d'arbres. Elle étira son bras hydraulique terminé par de puissants mors qu'elle serra autour du sac enfermant le détenu. Elle arracha le maldor et sa prisonge des mains d'Edwin et se laissa tomber à la renverse. Toujours dans le couloir, Philein, Mambonne et les gardiens ne l'avaient pas vue faire. Edwin transmit à ses compagnons:

— Elle l'emporte dans son ombre!

Les portefaix bondirent et s'agrippèrent à l'engin avant qu'il ne s'engloutisse. Ils furent entraînés dans la grotte ensoleillée du grand voyageur. Mais, pendant la descente, la solide pince hydraulique les repoussa et les envoya rouler dans l'herbe; l'intransigeance de Lavisée Sévira la rendait des plus pugnace. Les jeunes gens virent le véhicule disparaître au-delà de la seconde arche de branches du chêne avec son petit fardeau au bout du bras. Le débardeur réapparut l'instant d'après sous le feuillage. Lavisée fit claquer sa pince vide.

— Clac! fit-elle. Notre inventeur avait des idées de grandeur? Eh bien! il est servi. Il a toute une planète vierge pour lui!

— Où est-il? s'enquit Aix.

— Aux dernières nouvelles, il faisait la course avec Albert.

— L'Ombre fait la course? répéta Éolie. Il a réussi à sortir de sa cage indestructible?

— Le sachet a éclaté en miettes en arrivant là-bas. Je crois que l'edbalium n'a pas supporté d'atterrir en un lieu dépourvu d'imagination.

— Il s'est brisé? s'exclama Edwin. Avez-vous été blessée par la glume qu'il enfermait?

L'activinertienne tourna son bras télescopique et considéra le bout des mors rongé.

— Bof! fit-elle. Le régénérateur d'Oneiros pourra réparer ça en un tournemain. Je me console à l'idée que la matière a dissous ce qui restait des oreilles de Morfroy.

Lavisée reprit sa forme d'horloge. Le bas de ses deux balanciers était érodé.

— Où avez-vous emmené l'inventeur? demanda Edwin. Qui est Albert?

— Ding! Albert est le nom que j'ai donné au dinosaure qui a pris notre ami en chasse. C'est un albertosaurus, un grand lézard de l'Alberta qui vivait dans l'ouest de l'Amérique du Nord au début du Maastrichtien[1]. Il n'y a pas d'humains en vue à des dizaines de millions d'années à la ronde! Sans personne à embobiner, Deffroy aura le temps de réfléchir et l'idée de devenir un dieu va lui passer… Si Albert lui laisse la chance de réfléchir. Bing! Bing! Bing!

Aix sursauta et se tourna vers le tronc de l'arbre.

— Dong! Qu'y a-t-il?

— J'ai un mauvais pressentiment.

— Bong! Il n'y a rien, tu vois bien.

Le bruissement des feuilles lui coupa le tic-tac. Un éléon aux traits défigurés, au corps mutilé et aux sous-vêtements déchirés surgit de sous le feuillage retombant. L'Ombre Mauve avait réussi à se faufiler dans l'arche de branches avant que les quinze minutes ne soient écoulées et que le grand voyageur ne coupe la liaison. Le chef maldor agrippa un gland de cristal et tira. Le chêne se défendit à coups de rameaux, mais l'autre réussit à arracher la noix et s'enfuit sous le passe-partout dérobé. Les portefaix se précipitèrent sous le feuillage du père des voies de l'espace et du temps.

— Transportez-nous vite où il se trouve! demanda Edwin.

---

1. Période du crétacé supérieur qui se situe il y a environ 70 millions d'années.

Au-delà de l'ouverture dans la ramure apparut un mur de gélatine claire.

— Ma mère-grand! Il a filé dans la glume. Il nous a encore échappé.

— Sans cape ni bouclier de larmes, il n'est pas allé loin, souffla la voix profonde de l'arbre.

— Ah non? bredouilla Edwin. Mais, alors… pourquoi est-il allé là?

— Ce n'était pas son choix. Il m'a volé; mon fruit l'a expédié au dernier endroit où il aurait voulu se rendre, comme je te l'ai déjà mentionné.

Morfroy Deffroy avait rejoint sa dernière victime dans la glume. Le ciel onirique comptait une étoile de plus. Un rire méchant pouffa dans la tête d'Edwin. C'était Perfi Détorve.

— Vous n'avez pas honte? le sermonna le garçon secrètement.

— Oui, mais juste un peu, répondit la minuscule sphériole. Bravo, damoiseau! Tes amis et toi avez fait du bon boulot. Maintenant, je te prie de me laisser sortir. J'aimerais aller dire deux mots à ma nouvelle petite sœur.

L'horloge et les portefaix émergèrent discrètement de l'ombre derrière une large stalagmite et rejoignirent les autres. La tortue regarda sa consœur sans mot dire. Lavisée tenta d'éviter les questions, elle qui n'avait jamais parlé à quiconque du secret de son ombrage.

— Bong! Nous pourchassions Morfroy qui a réussi à s'échapper, mais il a fait comme Perfi et s'est enfoncé dans la glume. Dong!

— Hum… fit Carus Philein. Que les sphérioles prennent soin de lui.

Gentille Mambonne considéra la salle au sol percé de trous sombres et poussa un soupir de soulagement.

— J'ai la conviction que nous ne remettrons plus jamais les pieds ici.

Le cortège regagna la salle du conseil. La lumière des étoiles et les couleurs vives de la capitale onirique rassérénèrent les cœurs. Les gardiens et les acolytes s'acclamèrent mutuellement.

— Les maldors sont tous hors d'état de nuire, se réjouit Balthazar. La mission onirique est accomplie!

Dans la tête d'Edwin, Lativa répliqua:

— Elle est accomplie en bonne partie, mais elle n'est pas terminée. En devenant une étoile, Morfroy a extraféré les sphères de puissance qu'il avait absorbées, mais Phantamar garde toujours deux de mes sœurs prisonnières dans son cœur. Vous devez les libérer.

Le garçon répéta ces propos à l'assemblée

en les prenant à son compte. La dynamappe magistrale localisa le docteur Tamarin qui flottait en orbite, mais pas l'empereur romain qui demeurait furtif.

— Mon passonge va nous transporter directement de l'autre côté de la glume, dit Jandal.

Le tourbillon déposa les acolytes à côté du docteur en pyjama qui lévitait dans le cosmos sans s'éloigner du porche-brume par où son esprit était arrivé. Edwin le huma.

— Je ne sens pas la puissance des sphérioles émaner de lui. Si cette incarnation de Phantamar a eu des étoiles, elle les a extraférées en touchant la glume. Cherchons le guerrier en armure.

— Il est là-bas, annonça Peccadille.

Elle s'était transformée en lunette d'approche. Le gladiateur endormi flottait à proximité d'une spirale brumeuse. Edwin le sonda longuement. Sa cuirasse trompait son flair. Mais, au bout d'un moment, il annonça :

— Cette fois, je capte faiblement l'énergie des étoiles. Pas seulement ça ; je perçois aussi une activité imaginaire qui émane du masque et de l'armure.

Éolie flaira l'armure dorée.

— Je la sens aussi. Ça s'apparente vaguement à la puissance de l'edbalium.

Edwin agrippa le couvre-chef et tira, mais

il fut incapable de le retirer. Jandal et Fuego tirèrent avec lui, sans plus de résultat. Peccadille se transforma en levier et essaya d'arracher le plastron, mais il ne broncha pas d'un poil.

— On dirait que c'est soudé en place.

Quand ils le relâchèrent, le Romain s'éloigna, s'enfonça dans le porche-brume et disparut. Il avait bondi de réveil. Balthazar consulta sa montre-fuseaux.

— C'est le matin à Montréal. Allons le rejoindre; nous connaissons son identité et savons où se trouve son bureau.

— Votre enduit de larmes fraîches vous empêche de bondir de réveil, riposta Aix.

— Allons demander à Lacrima de nous le retirer, suggéra Edwin.

Une courte visite au jardin interdit les libéra du vernis. Les dormeurs se réveillèrent. Aix les rejoignit avec le passe-partout. Elle transportait dans sa poche un foulard multicolore bilingue et une petite grenouille rousse avec une tache rose en forme de huit sur le bout du museau.

12

Phan qui pleure

À neuf heures trente, les six adolescents étaient assis devant le bureau de l'adjointe du président des laboratoires SPT. Ils avaient prétexté qu'ils participaient à une campagne de souscription pour la fondation MIRA[1] et avaient demandé à rencontrer le docteur Tamarin. La dame les avait priés de s'installer dans la salle d'attente. Sur une table basse se trouvaient des journaux, des revues scientifiques et d'autres publications. Balthazar s'empara d'un périodique illustré et l'agita devant ses amis.

— Voilà une preuve ! souffla-t-il.

Le foulard autour de la tête de Fuego traduisit la phrase en espagnol et le Mexicain se tourna en même temps que les autres. Bou lut le titre à voix haute :

---

1. La Fondation MIRA a pour objectif d'accroître l'autonomie des personnes présentant une déficience visuelle ou motrice en leur fournissant des chiens d'assistance.

— *Les empereurs romains et leur empire.* Et le nom du destinataire sur l'étiquette est J. Tamarin.

Il le feuilleta et ajouta :

— Voilà peut-être où Phantamar pige ses locutions latines. En voici une qui me plaît : *carpe diem.* Ça signifie : mets à profit le jour présent.

La grenouille dans la poche d'Edwin coassa et dit :

— C'est tout ce que Phantamar peut faire, maintenant qu'il ne peut plus rêver la nuit.

— Chut ! fit Éolie.

L'assistante de direction s'était tournée vers eux. Elle annonça :

— Le docteur Tamarin est prêt à vous recevoir.

— Moi qui croyais qu'il se serait enfui par la fenêtre, murmura Edwin.

À leur surprise, l'homme les accueillit avec le sourire et leur offrit de s'asseoir.

— Ainsi, vous collaborez à la collecte de fonds de MIRA, dit-il. C'est bien ; j'admire les gens qui se consacrent aux bonnes œuvres, notamment les jeunes. Alors, que puis-je pour vous ? Êtes-vous ici pour solliciter un don ? Aimeriez-vous que ma société vous fournisse des bénévoles pour vos activités ?

Il sortit son chéquier. Balthazar persifla :

— Vous voulez nous faire croire que vous ne nous reconnaissez pas?

— Reste poli, souffla Aix en lui décochant une œillade sévère.

— Je regrette, dit l'homme, je dois avouer que je n'ai pas la mémoire des visages.

Il ne s'était pas départi de son sourire, mais affichait un regard intrigué. Balthazar brandit le magazine et dit :

— Vous n'avez cependant aucun mal à vous rappeler les citations des empereurs de la Rome antique, n'est-ce pas, Phantamar?

Le docteur perdit son sourire. Il n'avait toutefois pas l'air fâché, mais triste. Il soupira.

— C'est le surnom que s'est donné mon fils. C'est lui qui reçoit ces journaux. Quand il n'en veut plus, je les apporte pour garnir la bibliothèque de la salle d'attente.

— C'est pourtant votre nom qui est écrit sur l'étiquette!

— Phan a le même prénom que moi.

Le regard de l'homme s'illumina.

— Vous connaissez son surnom. Seriez-vous des copains? Il en a si peu! Personne ne vient le voir à la maison.

Edwin sauta sur l'occasion.

— Nous avons souvent établi un contact virtuel avec Phantamar, mais nous ne l'avons jamais rencontré pour vrai.

— Comme lui, ajouta Aix, nous nous inté-
ressons aux Romains de l'Antiquité.

L'homme poussa un long soupir.

— C'est plus qu'un intérêt, pour Phan, c'est
une passion. Sa mère et moi l'avons d'abord
encouragé. Nous tenions tant à ce qu'il arrête
de se réfugier dans ses rêves ! Nous avons cédé
à tous ses caprices. Mais son admiration pour
la Rome antique s'est muée en obsession. Son
penchant pour la rêverie et son désir d'évasion
sont devenus des fuites continuelles dans le
sommeil. C'est pire depuis qu'il s'est fabriqué un déguisement qu'il s'imagine être une
armure romaine. Il refuse de l'enlever ; il dort
même avec. Et il dort de plus en plus. Il m'a dit
que, dans ses songes, il est le grand empereur
Phantamar et qu'il est enfin heureux.

Les adolescents échangèrent des regards de
connivence.

— Docteur, dit Éolie, nous aurions grand
plaisir à le rencontrer et à échanger avec lui.

— Vous m'en voyez ravi ! Passez à la maison
quand vous voulez ; l'adresse est sur l'étiquette
du magazine.

— Nous allons lui rendre visite dès
aujourd'hui, déclara Edwin.

— Mon petit Phan sera ravi. Merci !

— Au fait, quel âge a-t-il ? s'enquit Edwin.

— Quinze ans.

— Ce n'est que deux de plus que nous; presque rien.

Les acolytes étaient soulagés de ne pas devoir affronter un homme dans la force de l'âge.

— Ne lui dites rien, surtout, le pria Aix. Nous allons lui faire une surprise.

Les portefaix et Bou le remercièrent, lui serrèrent la main et se dirigèrent vers la porte.

— Attendez! s'exclama le docteur.

Ils sursautèrent. Il leur tendit un chèque à l'ordre de la fondation MIRA.

Lorsqu'ils furent dehors, le foulard de Fuego dit:

— C'est un chic type!

— Tout le contraire de son fils, ajouta Edwin.

— Il y a deux Josephan Tamarin, dit Jandal. Phantamar ne s'était donc pas dédoublé.

— Je suis désolée d'avoir transmis la peur du rêve à ce gentil monsieur, dit Éolie.

— C'est la faute de son vilain garçon, répliqua Aix.

— J'espère qu'il n'est pas trop baraqué, dit Bou.

Jandal qui était grand et large d'épaules lui adressa un clin d'œil.

— Peu importe sa carrure, nous saurons lui faire face.

Fuego murmura quelque chose en espagnol.

— Moi aussi! répondit le foulard multicolore noué autour de sa tête. J'ai hâte de voir à quoi ressemble son armure.

L'autobus les déposa à l'entrée d'un riche quartier résidentiel. Au bout d'une longue allée bordée d'arbres, ils sonnèrent à la porte d'une somptueuse demeure de trois étages. Une dame souriante leur ouvrit.

— Bonjour! Mon mari m'a appelée pour m'annoncer votre venue. Phan va être surpris!

— Très surpris, même!

C'était Lativa et Jipi qui s'étaient exclamés en chœur dans la tête d'Edwin.

Ils suivirent madame Tamarin dans un majestueux escalier et le gravirent jusqu'au dernier palier.

Bou siffla.

— Saint périphérique! Il y a même un ascenseur!

— Il est indispensable, dit madame Tamarin.

Ils dépassèrent la porte coulissante de l'appareil et arrivèrent devant une large porte de bois ciselé. La dame dit à mi-voix:

— Si vous parvenez à le convaincre de retirer son accoutrement, ça me ferait bien plaisir.

Elle frappa à la porte, l'ouvrit sans attendre la réponse et annonça :

— Phan, tu as des visiteurs.

Elle les laissa entrer, les salua d'un sourire et referma la porte sur eux.

Ils étaient dans une antichambre carrée aussi belle que celle de la salle du conseil, mais plus petite et sans fontaine. Il n'y avait personne. Des portes s'ouvraient sur trois murs. Celle devant laissait voir un lit. La pièce de droite était garnie d'étagères débordant d'un côté de matériel de chimie, de l'autre de composants électroniques.

— Qui est là ? s'enquit quelqu'un dans la troisième pièce.

Cette voix était loin de ressembler à celle du monarque romain ; c'était le timbre chevrotant d'un adolescent qui mue. Edwin et ses amis se tournèrent vers la dernière porte.

— Vous ! s'exclama la voix.

Eux ne pouvaient pas le voir ; la pièce où il se trouvait était plongée dans la pénombre. Ils avancèrent lentement.

— *Vadete !* Partez ! commanda l'autre sur un ton peu rassuré.

— Nous venons reprendre les sphérioles que tu as volées, Phantamar, dit Edwin.

— *Numquam !* Je ne vous les rendrai jamais.

Ils percevaient vaguement une forme au fond de la pièce. La voix faible gronda :

— Vous m'avez détruit. Je n'avais que les rêves. À cause de vous, je n'ai plus d'intérêt, plus d'avenir.

— Parce que c'est un but, de terroriser les gens pour les chasser du pays des songes ? persifla Aix.

— Ça me prouvait que j'étais doué pour quelque chose...

Jandal trouva l'interrupteur. La lumière inonda la pièce. Ce n'était pas une chambre, mais un poste de contrôle équipé d'ordinateurs, de consoles et d'écrans qui montraient en temps réel ce qui se passait aux quatre coins de la ville. Phan était devant les rideaux tirés de la fenêtre. À sa vue, les jeunes gens reculèrent. La véritable apparence de Phantamar les avait ébranlés.

Comme ils s'y attendaient, il portait un couvre-chef et une protection de corps d'edbalium. Cet étrange costume était toutefois loin de ressembler à l'armure romaine ; il n'en avait que la couleur or. Le masque et la cuirasse, qui étaient lisses et en métal épais quand le maldor humain se trouvait dans la Zone, étaient dans la réalité une cagoule et un gilet en cotte de mailles de cristal doré. Ce n'était cependant pas l'accoutrement qui les avait choqués, mais l'état du garçon. Devant eux se trouvait un adolescent frêle et maigre à faire peur. Il se déplaçait en fauteuil roulant. À travers le tissu aplati de son pantalon, on devinait des moignons de cuisses.

Les autres le fixaient sans savoir quoi dire.

— *Vadete !* Allez-vous-en ! répéta-t-il.

Bouleversés, ils ressortirent en silence. Madame Tamarin les attendait au rez-de-chaussée.

— Ça a été court ! constata-t-elle. Je m'y attendais. Phan est très mal à l'aise en public. J'espère qu'il ne vous a pas servi une de ses sautes d'humeur !

— Ne vous en faites pas pour nous, madame, répondit Jandal.

— Vous allez revenir, n'est-ce pas ? Il ne faut pas se fier à ses manières sauvages. Dans le fond, c'est un gentil garçon. Il était si chaleureux avant !

Elle sortit un mouchoir et épongea ses yeux. Edwin bredouilla :

— Nous ignorions que Phan était, euh… ainsi. Il ne l'avait jamais mentionné lors de nos rencontres virtuelles. Que lui est-il arrivé ?

— Ce n'était qu'un jeu, murmura-t-elle. Un jeu stupide. Et combien dangereux…

Elle raconta que, quand le petit Josephan avait commencé l'école, il se tenait avec des garçons plus âgés. Les autres l'avaient entraîné sur les rails du chemin de fer pour peindre des dessins sur la palissade bordant la voie. Un convoi était arrivé sans qu'ils l'entendent.

— Mon fils a eu plus de chance que ses camarades, conclut-elle. Il n'y a pas laissé sa vie. Mais, en même temps que ses jambes, il a perdu sa joie de vivre. Il ne s'intéresse plus qu'à ses passe-temps solitaires, la Rome antique, l'électronique et la chimie. Quand il ne se réfugie pas dans le sommeil…

— Je vous laisse mes coordonnées, dit Edwin. Si Phan veut nous revoir, nous reviendrons avec plaisir.

Il était sincère. Et très ému comme les autres. Ils retournèrent chez lui et remirent le chèque du docteur Tamarin à Cécile. En découvrant le montant du don, elle resta sans voix. Les adolescents retournèrent au lit et les Oneiros filèrent sous le passe-partout d'Aix.

— Il faut récupérer les sphérioles, dit Aix.

Ils étaient de retour dans la Zone. Après avoir repassé sous la douche de larmes fraîches, ils avaient réintégré le quartier général. Éolie répliqua :

— Si nous retournons chez lui, Phantamar refusera de nous recevoir.

— Il n'y a qu'à retourner dans sa chambre à l'aide du passe-partout, suggéra Jandal.

— Je refuse de pénétrer chez quelqu'un par effraction, riposta Éolie. C'est illégal.

— Phantamar retient des êtres oniriques contre leur gré, rétorqua Aix. C'est pire !

— Nous ne ferons qu'un bref aller-retour, dit Fuego. Nous resterons juste le temps qu'il faut pour casser son armure afin que les sphérioles puissent s'échapper quand il se rendormira.

— Je n'irai pas frapper sur ce malheureux, s'offusqua la Lyonnaise. D'ailleurs, l'imagination cristallisée est si solide que je doute qu'elle casse.

Balthazar répliqua :

— L'edbalium de Melchia est solide, mais celui créé par Phantamar est aussi cassant qu'il est dur. Rappelez-vous le gobe-sphériole des maldors ; il a éclaté en miettes en tombant par terre.

Éolie croisa les bras.

— Ce ne sera pas assez de briser son armure, déclara Peccadille. Les étoiles resteront dans son cœur à moins qu'il ne les extrafère, ce qui est impossible pour un dormeur qui flotte en orbite.

— Il faut donc forcer l'extraférage, dit Edwin.

Ses amis le fixèrent. Quand il leur eut expliqué son plan, Éolie s'exclama :

— C'est un enlèvement. C'est criminel. Allez-y sans moi.

— Ça ne durera qu'une minute et il sera de retour chez lui, rétorqua Aix. Nous avons besoin de toi.

L'autre soupira et se résigna. Les portefaix et Bou disparurent sous leur passe-partout.

Josephan Tamarin fils avait beau s'y attendre, il sursauta en voyant surgir le chêne pleureur dans son antichambre. Il hurla :

— Au secours ! Maman !

Tandis que les filles restaient sous le feuillage, les garçons tirèrent le fauteuil roulant sous l'arbre. Ils l'emportèrent sur la plate-forme d'une tour de chute où les attendaient les aiguilleurs.

— Je vous interdis de me toucher !

— Qu'as-tu à faire des interdits ? répliqua Aix. Tu as transgressé les lois du monde onirique.

— Je suis au-dessus de vos lois. Je suis un humain. Je suis plus fort qu'un Oneiro.

— Plus maintenant, répliqua Edwin. Nous, nous sommes ici en tant que puissants rêveurs, tandis que, toi, tu ne dors pas ; tu n'as aucun pouvoir.

— L'Ombre Mauve, au secours ! cria-t-il.

— Il ne peut plus t'entendre.

Le faible garçon se radoucit.

— *Miserere !* Je vous en prie ! Ne me volez pas mes sphérioles ; c'est tout ce qu'il me reste.

— Nous n'allons pas te les voler, mais leur rendre leur liberté, dit Aix.

— Retire ton casque et ton plastron, ordonna Fuego à Phan.

— Non !

Le garçon serra les mains sur les fermetures des pièces d'armure.

— Si tu refuses de collaborer, nous allons devoir utiliser la force.

Il ne bougea pas. Aix fit un signe à Peccadille. Trois palettes caoutchouteuses émergèrent du ballon. Les bras s'allongèrent. Les raquettes molles s'aplatirent et se faufilèrent sous la cagoule et le maillot de corps de Josephan.

— La protection est en place, annonça-t-elle.

— Alors, bas les masques ! ordonna l'éléone.

Un quatrième bras terminé par un maillet sortit du ballon. Éolie ferma les yeux.

— Non ! Pitié ! cria Phan. Je vous jure que je ne ferai plus peur à personne.

— Tu es un méchant en qui on ne peut pas avoir confiance, rétorqua Aix.

— Je ne suis pas méchant! J'ai participé à l'épidémie parce que c'était le seul moyen d'aider mon père.

Peccadille éleva son maillet.

— Attendez! gémit Josephan. Je vais vous dévoiler mes secrets. Je vous ferai profiter de mes contacts, je vous présenterai de grands informaticiens, je…

L'activinertienne donna un petit coup sec sur le couvre-chef et la cotte de mailles éclata en miettes. Elle cassa de même le gilet. Le garçon éclata en sanglots. Les portefaix le prirent doucement par les bras et l'emportèrent vers la glume. Au contact de la matière isolante, deux sphérioles furent expulsées de son corps.

— Ça a fonctionné! se réjouit Ardor. Ouah!

Ils ressortirent vite la tête du maldor réveillé de la glume. Il toussa; il avait pris un bouillon.

— De l'eau… parvint-il à articuler.

Edwin lui tendit sa gourde. L'autre but, puis il recommença à gémir.

— Soyez bon, redonnez-moi l'accès à la Zone. C'est le seul endroit où je suis heureux.

Aix demeura implacable.

— Tu es banni du pays des songes. Tu ne remettras jamais l'esprit dans une strate.

— Tu es cruelle! cria Phan. Je n'aurais jamais dû avoir pitié de toi et te sauver!

— Me sauver? Tu divagues! Une chance que

j'ai mes bons amis! Avec un sauveur comme toi, je serais déjà une sphériole. Et je te fuirais!

Il se mit à pleurer comme un bébé. Ils le ramenèrent chez lui en prenant soin de choisir le moment où il avait appelé sa mère à l'aide. Madame Tamarin trouva son fils qui sanglotait, affalé dans son fauteuil, seul au milieu de l'antichambre. Elle se précipita pour le consoler, non sans être soulagée qu'il ne portât plus son déguisement en cotte de mailles.

Les acolytes étaient de retour dans leur bâtisse de la résidence officielle.

— Nous aurions dû faire un petit compromis en échange de quelques-uns de ses secrets, déplora Balthazar.

Edwin secoua sa gourde.

— Si je ne me trompe pas, tout est enregistré là-dedans.

En lisant les pensées de Josephan fils, ils apprirent qu'il avait vraiment provoqué la pandémie de cauchemars pour aider son père. À la maison, monsieur Tamarin parlait souvent de son invention, le comprimé qui empêchait de rêver. Il était fier de sa découverte, même s'il se doutait que ça ne servirait jamais à rien. Un soir, Phan avait surpris une conversation entre ses parents. Le labo avait perdu son principal client au profit d'un concurrent. Si les affaires ne s'amélioraient pas, SPT devrait licencier plusieurs employés et ses parents devraient vendre la maison. Le garçon avait eu le cœur brisé par le désarroi de ses parents. Il s'était demandé comment il pourrait les aider, lui qui ne savait que rêver et se raconter des histoires.

Il s'était mis à lire les offres d'emploi s'adressant à une personne créative. Il était tombé sur quelqu'un qui cherchait des enfants très imaginatifs. Son but était soi-disant d'interpréter les songes des jeunes. Ça correspondait tout à fait à ses aptitudes. Il avait répondu à l'annonce et, la nuit suivante, l'Ombre Mauve était venu le visiter en rêve. Phan tenait l'allié parfait pour populariser le C.A.R., qui remettrait les finances de la société de son père à flot. Ils avaient conclu un pacte.

Les parents de Phan, qui ne lui refusaient rien, avaient à sa demande engagé des techniciens pour installer des cybercaméras à travers la ville et transformer une de ses chambres en salle de contrôle. Ils pensaient que leur fils souhaitait découvrir Montréal. Mais c'était pour épier les gens qu'il pourrait mieux effrayer en rêve. Ce système lui avait servi à pister Edwin et Balthazar. Josephan Tamarin fils avait beau posséder des notions d'informatique, il n'était pas aussi calé que Bou, qui lui-même aurait été incapable d'effacer la mémoire d'un super serveur à distance ou de couper le courant d'un édifice public. Mais Phan disposait d'un atout de taille: il était riche et gâté. Comme il l'avait fait avec le sbire qu'il avait engagé pour droguer Edwin et ses invités, il avait soudoyé des spécialistes pour qu'ils effectuent les basses besognes.

Il avait cependant dû agir seul quand les maldors avaient voulu se débarrasser de Terribelle Angoisse en l'enfermant dans une strate contaminée par le C.A.R. Pour ne pas être affecté par le comprimé qui détruisait l'imaginaire, il avait dû le manipuler en étant réveillé. C'était donc un adolescent chétif et infirme que le passe-partout avait ramené dans la Zone. Cloué dans son fauteuil et privé de la puissance du rêveur, le frêle garçon avait peiné pour remplir le sablier de poussière toxique et y transporter ensuite la végimale. La honte lui avait pesé davantage que le fardeau. Mais il n'avait pas eu le choix. L'Ombre Mauve l'avait menacé de s'attaquer à ses parents s'il ne lui obéissait pas. Si Phan avait élaboré des cauchemars, c'était en sachant qu'il pouvait offrir une solution de rechange aux dormeurs. Détruire des rêves était une chose, mais supprimer une vie était injustifiable, insoutenable.

Les menaces de mort qu'il avait adressées aux acolytes n'étaient que des fanfaronnades.

Aussi, l'avant-veille, quand Perfi et lui avaient attiré les acolytes sur le bateau pirate, il n'avait saupoudré qu'une dose minime de C.A.R. sur ses gants garnis de piquants, son but étant de juste affaiblir ses opposants. Mais il avait été ahuri de voir Aix s'effondrer au pied de son fauteuil roulant. Il avait vite regagné la réalité pour se débarrasser du dangereux C.A.R.

À leur surprise, Aix et ses amis apprirent que Phantamar s'en voulait tant de l'avoir plongée dans le coma que, la veille, il avait fait en sorte qu'Edwin puisse la réveiller. Il avait fait émerger un passe-partout de la source de larmes de l'Ombre ; pour qu'Edwin puisse l'utiliser, il avait créé l'objet en pensant à lui comme à un ami. Il avait mis le gland dans une enveloppe avec des cristaux d'imagination accompagnés des instructions pour réveiller Aix et avait posté le tout chez les Robi. « Voilà pourquoi il a dit m'avoir sauvée, songea l'éléone. Il croit qu'Edwin a reçu son colis. » En fin de compte, elle ressentit de la sympathie pour lui. Ses compagnons aussi.

Ils venaient d'apprendre que ce n'était pas tant la perte de ses jambes qui avait enlevé sa joie de vivre à Josephan ; c'était surtout la dérision dont il était l'objet. Quand il avait pu reprendre l'école, après l'accident, il était heureux. Mais il avait vite déchanté. Plus personne ne se conduisait comme avant avec lui. Il n'était plus un garçon, mais un handicapé. La plupart de ses camarades le prenaient en pitié, ce qu'il détestait, car ça le faisait se sentir inférieur. Il arrivait néanmoins à composer avec ça. Mais pas avec les railleries. Certains enfants sans scrupule s'étaient moqués de sa condition. Phan, qui était vif et fonceur, s'était défendu avec les mots ; il s'était fait aussi radical et cinglant qu'eux. Ça avait fait boule de neige et il était devenu la tête de Turc de l'école. L'ironie des autres était devenue plus mordante et sa riposte s'était muée en injures. Les sarcasmes avaient transformé le petit garçon heureux et insouciant en quelqu'un de dur et d'acerbe. Ses camarades l'avaient peu à peu délaissé et il ne lui était resté que des ennemis. En fréquentant le cruel Ombre Mauve, d'intimidé il était devenu intimidateur. Pourtant, en son for intérieur, Phan était malheureux de cette situation ; le rejet et la solitude le faisaient souffrir au plus haut point.

13
Le père des voies

Les huit compagnons regagnèrent le jardin interdit. Edwin retourna entre ses doigts le dernier gland de cristal. Le sieur Philein leur avait ordonné de les détruire. Le garçon allait le lancer dans le bassin, quand il arrêta son geste.

— Celui-ci ne provient pas de la mare aux larmes, dit-il. C'est le grand voyageur qui nous l'a remis. Il faut le rendre à son créateur.

Le passe-partout les emporta dans la grotte ensoleillée.

— Nous vous rapportons votre fruit, annonça Edwin. Il nous a été très utile, mais, à cause des dangers des voyages spatiotemporels, nous devons vous le redonner.

Il leva la main vers la frondaison, mais aucune branche ne bougea.

— Vous ne le reprenez pas ? s'étonna le garçon.

— Une pomme cueillie ne peut pas être raccrochée au pommier, répondit l'arbre.

— Il faut pourtant se débarrasser de ce dangereux objet ! dit Aix.

— Rapportez-le à Lacrima. C'est de lui que ces glands tirent leur substance.

Dans un murmure triste, l'arbre ajouta :

— Vous avez raison, mes fruits sont néfastes pour les hommes et leur histoire. Si j'avais su, je n'aurais pas enfoui mes racines jusqu'à cette source. Il aurait même été préférable que je ne naisse jamais ; je n'aurais pas connu la passion… Ah ! amour obsédant, puissante souffrance…

Un souffle profond agita les feuilles et communiqua aux jeunes gens l'histoire du père des voies de l'espace et du temps.

Le végimal incarnant le grand chêne était né et avait grandi dans un jardin de Zoneira. Non loin de lui s'élevait une maison sur le toit de laquelle était fixée une activinertienne figurant une belle girouette en forme de flèche. Depuis leur tendre enfance, ils étaient amoureux l'un de l'autre, mais ils ne pouvaient se rapprocher, car l'arbre n'avait pas la faculté de se déplacer et la girouette ne savait pas voler. Un jour, désespérée, celle-ci s'était détachée du pignon et s'était jetée vers lui. Sa pointe s'était fichée dans son tronc. Ils étaient dorénavant unis pour la vie.

Tous deux souhaitaient avoir des enfants, mais ils n'y pensaient pas à cause de leurs dynasties respectives, à l'opposé l'une de l'autre. Ils auraient aimé voyager, mais étaient incapables de bouger. À défaut de vivre leur rêve, ils pouvaient l'imaginer. L'arbre, qui était un grand visionnaire, écartait donc ses branches comme on ouvre des rideaux et projetait dans l'ouverture un film montrant les endroits qu'ils auraient voulu visiter en famille. Ils y avaient cru si fort que les arches de branches avaient réussi à atteindre d'autres espaces et d'autres temps. Le chêne était devenu le grand voyageur. Leur autre désir, le plus cher, s'était réalisé lui aussi: la girouette avait fini par attendre un enfant.

Mais, la nature des parents étant trop différente, l'accouchement s'était avéré néfaste pour le chêne. De leur union était née une activinertienne; l'essence maternelle avait prédominé. Toutefois, pour contenir de la substance paternelle, l'enfant avait systématiquement attiré le végimal dans son cœur ensoleillé qui se trouvait au fond de son ombre, tandis que la girouette était demeurée de l'autre côté. Le père avait dû se contenter de regarder sa famille à travers ses branches. De loin, il avait vu vieillir sa bien-aimée et grandir sa fille.

Quand était née une petite-fille, l'arbre avait été attiré dans le cœur du bébé, ce qui, horreur, avait entraîné la fin de celle qu'il venait de quitter. Désespéré, il avait tenté de sortir de l'ombre pour libérer sa lignée de cette malédiction. Il avait allongé ses racines pour essayer de s'enfoncer dans les entrailles de la Zone. Elles avaient atteint le lac Lacrima, les larmes s'étaient mêlées à sa sève et ses branches s'étaient garnies de glands de cristal. Mais il n'avait pas réussi à s'échapper. Depuis des générations, le végimal passait donc du cœur d'une descendante à celui de la suivante en laissant la désolation derrière lui.

Le grand voyageur poussa un long soupir.

— Dame Sévira est ma descendante. Voilà pourquoi elle repousse les avances de Nada Vidal : elle veut mettre fin à la malédiction. Je disparaîtrai donc avec elle et j'irai enfin rejoindre ma douce qui m'attend chez les sphérioles. Dans cette attente, je me désole : à cause de moi, Lavisée se refuse à l'amour et elle est malheureuse, comme toutes mes descendantes avant elle, d'ailleurs.

Les jeunes gens essuyèrent leurs larmes. D'instinct, les portefaix unirent leurs sens et sondèrent la prison du grand chêne. Ils perçurent que le lien le plus fort qui le retenait à cet endroit ne tenait pas à ses racines, mais plutôt à son pouvoir de création qui composait le cœur de ses descendantes successives. Ils en déduisirent que ce qui illuminait l'endroit n'était pas un soleil, que c'était un trou par où pénétrait une intense lumière et que la grotte ensoleillée était un impassonge, le fruit d'une poussée d'imagination. Ils pouvaient donc donner un élan au chêne et le faire rejaillir à l'air libre.

Le grand voyageur avait capté leurs réflexions.

— Je ne demanderais pas mieux. Mais, si vous me libérez, mon départ détruira Lavisée.

Balthazar tapa dans ses mains.

— Pas si nous empêchons le vide d'emporter la vice-sagesonge. Melchia peut remédier à ça!

Le chêne se réjouit et se prépara à ressortir à l'air libre. Ils lui dirent au revoir et le quittèrent. Le passe-partout déposa les acolytes sur la berge de Lacrima.

Peccadille localisa Melchia; bien que la matinée fût avancée, elle dormait encore. Par chance, elle rêvait. L'aiguilleuse partit la chercher. À leur retour, les portefaix échangèrent leurs souvenirs avec elle.

— Tu as compris ce que tu dois faire? s'enquit Edwin.

La petite hocha la tête.

Les jeunes gens fermèrent les yeux et immergèrent leur pensée sous la surface des larmes. Le chêne avait déjà rétracté ses petites racines. Guidés par leur instinct, les portefaix trouvèrent les trous laissés par les radicelles au fond du bassin. Ils les remontèrent jusqu'à la racine mère, le pivot de l'arbre. Elle était ancrée dans le coffre de dame Sévira. La vitalité du végimal se mêlait aux sentiments de l'activinertienne ; leurs cœurs étaient étroitement liés. La grosse racine partait du faîte de l'horloge où se trouvaient les rouages, descendait entre les balanciers, perçait la base et s'enfonçait dans l'ombrage. Edwin transmit une pensée énergique à la caverne ensoleillée. L'impassonge s'enfonça en arrachant sa racine principale et entama une chute vertigineuse.

C'était au tour de Melchia d'intervenir. À mesure que la grotte s'éloignait de l'ombrage de la vice-sagesonge, la fillette remplit le vide d'imagination. L'impassonge emporta le grand chêne à travers les entrailles du noyau. La grosse sphère d'edbalium se mua en un passonge régulier qui émergea à l'air libre. À ce moment, l'arbre perdit ses feuilles et se transforma en une minuscule bulle de savon. Elle flotta jusqu'au jardin interdit et tournoya autour d'Edwin qui l'intraféra.

— Je vous remercie de tout mon cœur, souffla la voix du grand voyageur dans sa tête.

— Nous vous avons fait mourir ! s'horrifia le garçon mentalement.

— Non. Vous m'avez rendu la liberté et les choses ont repris leur cours normalement. J'étais très vieux. Le fait d'avoir continuellement été intraféré par mes descendantes successives m'avait conservé en vie, mais le poids des siècles m'a rattrapé. C'était inévitable et je le savais. Ne sois pas triste car, moi, je suis heureux. Je vais enfin rejoindre ma bien-aimée.

Edwin extraféra la nouvelle sphériole, qui fila rejoindre l'étoile qu'était devenue la girouette.

Les portefaix, les aiguilleurs, Balthazar et Melchia sortirent en courant du jardin, traversèrent le vestibule et firent une entrée fracassante dans la salle du conseil.

— Mes dames et mon sieur, c'est fait ! exulta Aix.

Les acolytes s'arrêtèrent net. Gentille Mambonne et Carus Philein soutenaient l'horloge qui était pliée en deux, immobile.

— Qu'est-ce que tu as ? s'enquit la tortue. Lavisée ! Dis quelque chose !

Sa consœur ne réagit pas. Les acolytes se crispèrent, envisageant le pire.

— Ça lui a pris tout d'un coup, comme une crampe, dit le grand-sagesonge.

Jandal posa la question que les autres n'osaient pas formuler.

— Est-ce qu'elle fait tic-tac?

— Oui, répondit le vieil éléon.

Les autres respirèrent. Dame Sévira allongea lentement ses deux balanciers et tâta son ombre. Le métal résonna sur le sol. Elle se releva et bredouilla:

— Bing? Le trou s'est bouché! Comment…

Edwin lui transmit mentalement:

— C'est nous. Nous l'avons aidé à partir.

Les balanciers tâtèrent l'intérieur du coffre.

— Bong! Il n'est plus là…

Elle toisa les portefaix. Puis elle se tourna vers ses deux collègues et s'écria:

— Ding! Je suis délivrée!

— Tu es libre? s'étonna le vieil éléon. Lavisée, c'est merveilleux!

— Il est parti! s'exclama la tortue. Oh! Je suis si heureuse pour toi!

Les trois sagesonges s'enlacèrent. Soudain, Sévira se recula et les considéra avec étonnement.

— Bong? Vous le saviez?

— Nous l'avons toujours su, ma chère, répondit le chef.

— Moi, dit Gentille, c'est ma mère qui m'a

appris ta triste histoire. Elle était la confidente de la tienne. Ton secret en était un de Polichinelle, ma bonne amie.

La vice-sagesonge activinertienne rejoignit les jeunes gens et les serra contre elle.

— Ding! Ding! Vous êtes des damoiseaux en or!

Aix annonça fièrement:

— Nous avons dépouillé Phantamar de son armure et libéré les sphérioles qu'il recelait.

— Toutes nos félicitations! s'exclama le sieur Philein. Jeunes gens, aiguilleurs, vous formez une équipe du tonnerre.

La tortue battit vivement des nageoires et l'horloge sonna une joyeuse mélodie.

— Tout est rentré dans l'ordre, reprit le chef. L'épidémie de cauchemars est finie, les maldors sont hors d'état de nuire, les sphérioles sont libres et il n'y a plus de passe-partout pour menacer l'histoire.

Les acolytes firent une drôle de mimique.

— Dong! Ah non! Ne me dites pas qu'il en reste encore!

— Euh… bredouilla Edwin. Juste un. C'est celui d'Aix que nous avons retrouvé. On s'en occupe à l'instant.

Ils filèrent au jardin interdit.

Comme ils franchissaient le portail menant à la cour intérieure de la résidence officielle, les mots de Lavisée Sévira résonnèrent dans la tête d'Edwin : «Vous êtes des damoiseaux en or.» Il ne put s'empêcher de penser aux cristaux d'imagination, ce qui lui rappela la petite pépite qu'il avait trouvée mélangée à la glume de la dynamappe des maldors lorsqu'elle avait éclaté. Les sagesonges n'avaient pas pu expliquer ce que l'edbalium faisait au cœur de l'écran, mais les souvenirs de l'Ombre Mauve avaient dévoilé à quoi cela servait.

Il ne se dirigea pas vers le bassin, mais obliqua plutôt en direction de leur quartier général. Bien qu'étonnés, ses compagnons le suivirent. Il s'installa devant la table du rez-de-chaussée.

— Je dois absolument vérifier quelque chose, annonça-t-il.

Une nuée de sphérioles descendues du ciel et deux galettes issues de Lacrima entrèrent par une fenêtre. Les étoiles se placèrent au-dessus de sa tête, alors que les disques de larmes se déposaient devant lui.

— Qu'est-ce que tu fabriques ? demanda Aix.

— Une dynamappe.

Edwin regarda Jandal. Son ami comprit. Il disparut dans un tourbillon, tandis que les sphères de puissance se mettaient à rebondir sur les surfaces rondes. Le Marocain revint avec une poignée de glume qu'il versa sur un des disques polis. Edwin prit une pincée du tas de cristaux dorés amoncelés au centre de la table.

— De l'edbalium ? s'enquit Bou.

L'autre acquiesça. Il saupoudra les granules sur la couche gélatineuse, y ajouta un de ses propres cheveux, posa l'autre rondelle dessus et scella le tout. Il tourna le dos à ses amis, leva la dynamappe devant ses yeux et lui adressa mentalement sa requête en prenant soin de ne pas transmettre sa pensée aux autres ; il ne voulait pas leur donner de faux espoirs. Des images apparurent à l'écran. Il poussa un cri et retourna dans la salle du conseil en emportant sa nouvelle dynamappe. Chemin faisant, il appela son grand-père par télépathie. Le sieur Nocturn jaillit d'une rosace colorée du plancher au moment où Edwin arrivait devant les trônes.

— Ça marche ! cria le garçon.

Il tourna fièrement l'écran vers les dirigeants et le doyen-aiguilleur. Tous quatre poussèrent une exclamation et Soucougnan s'empara du disque. Il échangea par télépathie avec ses chefs. L'horloge pointa le vitrail à ses pieds et il plongea dedans.

— Vas-tu enfin nous dire ce qui se passe ? s'impatienta Aix.

Son cousin avait un sourire fendu jusqu'aux oreilles.

— Tu vas l'apprendre dans un instant.

L'éléone se tourna vers les dirigeants. Ils s'étaient jetés dans les bras les uns des autres et pleuraient en riant.

Soucougnan Nocturn revint quelques minutes plus tard. Il fit son entrée par le grand portail central. Il n'était pas seul. Des Oneiros le suivaient. Aix s'étonna.

— Qui sont-ils? Je ne les ai jamais vus!

Ils étaient nombreux; ils n'en finissaient plus d'arriver les uns derrière les autres. D'autres inconnus se mirent à jaillir des rosaces incrustées dans le plancher. Ardor jappa et courut vers un gros chien de montagne roux et blanc.

— Qui est-ce? demanda l'éléone à Peccadille.

Elle n'obtint pas de réponse. L'activinertienne poussa un cri strident et fila rejoindre un antique phonographe à pavillon. La damoiselle se tourna vers les trônes; les sagesonges les avaient quittés pour aller à la rencontre des nouveaux venus qu'ils enlaçaient en pleurant de plus belle. En voyant deux des arrivants marcher vers elle, Aix comprit enfin. Elle courut les rejoindre et se jeta dans leurs bras. Éolie, Melchia et les garçons interrogèrent Edwin du regard.

— Je me suis souvenu que la dynamappe magistrale des maldors pouvait fouiller les impassonges parce qu'elle renfermait de l'imagination. Ces Oneiros étaient tous prisonniers des culs-de-strate, certains depuis des centaines d'années.

Balthazar s'exclama :

— Nom d'une sauvegarde ! Ils ont eu la chance de ne pas périr dans l'effondrement des grottes !

— Aucun chemin sans issue ne s'est jamais écroulé, répliqua Edwin. Je l'ai compris après avoir repensé à mon expérience. Chaque fois qu'une pensée fournit une nouvelle impulsion à une poussée d'imagination qui a été interrompue, le piège s'ébranle et reprend momentanément sa course. De l'extérieur, on entend un bruit d'éboulis. C'est en fait la gangue qui se casse et qui s'écoule par le sommet troué de la grotte qui chute. Mais l'edbalium n'implose pas, il est trop solide. Donc aucun prisonnier n'a été écrasé. La seule victime a été mon grand-père, qui avait la tête à moitié dans l'accès quand le piège a emporté son fils et sa bru ; le tourbillon de gangue abrasive lui a éraflé le visage.

Aix revint vers eux. Elle tenait deux adultes par la main et son sourire n'était pas assez large pour exprimer sa joie.

— Mes amis, dit-elle, la voix en trémolo et les yeux plus brouillés que la glume, je vous présente mes parents, Prudence et Lagarde.

Elle avait échangé ses souvenirs avec eux. Ils serrèrent affectueusement Edwin dans leurs bras et firent une chaleureuse accolade aux autres portefaix et à Melchia. Enfin, leur regard pétillant s'attarda sur Balthazar. Le père d'Aix adressa un clin d'œil à sa fille et dit :

— Il a l'air très gentil, ton petit ami.

Bou rougit instantanément. Lui qui d'habitude trouvait réplique à tout, il ne parvint qu'à répondre un simple mot :

— Merci.

Il n'arrivait pas à y croire. «Elle leur a dit que j'étais son petit ami!» Il leva les mains au ciel, offrit son plus beau sourire à Aix et la serra dans ses bras. Prudence et Lagarde enveloppèrent les adolescents d'un regard bienveillant.

— Nous avons des tas de choses à nous raconter, dit sa mère.

— Dépêchez-vous de vous acquitter de votre dernière tâche pour que nous puissions faire plus ample connaissance, ajouta son père.

— Quelle dernière tâche? s'enquit leur fille.

— Détruire le passe-partout qui reste.

Toujours accompagnée de Melchia, l'équipe était de retour au jardin interdit. Edwin leva la tête vers le ciel. Il vit, suspendu au-dessus de Lacrima, le gros globe de verre qu'il avait créé pour enfermer la maldore végimale. Il ne servait plus à rien. D'une pensée, le garçon détacha ses ancrages fixés aux coins des quatre édifices et le laissa tomber doucement dans le bassin. Le vivarium vide s'y enfonça sans froisser les larmes.

Ses compagnons et lui s'avancèrent sur la berge. Edwin sortit le gland de cristal et poussa un long soupir triste. Balthazar lui pressa l'épaule.

— J'aurais aimé pouvoir dire: «Un de perdu, dix de retrouvés.» Malheureusement, ce ne sera pas le cas cette fois-ci.

— Je pensais surtout à Phan. Son histoire me déchire le cœur. J'ai compris qu'il maltraitait les rêveurs parce qu'il était lui-même très malheureux. Il n'est pas vraiment cruel; s'il est devenu amer, c'est qu'il a été malmené par la vie.

— Tu dis vrai, dit Jandal. Les gens qui cherchent à blesser les autres agissent parfois ainsi parce qu'ils n'ont pas trouvé d'autre moyen d'affronter leur propre détresse. On ne se doute pas de ce que peuvent vivre les autres.

— Pauvre Phan! s'exclama Éolie. Il me fait tellement pitié!

— Il n'en voudrait pas, de ta pitié, fit remarquer Aix.

— Eh! intervint Fuego, pourquoi ne retournerions-nous pas dans le passé pour le sauver de l'accident de train?

— Oh la bonne idée! souffla Éolie.

— Les sagesonges nous ont interdit de modifier à nouveau l'histoire, répliqua l'éléone.

— Je sais, mais mon cœur me dit que ce ne serait pas une mauvaise action.

Edwin réfléchit et dit:

— Si quelqu'un est en train de se noyer, il faut aller l'aider même s'il y a une affiche indiquant qu'il est défendu de se baigner.

Les autres se rangèrent de cet avis. Mais, avant de retourner dans le passé, ils devaient savoir ce qui était arrivé. Ils demandèrent à la grande dynamappe si Josephan Tamarin fils avait déjà rêvé de l'accident. L'appareil fit dérouler le cauchemar archivé sous leurs yeux. Ils frissonnèrent. Aucun ne put le visionner jusqu'au bout.

— Allons-y, dit Edwin.

Ils firent la chaîne. Melchia posa sa main sur la sienne.

— Non, princesse, dit-il. Tu ne peux pas nous accompagner. C'est beaucoup trop dangereux.

Elle croisa les bras et afficha une moue

boudeuse. Les aiguilleurs se consultèrent du regard et se détachèrent du groupe.

— Vous ne venez pas?

— Nous y allons, oui, répondit le chien. C'est vous qui ne venez pas.

Il allongea une patte et s'empara du passe-partout.

— C'est beaucoup trop dangereux pour vous aussi, ajouta Peccadille. Ardor et moi irons seuls. D'ailleurs, il est préférable que ce ne soit pas vous qui changiez l'histoire; vous désobéiriez aux sagesonges et risqueriez de perdre leur confiance. Nous, nous sommes prêts à prendre le risque.

— Vous n'irez pas seuls, répliqua Éolie.

Elle fit apparaître un peloton d'agents de la paix imaginaires.

C'était le début de novembre, neuf années plus tôt. Âgé de six ans, Phan était avec des gamins un peu plus grands. Bombes de peinture à la main, ils peignaient leur nom sur le mur de béton bordant la voie ferrée. Ils reculèrent jusqu'aux rails pour admirer leur œuvre. Le chêne pleureur déposa les aiguilleurs et les figurants derrière les enfants au moment où la locomotive surgissait au détour du chemin.

Le vent soufflait dans la direction opposée, repoussant le bruit de la mécanique ; le danger approchait en silence.

— Tous contre le mur ! commanda le capitaine de police irréel d'une voix autoritaire.

Les enfants sursautèrent. En découvrant les hommes en uniforme et le chien, ils s'apprêtèrent à fuir vers le train qu'ils n'avaient ni vu ni entendu. Ardor jappa en montrant les crocs pour les empêcher de filer par là. Il les repoussa jusqu'au mur. Peccadille incarnait un long câble bariolé. Elle enlaça les gamins et les retint contre la paroi pour qu'ils ne soient pas aspirés au passage du train. Les êtres imaginaires restèrent au milieu du chemin de fer et furent happés par la machine, sous le regard de Phan et de ses camarades. Après le passage du convoi, les petits fixèrent les rails de leurs grands yeux. Il ne restait plus rien des policiers. Le câble libéra les enfants, qui prirent leurs jambes à leur cou. Fiers du sauvetage réussi, les aiguilleurs disparurent sous l'arbre.

Ils regagnèrent la cour intérieure. Ardor s'empressa de jeter le gland de cristal dans la mare aux larmes.

— Nooon ! cria Aix.

Trop tard, le passe-partout s'était englouti. Le chien regarda de tous côtés, mais ne vit qu'Aix et Melchia qui se tordaient les mains avec nervosité.

— Où sont les autres?

— Ils ont brusquement bondi de réveil l'un après l'autre juste avant que vous ne reveniez, répondit l'éléone.

— Malgré leur enduit de larmes fraîches? s'étonna Peccadille.

— Que leur est-il arrivé? gémit Aix.

— Je vais voir, annonça Melchia.

Elle utilisa le truc du réveil instantané.

14
Gens qui rient

Les garçons s'étaient réveillés en sursaut. Cécile était à l'entrée de la chambre et tambourinait sur une casserole avec une cuillère de bois.

— Qu'est-ce que tu fais, mamie? s'exclama Edwin.

— Je suis désolée. Vous dormiez si profondément que j'ai dû prendre les grands moyens.

— Mais… bredouilla Balthazar, nous étions occupés!

La dame secoua la tête.

— Vous étiez en train d'oublier que vous avez un témoignage à livrer cet après-midi. Allez! Il est temps de vous préparer.

Tirée du sommeil par le tintamarre, Éolie arriva au dortoir des gars. Madame Robi la gratifia d'un sourire, recommença à jouer de la casserole et descendit l'escalier en précisant:

— Le petit-déjeuner est servi dans cinq minutes!

— C'est vrai! réalisa Bou, c'est aujourd'hui que vous participez à une causerie pour la campagne de souscription de MIRA.

C'était le prétexte qu'avait fourni Cécile pour convaincre les parents d'Éolie et de Fuego, ainsi que les tuteurs de Jandal, de les laisser venir à Montréal. Edwin et ses copains albinos devaient livrer un court témoignage.

— ¿Qué pasa?[1] demanda Fuego.

Edwin ressortit les petites traductrices de poche et lui expliqua la situation.

Ils firent leur toilette, s'habillèrent et rejoignirent la dame à la cuisine. Melchia venait d'arriver. Ils lui expliquèrent pourquoi ils étaient réveillés et prirent place à table. Éolie repoussa son assiette.

— Je suis si nerveuse que j'en ai mal au ventre!

— Votre appréhension est normale, dit Cécile doucement. Même les grands artistes éprouvent le trac. Mais vous allez voir; votre agitation se dissipera dès les premiers mots.

— Quels mots? répliqua la Lyonnaise. Je n'ai pas eu le temps de penser à mon discours. Ah là là! Qu'est-ce que je vais dire?

— Vous n'avez qu'une brève allocution à

---

1. « Qu'est-ce qui se passe? » (espagnol).

faire, dit la grand-maman. Ce n'est pas la mer à boire. Je vous laisse réfléchir. Je dois y aller pour m'assurer que tout est en place. On se revoit à la salle paroissiale à quatorze heures sans faute.

Après son départ, Éolie et Fuego se mirent à faire les cent pas. Le Mexicain écrivit quelque chose et leur montra l'écran de la traductrice. Ils lurent : « Je me serais senti plus en confiance si Peccadille avait été là pour me souffler les mots dans votre langue. » Edwin se rappela le passe-partout que Phan lui avait posté pour sauver Aix. Il déplora qu'il ne soit pas arrivé.

— Nous sommes ensemble, dit Jandal. C'est ce qui compte ; ça va très bien aller.

— Ça va vite passer, renchérit Balthazar.

— Pour toi, oui, riposta la jeune fille ; tu n'as pas à t'adresser à la foule.

Cela donna une idée à Bou. Il fit traduire un texte et le montra à Fuego. Il s'exclama :

— ¡Muchas gracias![1]

Tous deux échangèrent une série de courts messages et Balthazar dit :

— Excellente idée !

Il se tourna vers les autres et expliqua :

— Il va répéter ce qu'il nous a raconté la nuit où vous avez avoué que vous étiez tous les trois albinos, mais que vous n'affichiez pas

---

1. « Merci beaucoup ! » (espagnol).

votre véritable apparence dans vos rêves. Vous devriez faire de même.

Ils trouvèrent l'idée bonne. Bou adressa un clin d'œil à Éolie et ajouta :

— Je vais participer. Fuego va livrer son témoignage dans sa langue et je vais le répéter en français.

— Si tu veux, dit Melchia à Éolie, je vais te tenir la main.

— Tu es gentille. J'accepte !

Les six amis étaient sur la scène devant une assemblée d'une cinquantaine de personnes, en majorité des adolescents. Après avoir résumé les problèmes physiques qui affectent les gens atteints d'albinisme, Cécile introduisit les jeunes gens et leur céda la parole. Éolie avait demandé à parler la première. Elle s'avança au micro avec Melchia.

— Bonjour ! Je m'appelle Éolie, je suis Lyonnaise et albinos.

La grand-maman d'Edwin avait dit vrai. Dès qu'elle eut cassé la glace et commencé à parler avec le désir de partager quelque chose d'important avec les autres, son malaise se dissipa et elle discourut sans être intimidée par l'assistance.

— Comme madame Robi l'a indiqué, l'albinisme est un manque de pigments qui se traduit de façon apparente par une peau blême, des yeux clairs et une pilosité décolorée, mais qui, de façon moins manifeste, apporte principalement des problèmes de vision. Malheureusement, ce handicap ne se corrige pas avec des lunettes. Ma rétine anormalement développée m'empêche de bien voir de loin et, quand je regarde de côté, mes globes oculaires sont agités par des secousses que je suis incapable de contrôler.

Elle fit une démonstration et les jeunes dans la salle s'esclaffèrent en voyant ses yeux aller et venir d'un côté à l'autre. Elle reprit avec un trémolo dans la voix.

— La moquerie, je connais ça. J'ai souvent eu droit aux sarcasmes. Vous savez, ce ne sont peut-être que des plaisanteries aux yeux de ceux qui les formulent, mais, pour ceux qui les subissent, ça devient vite intolérable. J'ai hâte au jour où je n'aurai plus à supporter ça.

Les rires cessèrent. Jandal lui sourit et prit la relève.

— Dans quelques pays d'Afrique, comme en Tanzanie où je suis né, l'albinisme est plus répandu qu'ailleurs. Néanmoins, il demeure mal connu. L'ignorance entraîne des préjugés, et les croyances populaires, puissamment enracinées, poussent parfois les gens à commettre des actes effroyables.

L'assistance était suspendue à ses lèvres. Il expliqua que certaines personnes étaient convaincues que les albinos étaient des esprits et qu'ils possédaient des pouvoirs magiques. Souvent, on avait si peur d'eux qu'on les rejetait, qu'on les enfermait, même. Il n'osa pas dire que quelques fanatiques allaient parfois jusqu'à les tuer, mais il raconta que, pour lui assurer la meilleure existence possible, sa mère avait pris la dure décision de se séparer de lui à sa naissance et de le confier à un missionnaire qui l'avait emmené loin des hostilités. Il conclut sur une note positive.

— J'ai eu la chance d'être adopté par une merveilleuse famille. Je suis conscient de mon bonheur et j'apprécie chaque jour et chaque nuit que la vie m'apporte.

Ce fut au tour de Fuego. Balthazar s'avança avec lui. Le Mexicain déclara que, si leur affection affaiblissait leur vision, les albinos n'étaient pas des êtres faibles pour autant. Bou répéta son message en français, puis l'autre poursuivit. Il expliqua que son état ne l'empêchait pas de faire du sport et de s'amuser avec ses amis et il ajouta que, dans son village, il comptait parmi les meilleurs joueurs de basketball. Enfin, il résuma ses voyages et démontra que son handicap ne l'empêchait pas de faire de magnifiques découvertes.

Edwin parla le dernier.

— Je suis privilégié, dit-il. Outre quelques rares garçons du quartier qui m'appellent parfois Lapin pour rire de mes cheveux blancs et de mes yeux rouges, je suis entouré d'excellents copains et j'ai la chance de ne pas être exposé à la discrimination.

Il se tourna vers sa grand-mère et la remercia publiquement pour tous les efforts qu'elle déployait pour démythifier l'albinisme. Cécile, Éolie, Melchia et les autres garçons vinrent le rejoindre. Ils remercièrent l'auditoire de leur attention et saluèrent. Ils furent acclamés par un tonnerre d'applaudissements.

Ils gagnèrent l'arrière de la scène.

— Vous avez été fantastiques! s'exclama Cécile.

— Après toutes les péripéties que nous avons vécues, ce petit discours était un jeu d'enfant, fit remarquer Balthazar.

La dame leur décocha un regard interrogateur.

— Mamie, dit Edwin, j'ai le grand bonheur de t'annoncer que les maldors sont tous hors d'état de nuire. L'épidémie de cauchemars est bel et bien finie!

— L'épidémie de cauchemars? Mais… de quoi parles-tu? Qui sont les maldors?

D'abord déconcertés, ils comprirent vite ce qui s'était passé. En sauvant Josephan de l'accident, les aiguilleurs avaient fait en sorte qu'il n'était jamais devenu Phantamar et l'Ombre Mauve n'avait pas eu l'allié humain dont il avait besoin pour mettre son projet à exécution. Pour Cécile qui ne se trouvait pas dans la Zone et munie d'une sphériole au moment où Ardor et Peccadille avaient modifié le passé, la pandémie n'avait jamais eu lieu.

Edwin ne s'inquiéta pas pour sa grand-mère. À sa prochaine visite dans la Zone, une tournée de larmes-scanâmes lui rendrait vite la mémoire. Il réalisa alors qu'elle n'était pas non plus au courant du retour de François, de Mélodie et des prisonniers des culs-de-strate. Il lui tardait qu'elle l'apprenne.

Ils la quittèrent et prirent le chemin de la maison. Dehors, Balthazar s'exclama:

— Nom d'une corbeille vide! Avons-nous imaginé les aventures que nous avons vécues au pays des rêves?

— Bien sûr que non, répondit Edwin. Pour nous, tout est réel, comme pour les Oneiros. Dans la Zone, la rébellion des maldors a vraiment eu lieu.

— Moi aussi, je m'en souviens, dit Melchia.

— J'espère toutefois que le changement apporté à l'histoire n'a pas redonné leur liberté aux rebelles, nota Éolie.

Ils accélérèrent le pas. Comme ils traversaient un parc, un ballon rebondit dans leur direction et Edwin l'attrapa avant qu'il ne frappe la tête de Melchia. Un adolescent arriva en courant. Il se pencha vers la sœur de Balthazar.

— Je m'excuse! Est-ce que mon ballon t'a fait mal?

— Non, ça va, répondit la petite.

— Ouf! Je suis rassuré! Pardonne-moi de t'avoir fait peur.

Il se redressa. Les autres le regardaient, les yeux ronds et la mâchoire pendante. Il sourit et leur tendit la main.

— Salut! Je m'appelle Josephan, Phan pour les amis. Aimeriez-vous faire une petite partie de foot avec mes copains et moi?

Ils sortirent de leur torpeur et se présentèrent. L'autre ne sourcilla pas en entendant leurs noms. Dans la réalité, Phantamar n'avait jamais existé et Phan était resté le gentil garçon plein d'entrain qu'il était à six ans. Enchantés de le voir en pleine forme et si avenant, ils oublièrent leur hâte de retourner dans la Zone et acceptèrent son invitation. Après la partie, ils se donnèrent rendez-vous le lendemain pour une balade à vélo dans le Vieux-Montréal. Les compagnons reprirent leur route.

— Je suis ravi qu'il ait échappé à son destin, dit Edwin.

— Il est finalement aussi aimable que ses parents! s'exclama Balthazar.

— Tout est bien qui finit bien, nota Jandal.

— À condition que les maldors ne soient pas à nouveau en cavale… dit Éolie.

Les autres s'étaient endormis en posant la tête sur l'oreiller, mais Bou n'arrêtait pas de se retourner sur son lit. «Aix est ma petite amie!» se répétait-il. Son cœur battait si fort qu'il n'arrivait pas à trouver le sommeil. Il fallait qu'il se change les idées. Il descendit au rez-de-chaussée, s'installa à l'ordinateur, établit la connexion Internet et consulta sa boîte de messagerie. Il avait reçu un courriel du professeur Martel. Confus, il plaqua une main sur sa bouche.

— Hon! Je ne lui ai pas indiqué qu'il pouvait arrêter de chercher un remède pour tirer Aix du coma.

Le chimiste à qui il avait demandé d'analyser les échantillons sanguins de l'éléone et d'Edwin avait effectué d'autres tests et découvert quelque chose d'intéressant. Quand Bou lut de quoi il s'agissait, il plaqua ses deux mains sur sa bouche pour s'empêcher de crier. « Saints virus ! C'est incroyable ! Ça alors ! J'ai bien fait de ne pas lui faire interrompre ses analyses. Ha ! Quand je vais leur annoncer ça ! »

Il monta se remettre au lit. Il ferma les yeux et prit de lentes inspirations. Il finit par s'endormir. L'aiguilleur qui le localisa à son entrée dans la glume lui envoya un passonge qui le transféra au cœur de Bulle-Neige. Il émergea du grelot pendu au cou d'un petit colibri au plumage vert émeraude qui allait et venait devant un buisson d'hibiscus. Le garçon entendit claquer des ailes au-dessus de sa tête. Un ange descendit du ciel et se posa devant lui. C'était son gardien-aiguilleur.

— Bonsoir, damoiseau.

— Bonsoir, sieur Doëgne. J'ai une très bonne nouvelle à vous apprendre !

— Je m'en réjouis déjà, mais tu vas devoir patienter un peu pour me la dire. Les sage-songes t'attendent pour dévoiler la surprise et beaucoup d'Oneiros sont impatients.

— Il y a une surprise ? Ça veut dire que les maldors n'ont pas réapparu !

— Non, rassure-toi. Ceux qui sont de retour, ce sont nos amis les rêveurs !

Le sortilégeois lui appela une sphériole et

l'entraîna dans le jardin botanique. Balthazar n'avait jamais vu autant de monde; il y avait des Oneiros partout, tant sur les pelouses que dans les airs et sur les arbres. Il eut l'impression que toute la Zone était réunie là. La foule s'écarta pour leur livrer le passage et ils arrivèrent au centre du parc. Bou rejoignit ses amis et sa sœur qui étaient avec les sagesonges et la famille onirique. Mélodie et François bavardaient avec Prudence et Lagarde. Ils lui sourirent.

— Bing! Enfin, te voilà!

— Hum! À la bonne heure, fit le patriarche.

Il s'adressa à l'assemblée par télépathie. D'une forte pensée, il transmit:

— Dames et damoiselles, sieurs et damoiseaux, nous sommes réunis ici pour rendre hommage à nos valeureux amis dont la réputation n'est plus à faire.

Il marcha jusqu'au mémorial érigé au cœur du jardin. On ne le voyait pas; il était recouvert d'une grande toile.

— Chers amis, reprit Carus Philein, c'est avec bonheur que les vice-sagesonges et moi vous offrons ce nouveau monument commémoratif. Gentille, tu peux dévoiler la surprise.

La tortue tira la bâche et une immense sculpture apparut. La foule poussa un long oh! admiratif. Le monument ne représentait plus l'inventeur, mais les neuf acolytes. Les statues figurant les portefaix étaient au centre et celles de Balthazar, de Melchia, de Peccadille et d'Ardor les entouraient.

La foule applaudit et acclama l'équipe d'élite. Quand les cris s'estompèrent, Balthazar leva la main pour demander la parole, mais des bruits de timbales l'empêchèrent de parler. C'était l'armure de chevalier qui frappait sur son plastron. En deux enjambées, Nada Vidal fut devant la dame Sévira. Il posa une genouillère au sol, pencha son casque vers l'arrière et souleva sa visière pour fixer le cadran de l'horloge. Il prit les balanciers dans ses gantelets et lui demanda :

— Chère Lavisée, veux-tu enfin m'épouser ?

— Oh oui ! répondit-elle sans hésiter. Bing ! Ding ! Drelin ! Tic tic tic !

Les applaudissements reprirent de plus belle. Balthazar sautilla pour attirer l'attention de ses amis, mais ils étaient trop occupés à remercier les dirigeants et à recevoir des félicitations. La gardienne du Secteur-Neige était à côté de lui. C'était une activinertienne incarnant un napperon de dentelle. Il lui demanda son aide et elle se transforma en pavillon acoustique. Il lança :

— Écoutez-moi !

Sa voix amplifiée résonna dans tout le parc.

Le silence se fit. Il regarda Aix et Edwin et annonça :

— J'ai eu des nouvelles du savant à qui j'avais demandé de comparer vos essences contenues dans les deux éprouvettes. Figurez-vous qu'il a découvert que vous étiez parents.

— Bien sûr, Bou, dit l'éléone. Nous sommes cousins. L'aurais-tu oublié ?

L'autre balança un index en secouant la tête.

— Bien sûr que non. Boucanier-le-Pirate n'oublie jamais rien. Mais vous êtes de plus proches parents que ça. Le professeur Martel a été formel : l'analyse de votre ADN a démontré que vous aviez le même patrimoine génétique ; les gènes hérités de vos parents sont identiques. Ce qui signifie que vous n'êtes pas cousins, mais frère et sœur ; jumeaux, en fait.

Les deux principaux intéressés jetèrent des regards interrogateurs à leurs parents respectifs. Les quatre se regardèrent et se tournèrent vers les sagesonges et la famille. Aucun n'avait l'air surpris. Soucougnan Nocturn prit la parole.

— Nous ne le savons que depuis quelques heures. Nous attendions le moment propice pour vous l'annoncer. Puisque Balthazar a rompu la glace, le temps est venu.

Au lieu des mots, ils utilisèrent les souvenirs. Soucougnan, Mélodie, Prudence, François et Lagarde burent tour à tour dans un flacon d'eau qu'ils tendirent aux adolescents. Ils apprirent la vérité au sujet de la naissance d'Aix.

Quand le cœur du Secteur-Neige avait été rasé par le bouleversement, Soucougnan qui fouillait les décombres avait entendu gémir au pied de la tour de chute. Il avait trouvé l'éléone qui venait de naître. Il l'avait emportée à la tour du conseil. Malgré leurs recherches, les sagesonges n'avaient pas découvert ses parents. Les dirigeants, qui savaient que Prudence et Lagarde se désespéraient de ne pas avoir d'enfant, leur avaient offert de l'élever. À part les parents adoptifs, les sagesonges, Fantasia et Soucougnan, nul n'était au courant, pas même Avia et Mélodie. Elles l'avaient appris en même temps que les autres, presque à l'instant.

Comme le professeur Martel, les spécialistes oniriques qui avaient analysé leur essence avaient découvert qu'Aix et Edwin étaient jumeaux, mais nul ne s'expliquait pourquoi, jusqu'à ce que Soucougnan eut partagé les souvenirs de sa fille relatant son accouchement. Il avait compris qu'elle avait eu deux bébés, un dans la Zone et un dans la réalité. François avait eu raison de douter que de retourner chez eux en reculant le temps annulerait la naissance qui avait déjà eu lieu. Mais, en voyant naître Edwin, Mélodie et lui avaient cru que ça avait fonctionné. Ils ignoraient donc qu'Aix, dissimulée par la longue robe de sa mère, était restée dans l'univers onirique.

Par un heureux hasard, la petite s'était retrouvée chez son oncle et sa tante et avait grandi entourée de sa véritable famille onirique. Aix enlaça Edwin et ses quatre parents.

— Quel grand bonheur! s'exclama-t-elle. J'ai maintenant un frère, deux mamans et deux papas!

— Et une grand-maman de plus, ajouta Chape Doëgne.

Cécile était à côté de lui. En rentrant à la maison, elle avait trouvé les jeunes endormis et, pour ne pas les déranger, elle avait décidé de faire une sieste. L'ange lui avait remis une sphériole et avait partagé ses souvenirs avec elle. Les yeux pleins de larmes de joie, elle les serra tous dans ses bras.

Une voix puissante fusa dans le ciel et annonça:

— Lacrima a aussi une surprise pour vous!

Dans le jardin interdit, la mare s'agita et des remous mélangèrent son contenu. Les larmes quittèrent leur lit, s'élevèrent telle une pluie inversée, montèrent vers la glume et formèrent un voile autour de la Zone. Des éclairs de couleur zébrèrent le ciel. Telle la rosée matinale, les larmes redescendirent sur le noyau. Quand les fines particules claires touchèrent le sol, la truffe d'Ardor frémit.

— Ça sent drôle! Ça sent bon! Ça sent... ça sent, tout simplement! Ouah!

Des parfums capiteux montaient des fleurs, des pelouses et des autres végétaux. Les Oneiros s'émerveillèrent de découvrir ces odeurs. Des tables garnies de mets et de pâtisseries apparurent sur les parterres et de riches fumets émanèrent du buffet. Balthazar et Ardor furent les premiers à y faire honneur. Ils découvrirent avec ravissement que les victuailles étaient savoureuses.

— Bong! s'étonna Lavisée. Comment est-ce possible?

Lacrima expliqua que, par leurs allées et venues entre les mondes et leurs douches sous le jet de larmes, les acolytes lui avaient fourni ce qu'il lui fallait pour faire don des sens de l'odorat et du goût au peuple oneiro. Aix se réjouit.

— Chouette! Ce sera dorénavant le festival perpétuel des cinq sens.

Les sphérioles s'activèrent et le ciel onirique se para d'arcs-en-ciel, d'aurores polaires multicolores et de spirales nébuleuses étincelantes. Les avatars se joignirent aussi à la fête. Pour que tous puissent les voir, ils revinrent sous la forme de feux d'artifice aux teintes vives. Æth, la plus grosse sphériole de la Zone, tournoya au-dessus du parc en diffusant des étincelles. Le dragon-lion Focus, le duo d'hippocampes siamois Ewer, la plume géante Aera et le grand dôme d'écailles sur trois pattes appelé Tell firent la ronde avec elle en lançant des panaches de feu.

La fête dura toute la nuit. Dans la réalité, le soleil se leva sur Montréal. Les rêveurs reposés et ravis sentaient une douce langueur les envahir.

— La mission onirique est terminée, se réjouit Edwin.

— Vive les porteurs du pouvoir ! clamèrent Ardor et Peccadille.

— Vive nos braves compagnons ! répondirent les damoiseaux.

— Vive nous tous ! renchérit Balthazar. À huit têtes, nous avons ramené la paix au pays des songes.

— Neuf têtes, Bou-tête-d'épi ! riposta sa sœur.

— Tu as raison, Mel-le-petit-monstre. Soucougnan Nocturn était aussi avec nous.

Il lui adressa un clin d'œil et ajouta :

— Ton imagination nous a beaucoup aidés, sœurette. Alors, ça fait dix têtes.

Il la souleva et la fit tournoyer. Elle bâilla et disparut au premier tour. Aix sourit à Balthazar. Il lui prit la main et lui rendit son sourire. Il regarda leurs autres amis avec un air pensif et dit :

— Je pense de plus en plus qu'Edwin est né albinos parce que sa mère est éléone, et je me pose une question…

Il fixa Éolie, Jandal et Fuego et ajouta :

— Je me demande si votre manque de pigments ne vous aurait pas été légué par un quelconque ancêtre onirique ?

Cette idée piqua leur curiosité. Ils tentèrent d'entrer en communication télépathique avec les avatars, mais aucune réponse ne leur parvint. Même Æth ignora l'appel d'Edwin.

— Certains mystères doivent demeurer inexpliqués, lui souffla Lativa.

— Il est préférable de ne pas le savoir, déclara Jandal. Les albinos d'Afrique ont déjà du mal avec certains chasseurs d'esprits. Imaginez si on apprenait que nous sommes des descendants des habitants du pays des songes !

Les autres l'approuvèrent.

Balthazar bâilla. Son geste communicatif inspira ses amis, qui plaquèrent leurs mains sur leur bouche malpolie. Même Aix bâilla, mais elle n'eut pas le réflexe de cacher sa luette et ses amygdales qui se donnèrent en spectacle. Edwin s'étonna.

— Depuis quand bâilles-tu?

Elle était encore plus surprise que lui.

— C'est la première fois que ça m'arrive.

Intrigués, Mélodie, Prudence, François et Lagarde les rejoignirent. Aix s'étira en agrandissant ses yeux et articula avec peine:

— Je me sens bizarre.

— Serais-tu sur le point de bondir de réveil? s'enquit Edwin.

— Ce serait trop beau! Je pourrais aller et venir à ma guise entre nos deux univers et voir mes deux familles à loisir.

Cette idée la fit rêver. Elle poussa un autre bâillement. Tout à coup, elle fila vers une tour de chute et s'enfonça dans la base.

Comme son jumeau, la damoiselle avait hérité des caractéristiques de ses deux parents. La nature humaine prédominait chez Edwin, tandis que les propriétés éléones prévalaient chez Aix, mais leur esprit à tous deux pouvait voyager entre leurs mondes. Il lui avait suffi d'y croire pour éveiller cette faculté innée.

Cécile fut la suivante à se réveiller, suivie par Balthazar, Jandal, Fuego et Éolie. Après tant d'années d'hibernation dans le cœur d'Edwin, François bondit de réveil à son tour.

— J'ai envie d'essayer, dit Mélodie. Pendant ma grossesse et même après l'accouchement, je me suis souvent sentie étrange. Je dirais… songeuse. Je suis convaincue que mes enfants m'ont transmis leur don.

Edwin fouilla dans sa musette et lui tendit une pincée de poussière d'edbalium qu'elle avala. Il bâilla et elle l'imita.

— On dirait que ça fonctionne ! se réjouit-il.

Il lui rappela le truc du réveil instantané. Avant de l'utiliser, elle salua sa famille onirique et promit de revenir le soir suivant. L'éléone prit les traits d'une femme de l'âge de son mari, ferma les paupières très fort et les rouvrit aussitôt bien grand. Elle disparut. Edwin se demanda soudain comment ses parents expliqueraient leur retour après cette longue absence. Jipi Rolou souffla dans sa tête :

— En visitant quelques personnes-clés dans leurs songes, ils obtiendront facilement de nouveaux papiers d'identité.

— Nous allons donc enfin vivre une vraie vie de famille, se réjouit le garçon. Nous serons toujours ensemble, le jour dans la réalité, la nuit dans la Zone onirique !

Le cœur léger, il bâilla à s'en décrocher la mâchoire.

— Il est temps que tu nous laisses sortir, lui transmit Lativa.

— Bien sûr.

Il dit au revoir aux Oneiros et gagna un coin tranquille du parc. Il extraféra Jipi Rolou en premier. Une bulle de savon grosse comme un melon d'eau jaillit de son cœur et flotta devant lui.

— Avant que vous partiez, transmit Edwin à Lativa, puis-je vous demander s'il y a autre chose que je recèle en moi à mon insu ?

— Non, il n'y a rien d'autre ni personne. Quand tu m'auras extraférée, tu resteras seul avec ton âme généreuse, ton esprit créatif et ton grand cœur en or.

Il se demanda comment il réagirait sans sphère de puissance. Bondirait-il de réveil involontairement ? Deviendrait-il inconscient de ses songes comme la majorité des rêveurs ?

— Tu es à moitié éléon, lui rappela sa première étoile. Tes facultés oniriques ne te quitteront pas. Et tu as toutes les qualités d'un gardien-aiguilleur ; tu pourras appeler un astre chaque fois que tu en ressentiras le besoin.

— Bon, alors, au revoir. Merci, Lativa, d'avoir été ma conscience pendant tout ce temps.

— Je ne l'ai pas remplacée ; je l'ai seulement assistée. À bientôt, mon cher Edwin.

Une sphériole de la taille d'une pomme rejoignit Jipi. Les deux virevoltèrent autour de lui avant de s'envoler. Edwin fut étonné de ne pas se sentir vide. Il n'avait perçu aucun changement en lui. L'immense bonheur qu'il ressentait suffisait à le combler. Il s'étira en écarquillant les yeux. «Je vais reprendre les commandes de mes songes et rêver tranquillement!» se réjouit-il.

— Toi? Rêver tranquillement, tu crois ça? souffla une petite voix moqueuse dans sa tête.

Cette fois, il sut que c'était bien celle de sa propre conscience.

«Non, se dit-il. Les aventures d'Edwin Robi dans la Zone ne sont pas terminées. Elles ne font que commencer!»

PRINCIPAUX PERSONNAGES

Adagio Tempo: Éléon, beau-frère du grand-sagesonge et arrière-grand-père d'Aix et d'Edwin.

Aera: Avatar de l'air et de la prudence; son apparence est celle d'une plume géante.

Æth: Sphériole, avatar de l'éther.

Aix Nocturn: Éléone adolescente de treize ans, qui guide Edwin dans la Zone onirique.

Allegra Philein: Éléone, épouse du grand-sagesonge.

Arcane Tempo: Éléon, beau-frère de Soucougnan Nocturn.

Ardor Kerber: Végimal dont l'apparence est celle d'un chien roux, qui escorte Edwin dans la Zone onirique.

Avia Tempo: Éléone, belle-sœur du grand-sagesonge et arrière-grand-mère d'Aix et d'Edwin.

Balthazar Canier: Aussi appelé Bou et Boucanier-le-Pirate; virtuose de l'informatique, meilleur ami d'Edwin.

Bou: Surnom de Balthazar Canier.

Boucanier-le-Pirate : Surnom de Balthazar Canier.

Carus Philein : Grand-sagesonge, éléon dont l'apparence est celle d'un vieil homme translucide.

Cécile Robi : Grand-mère paternelle d'Edwin, administratrice d'une firme de génie-conseil.

Chape Doëgne : Sortilégeois ayant l'apparence d'un ange, gardien-aiguilleur de Bulle-Unie.

Edwin Robi : Jeune garçon qui maîtrise le déroulement de ses songes et en choisit le contenu.

Éolie Somne : Jeune fille paisible et peureuse qui fait partie du groupe des portefaix.

Ewer : Avatar de l'eau et de l'intelligence ; son apparence est celle d'hippocampes siamois.

Fantasia Nocturn : Éléone, épouse de Soucougnan et grand-mère maternelle d'Aix et d'Edwin.

Focus : Avatar du feu et de la justice ; son apparence est celle d'un dragon-lion.

François Robi : Père d'Edwin Robi.

Fuego Sueño : Adolescent enjoué et aventureux qui fait partie du groupe des portefaix.

Gentille Mambonne : Végimale dont l'apparence est celle d'une tortue de mer ; elle est l'une des vice-sagesonges.

Ilya Unmachin : Maldore activinertienne qui incarne divers objets.

Jandal Nawm : Adolescent flegmatique et puissant qui fait partie du groupe des portefaix.
Jipi Rolou : Sphériole intraférée par Edwin Robi.

Lagarde Nocturn : Éléon, fils de Soucougnan et père d'Aix, disparu dans l'effondrement d'un impassonge.
Lativa : Sphériole intraférée par Edwin Robi à sa naissance.
Lavisée Sévira : Activinertienne dont l'apparence est celle d'une horloge de parquet ; elle est l'une des vice-sagesonges.

Melchia Canier : Petite sœur de Balthazar.
Mélodie Nocturn : Mère d'Edwin Robi.
Morfroy Deffroy : Éléon, inventeur de la Zone dont l'atelier a été pulvérisé lors de l'explosion de puissance qui a présidé à la naissance des portefaix.

Nada Vidal : Activinertien ayant l'apparence d'une armure de chevalier, gardien-aiguilleur de Bulle-Rien.

Ombre Mauve : Maldor dont l'apparence est celle d'un géant, qui se dissimule sous une cape violette.

Peccadille Bagatelle : Activinertienne dont l'apparence est celle d'un ballon de plage, qui escorte Edwin dans la Zone onirique.

Perfi Détorve : Maldor sortilégeois qui incarne diverses créatures affreuses, ex-gardien-aiguilleur de Bulle-Zénith.

Phantamar : Maldor dont l'apparence est celle d'un empereur romain.

Professeur Martel : Chimiste qui partage son savoir avec Balthazar et ses amis.

Prudence Nocturn : Éléone, bru de Soucougnan et mère d'Aix, disparue dans l'effondrement d'un impassonge.

Soucougnan Nocturn : Éléon ayant l'apparence d'un géant, généralement vêtu de vêtements amples de couleur violette ; doyen-aiguilleur.

Tell : Avatar de la terre et de la force. Son

apparence est celle d'un dôme d'écailles sur trois pattes.

Terribelle Angoisse : Maldore végimale qui incarne divers végétaux et animaux.

GLOSSAIRE

Acteur, actrice : Oneiro qui joue un rôle dans le rêve d'un dormeur.

Activinertien, activinertienne : Être onirique qui peut se transformer en objet.

Aiguilleur, aiguilleuse : Oneiro qui dirige les rêveurs vers les strates où ils vont vivre leurs songes.

Arrêt-passonge : Passonge aux destinations multiples, relié aux endroits les plus fréquentés.

Artisan : Oneiro qui fabrique des instruments en cristal de larmes.

Aura : Halo qui émane des individus, différent selon leur dynastie et leur humeur.

Auranocles : Instrument qui permet aux rêveurs de voir l'aura des êtres, qu'il s'agisse de l'esprit des rêveurs ou des Oneiros.

Avatar : Être onirique, incarnation d'un élément et représentation d'une vertu.

Bulle : Nom de l'observatoire d'un gardien-aiguilleur responsable d'un secteur. Chaque observatoire porte le nom du secteur auquel il est associé. Exemple : Bulle-Neige.

Bullonef : Vaisseau utilisé par les Oneiros pour aller dans la glume et en orbite.

Cachoneiro : Cachot où on enferme les Oneiros coupables dans la Zone onirique.
Créateur de passonges : Appareil qui sert à créer un passage instantané entre deux endroits de la Zone onirique.
Cul-de-strate : Passonge sans issue, aussi appelé impassonge.

Doyen-aiguilleur : Oneiro, supérieur des gardiens-aiguilleurs.
Dynamappe : Carte dynamique permettant de localiser les personnes qui rêvent et les passonges.

Edbalium : Cristal doré dont on ignore la nature et la provenance, et dont était constitué le gobe-sphériole des maldors.
Éléon, éléone : Être onirique translucide qui peut se transformer en humain.
Essence : Substance personnelle qui renferme la nature intime d'un être et qui se trouve dans toute parcelle qui le compose.
Être imaginaire : Aussi appelé figurant ; personnage créé par l'imagination du rêveur, qui n'est pas incarné par un acteur et dont

les agissements sont imprévisibles et parfois dangereux.

Expéditeur de rêve : Appareil dont se servent les aiguilleurs pour connaître le songe que veut faire un dormeur et le transférer de la glume à une strate.

Extraférer : Extraire ce qu'on avait préalablement enfoui dans son cœur.

Fabrique : Établissement où les artisans transforment le cristal de larmes en instruments.

Figurant, figurante : Aussi appelé être imaginaire ; personnage créé par l'imagination du rêveur, qui n'est pas incarné par un acteur et dont les agissements sont imprévisibles et parfois dangereux.

Four à cristal de larmes : Appareil qu'utilisent les artisans pour faire fondre le cristal avec lequel ils façonnent les instruments oniriques.

Gardien-aiguilleur : Oneiro, chef de secteur qui dirige des milliers d'aiguilleurs.

Glume : Enveloppe gélatineuse qui isole le noyau de l'orbite de la Zone onirique.

Gobe-sphériole : Cube de cristal doré fait d'edbalium, autrefois utilisé par les maldors pour annihiler l'effet des sphérioles.

Grand voyageur : Chêne pleureur caché

dans l'ombre de Lavisée Sévira, qui porte des glands de cristal passe-partout.

Grand-sagesonge : Oneiro, premier dirigeant de la Zone onirique.

Horloge-fuseaux : Globe terrestre indiquant l'heure ainsi que les zones de jour et de nuit sur terre.

Impassonge : Passonge sans issue, aussi appelé cul-de-strate.

Iniphone : Appareil qui permet aux rêveurs de communiquer par télépathie.

Intraférer : Enfouir quelque chose dans son cœur.

Lac Lacrima : Aussi appelé mare aux larmes ou simplement Lacrima ; bassin qui recueille les larmes des dormeurs.

Larmes-scanâmes : Potion qui permet de lire les pensées d'autrui en buvant à la même source.

Maldor, maldore : Oneiro rebelle qui terrorise les rêveurs dans le but de les chasser de la Zone onirique.

Mare aux larmes : Aussi appelé lac Lacrima ; bassin qui recueille les larmes des dormeurs.

Montre-fuseaux : Horloge-fuseaux miniature.

Musette de tréfonds-trucs : Sachet qui peut contenir tout ce qu'on y insère sans grossir ni s'alourdir.

Noyau : Cœur de la Zone onirique, où habitent les Oneiros.

Observatoire : Tour de verre en forme de champignon où travaillent les aiguilleurs.
Oneiro, Oneira : Habitant de la Zone onirique.
Orbite : Cosmos onirique où flotte l'esprit des dormeurs qui ne sont pas en train de rêver.
Oublirêve : Oubliette dans laquelle on enferme les Oneiros coupables.

Parchecret : Parchemin savant qui répond aux questions par des devinettes.
Passe-partout : Gland de cristal d'où jaillit un petit chêne pleureur qui permet de voyager dans l'espace et le temps.
Passonge : Passage qui relie instantanément deux endroits de la Zone onirique.
Pépinière à greffon : Machine qui sert à multiplier un objet en le fixant à une branche porte-greffe qui devient un arbre garni de cet objet.
Porche-brume : Spirale nébuleuse qui sert

d'accès à la Zone onirique et d'issue vers la réalité.

Portefaix: Individu né lors d'une explosion de puissance et qui porte le pouvoir onirique.

Prisonge: Prison dans la Zone onirique.

Rayon-attractoir: Instrument qui sert à paralyser et à attirer les gens et les êtres oniriques.

Régénérateur d'Oneiros: Chambre d'incubation qui contient les substances de vie activinertienne, éléone, sortilégeoise et végimale, dans laquelle sont soignés les Oneiros blessés.

Rouet-tricoteur de tréfonds-trucs: Machine qui sert à fabriquer des sachets et des poches pouvant contenir tout ce qu'on y insère sans s'agrandir ni s'alourdir.

Sagesonge: Oneiro membre du conseil d'administration de la Zone onirique et, par le fait même, dirigeant de la Zone onirique.

Secteur: Une des vingt-six parties de la Zone onirique, sous la responsabilité d'un gardien-aiguilleur. Chaque secteur porte un nom qui commence par une des lettres de l'alphabet. Exemple: Secteur-Neige.

Sortilégeois, sortilégeoise: Être onirique qui peut se transformer en créature fantastique.

Sphère de puissance : Étoile de la Zone onirique qui a l'apparence d'une bulle de savon, aussi appelée sphériole.

Sphériole : Étoile de la Zone onirique qui a l'apparence d'une bulle de savon, aussi appelée sphère de puissance.

Strate : Scène où un rêveur vit son songe, aménagée par son esprit.

Tour de chute : Très haute tour de verre polarisé unique qui relie la glume au noyau.

Végimal, végimale : Être onirique qui peut se transformer en végétal ou en animal.

Vice-sagesonge : Oneira, collaboratrice du grand-sagesonge.

Zone onirique : Pays des rêves où se retrouve l'esprit des humains endormis.

Zoneira : Capitale et ville la plus importante de la Zone onirique.

TABLE DES MATIÈRES

100%

Ce livre a été imprimé sur du papier contenant 100 %
de fibres recyclées postconsommation, certifié Écolo-Logo
et Procédé sans chlore et fabriqué à partir d'énergie biogaz.